本书为教育部人文社会科学研究基金项目"空间诗学观照下的当代美国生态诗歌研究"成果（项目编号:10YJA752036）

闫建华 ◎ 著

空间诗学观照下的
当代美国生态诗歌研究

中国社会科学出版社

图书在版编目(CIP)数据

空间诗学观照下的当代美国生态诗歌研究/闫建华著.—北京：中国社会科学出版社，2017.9

ISBN 978-7-5161-8642-8

Ⅰ.①空… Ⅱ.①闫… Ⅲ.①诗歌研究-美国-现代 Ⅳ.①I712.072

中国版本图书馆 CIP 数据核字(2016)第 174943 号

出 版 人	赵剑英
责任编辑	曲弘梅
责任校对	刘 娟
责任印制	戴 宽

出 版	中国社会科学出版社
社 址	北京鼓楼西大街甲 158 号
邮 编	100720
网 址	http://www.csspw.cn
发 行 部	010-84083685
门 市 部	010-84029450
经 销	新华书店及其他书店
印刷装订	北京君升印刷有限公司
版 次	2017 年 9 月第 1 版
印 次	2017 年 9 月第 1 次印刷
开 本	710×1000 1/16
印 张	13.5
插 页	2
字 数	202 千字
定 价	59.00 元

凡购买中国社会科学出版社图书，如有质量问题请与本社营销中心联系调换

电话：010-84083683

版权所有 侵权必究

前　言

　　诗歌是讲述真理的一种特殊方式。诗歌代表的是一个文化思考的前沿。当代美国生态诗歌所讲述的真理无疑代表的是美国生态文化思考的前沿。美国的生态文化根植于民间，自下而上一步步展开，最终渗透到美国文化的各个方面。若从最早具备生态意识、成功推动国家公园设立的民间环保人士约翰·缪尔（John Muir）这一代人算起，迄今已有100多年的历史。在这一段回归、恢复、保护自然生态的历史进程中，美国积累了许多值得我们借鉴的生态理念和生态经验，形成了一套独特而又主流的生态文化话语，渗透到美国的环保政策与农业政策、政府与非政府投资的建设以及政治、经济、教育、科学、艺术等各个领域。在艺术领域，读者只需回顾一下20世纪90年代以来美国的绘画[1]、摄影、雕塑、电影[2]、文学等不同的艺术形式便可知其生态文化普及的程度，而众所周知的散文、诗歌、小说、戏剧等经典文学体裁本身就是传播大众生态文化的媒介，它们之间互为现实和文本语境、互相借鉴、互相渗透，共同担当起了文学艺术耕耘生态土壤、培育生态之花的历史使命。这其中诗歌创作总是处于生态书写的前沿地带，发挥着重要的引领性作用，并在此基础上逐渐衍生成一种新型的自然诗，这就是本书将要重点探讨的生态诗歌。无论从创作还是研究来看，生态诗歌在美国（以及其他一些西方国家）已经具备十分明晰的辨识度，这主要体现在四个方面。

---

[1] 参见拙作《从"非生态"到"生态"：美国美术中的自然意识变迁》，《江西社会科学》2009年第7期。

[2] 如灾难片《后天》（*The Day after Tomorrow*，2004）和《海啸奇迹》（*The Impossible*，2012）等。

一是具有明确的创作宗旨。生态诗歌的创作宗旨就是要实现生态关怀、环境正义和诗歌想象的完美结合，因而它所关注的焦点始终离不开生态、环境、自然、社会以及人与自然、人与社会之间的关系这类命题。

二是形成了一定的规模和特色，出现了一批有影响力的诗人。美国诗坛自 20 世纪 60 年代以来就活跃着一批致力于生态书写的诗人。仅从费什沃斯（Ann Fisher-worth）等主编的长达 600 多页的《生态诗歌集》（*The Ecopoetry Anthology*，2013）以及科瑞（Joshua Corey）等主编的《阿卡迪亚工程：北美后现代田园诗》（*The Arcadia Project*：*North American Postmodern Pastoral*，2012）等来看，这样的诗人已超过 200 名，其中就包括斯奈德（Gary Snyder）、默温（W. S. Merwin）、伯瑞（Wendell Berry）、奥立弗（Mary Oliver）、罗杰斯（Pattiann Rogers）、埃蒙斯（A. R. Ammons）、库明（Maxine Kumin）、巴斯（Robert Bass）、巴卡（Jimmy Santiago Baca）等十分著名的诗人，仅他们各自创作的诗集加起来就超过 150 部，这里边还不包括 20 世纪 90 年代以来不断推出的各种诗歌选集。

三是拥有不断壮大的读者群。就拿奥立弗这位最受读者欢迎的生态诗人来说，她举办的诗歌朗诵会曾出现一票难求的盛况，一次到场的读者竟超过了 2500 名。自然，读者对生态诗人的认可还体现在他们所获得的各种诗歌奖项上面。如上述著名诗人中有不少既获得了国家图书奖，又获得了普利策奖，其中巴斯和默温还分别获得桂冠诗人的称号。

四是出现了生态诗歌创作与研究的组织机构（如著名的 Ecopoetry Study Packs 诗社）以及创刊于 2001 年、专门刊发生态诗歌研究的著名刊物《生态诗学》（*Ecopoetics*）。该刊于 2013 年在加州伯克利分校成功举办了首届生态诗歌诗学会议，与会者中有不少是巴斯这样的著名诗人。在这类机构和刊物的推动下，美国的生态诗歌研究也呈现出一派喜人的景象，推出了一批有影响力的论著，如萨盖（Leonard Scigaj）的《可持续诗歌：四位生态诗人》（*Sustainable Poetry*：*Four Ecopoets*，1999）、布里森（J. Scott Bryson）主编的《生态诗歌批评导论》

(*Ecopoery: A Critical Introduction*，2002)、费尔斯迪纳（John Felstiner）的《诗歌能拯救地球吗?》（*Can Poetry Save the Earth?* 2009）以及伊吉玛（Brenda Iijima）主编的《生态语言读者》（*The Eco-Language Reader*，2010），等等。这些研究明确了生态诗歌的概念、特征和宗旨，论证、建构并奠定了生态诗歌诗学研究的理论基础。

此外，许多论者主要将当下正在创作的生态诗人作为重点考察的对象，从而赋予生态诗歌研究一种鲜明的时代特征。不足之处是，尽管论者们一致认为生态诗歌是为大地、为家园这样的地方书写的一种诗歌，却鲜有人从空间诗学的角度对其予以考察。这也就是说，研究者们基本上都是在时间叙事的框架内来解读生态诗歌，没有对其在空间叙事的维度上昭示的意义予以深入探讨。

与美国本土相比，国内对当代美国生态诗歌至今尚未予以系统的研究。事实上，我国读者和学界最熟悉的生态文学体裁不是诗歌，而是散文，亦即非小说书写（non-fiction writing），如梭罗的《瓦尔登湖》、利奥波德的《沙乡年鉴》、卡逊的《寂静的春天》、艾比的《大漠孤行》等，早已成为人们耳熟能详的绿色经典。近年来安徽人民出版社陆续推出了14卷本的绿色经典文学丛书，三联书店出版了4卷本的自然文学经典丛书。这些举措以及早在20世纪末就已经出现的一些译介著作大大推动了美国生态文学经典在我国的传播与接受，但在这些文学经典中，仍然没有一部与生态诗歌相关。相比之下，相关的研究倒是有一些，只是呈现出一种单一化的研究态势：仅有的几部著作无一例外都集中在斯奈德身上，如宁梅的《生态批评与文化重建：加里·斯奈德的"地方"思想研究》（2011），高歌、王诺等人的《生态诗人加里·斯奈德研究》（2011），耿纪永的《生态诗歌与文化融合：加里·斯奈德生态诗歌研究》（2012），毛明的《野径与禅道：生态美学视域下美国诗人斯奈德的禅学因缘》（2014）等。其他诗人除默温出现在个别学者的论文中之外，绝大多数仍未进入国内学者的研究视野。

以上事实说明，尽管我国的生态文学研究（主要以美国为主）在过去十多年的时间里取得了不菲的成绩，出版了一系列相关的研究著作和翻译著作，并在很大程度上推动了我国生态思想的传播和生态美学、生态诗学探讨的不断深入，但却缺乏对当代美国生态诗歌的整体研究与把握。这样的不足不仅使我们看不到诗歌特有的、引领生态文学创作的前沿景观，错过与其及时进行对话的可能性，而且也大大影响了我们对美国生态文学和生态文化的全面理解。

　　本研究就是在这种背景下，以国内外现有的生态诗歌研究为基础，运用叙事空间理论和生态批评理论，结合新批评的细读方法，对当代美国生态诗人笔下的绿色自然（森林）、褐色自然（沙漠）和无色自然（气候）进行全面探讨，以期通过主题思想、创作手法和诗学策略等要素来揭示生态诗歌在时间和空间两个向度上彰显出来的生态内涵。本研究之所以选取这三种不同"颜色"的自然作为探讨的对象，是因为三者基本上涵盖了美国自然书写的几个主要方面，且彼此之间形成一种互为因果的牵连关系。由于涉及的生态诗人数量较多，因而任何一种单一的研究方法都不可能完全揭示他们各自诗歌的内涵，因此其他的一些研究方法，如比较研究的方法、史料分析的方法、跨学科的研究方法等，都在本研究中得到了运用。

　　需要说明的一点是，生态批评理论是一个比较笼统的说法，本研究具体运用的是这把理论之伞下边的后殖民生态批评、生物地方主义、环境正义、生态物质主义等理论。此外，本研究所跨学科主要涉及生物学、生态学、气象学、文化地理学、美国学等。这些理论方法和学科视角有助于我们从不同的侧面全面解读不同诗人的诗歌。

　　另外需要说明的一点是，个别英国诗人的生态诗歌也在探讨之列。原因是英美诗歌之间原本就有着深厚的渊源关系，对美国诗人的探讨不可能不牵涉英国诗人，此其一；其二，涉及的英国诗人所描绘的场景要么有着鲜明的美国特色，要么直接就是在美国本土创作的、书写美国本土自然与文化的诗歌，因而本研究也将这类诗歌看作美国生态书写的一部分。如英国诗人里汀（Peter Reading），他是唯一一位连续两次获得美国蓝南基金诗歌奖（Lannan Foundation）的英国诗人，加之他诗歌中描写的场景都是美国的一些典型地貌，故本研究也征引了他的诗歌。再拿劳伦斯来说，他本人就是当代美国生态诗人所尊崇的精神领袖，包括斯奈德在内的诸多重要诗人都深受他的影响[①]，因而他在美国居留期间对美国自然与文化的生态书写，更应该看作美国本土生态书写的一个有机组成部分。

除前言和结束语之外，本研究共分为五章。第一章和第二章意在理论的建构以及运用该理论来解读生态诗歌的合理性和优越性，第三章、第四章和第五章分别探讨了当代美国生态诗人书写绿色自然、褐色自然和无色自然的诗歌。其中人类、政治、伦理始终是贯穿这三个章节的一个在场，下面加以具体分述。

第一章从莱辛著名的《拉奥孔》入手，运用相关叙事空间理论来阐明任何诗歌本质上都是一种空间艺术，并在此基础上提出了诗歌基于主体意象和情境意象的三种叙事模式，认为情境意象在很大程度上决定着诗歌的整体基调或语气，制约着诗歌的叙事节奏，而不同意象之间的过渡和切换则推动着诗歌的叙事进程。

第二章旨在说明生态诗歌有别于传统自然诗歌的主要特征。生态诗歌最主要的特征是其强烈的历史使命感，其次便是对环境与自然以及对人与环境之间和谐共生的生物地方的关注，再次便是它的科学诗性与审丑美学。其中生态诗歌对地方的关注及其所构建的基于地方的文本风景（即空间）对地方所产生的反作用，使之必然的与叙事空间理论发生契合与关联。

第三章以美洲殖民地时期和美国西进运动时期对森林的大肆砍伐为语境，重点分析了美国重量级生态诗人默温哀悼美国绿色荒野消失的两首代表性诗歌，认为第一首《最后一个》揭露了殖民者对绿色自然以及储存于绿色自然中的土著文化所犯下的双重罪孽。对于第二首诗歌《巴特姆父子失落的山茶花》，作者借助相关史料阐明植物在美国政治领域所发挥的重要作用及其最终被"爱死"的悖论性结局，提出了植物与伦理、植物与政治、植物与爱国等相关的问题。

第四章重点探讨不同族裔的生态诗人在不同的历史时期对美国西

---

① 参见拙作《绿到深处的黑色：劳伦斯诗歌中的生态视野》绪论部分，中国社会科学出版社2013年版。

部大沙漠这一独特的地理物种的书写。选择沙漠书写的原因有三：一是因为它与美国的殖民历史、西进拓荒以及民族性格紧密交织，二是因为美西大沙漠本身就是一种独特的生物地方，三是因为美国的沙漠书写为我们提供了一个文学文本空间改变现实地理空间的典型范例。总的来说，美国的沙漠书写经历了一个从鄙弃恐惧沙漠到接受热爱沙漠的过程，并从对沙漠自然的关注过渡到对沙漠自然与文化和谐共生的愿景向往，其结果便是将一度被认为是死寂的沙漠空间塑形为"希望的地理"和生命救赎的家园。奥斯汀（Mary Austin）、劳伦斯、艾比（Edward Abbey）这三位白人诗人以及赞比鞑（Ofelia Zepeda）与巴卡这两位土著诗人对沙漠土著、动物、水、旅游、污染、创伤等各个方面的书写既体现出美西沙漠书写的总体走向，又彰显出生态环境与社会、政治权力之间的牵连与互动。

  第五章是全球变暖语境下的气候书写。这也是当今世界所面临的最严峻的挑战之一。笔者认为气候变暖的事实、危害与根由从一开始就决定了气候书写的伦理特征。本章重点梳理了当下美国生态诗歌书写气候的三种主要诗学模式：第一种是对气候变暖兆象的描写；第二种是对末日灾难的想象，其中主要包括诺亚讽仿式、盖亚审判式、地狱恐怖式和唯美冷艳式等几种；第三种是对过度消费行为的谴责以及基于"后世关怀"的气候伦理的呼唤。

目 录

第一章 诗歌的空间特质与空间叙事 ……………………………（1）
 第一节 诗歌作为空间艺术的因由 …………………………（2）
 第二节 诗歌的情境意象与主体意象 ………………………（6）
 第三节 诗歌基于意象的空间叙事 …………………………（9）
  一 情境意象在很大程度上决定着诗歌的整体基调或
   语气 ………………………………………………………（9）
  二 情境意象在很大程度上制约着诗歌的叙事节奏 ………（11）
  三 意象之间的过渡和切换推动着诗歌的叙事进程 ………（13）

第二章 生态诗歌的基本特征 ……………………………………（18）
 第一节 生态诗歌界说 ………………………………………（19）
 第二节 科学与诗的对话 ……………………………………（22）
  一 科学与诗的关系背景概说 ………………………………（22）
  二 生态诗歌的科学因缘 ……………………………………（25）
  三 基于科学认知的审丑诗学 ………………………………（28）
 第三节 文本风景与地方风景 ………………………………（31）
  一 空间与地方 ………………………………………………（32）
  二 文本风景与生物地方 ……………………………………（34）

第三章 默温的树殇：双重罪孽与植物政治 ……………………（39）
 第一节 从哥伦布到默温 ……………………………………（40）
  一 绿色荒野的消失 …………………………………………（40）
  二 默温的"树殇" ……………………………………………（43）

第二节　最后一棵树：殖民者的双重迫害与末日警示 …… (45)
　　一　《最后一个》概述 …… (46)
　　二　"他们"的身份以及"他们"对自然和人类的双重
　　　　迫害 …… (47)
　　三　"阴影"的寓意及其末日警示与救赎 …… (54)
第三节　富兰克林树：植物政治与"爱死的自然" …… (60)
　　一　背景·现实·还原 …… (61)
　　二　富兰克林树与美国的植物政治 …… (64)
　　三　被"爱死的自然" …… (73)

第四章　沙漠书写与"荒原"拯救 …… (81)
第一节　美国西部沙漠书写的历史流变 …… (82)
　　一　鄙弃与征服 …… (83)
　　二　美学与生命 …… (86)
　　三　多元文化与融合 …… (89)
第二节　奥斯汀与劳伦斯的"反荒原"动物诗学 …… (93)
　　一　诗歌中的荒原话语 …… (94)
　　二　奥斯汀的"反荒原"动物书写 …… (96)
　　三　劳伦斯的"反荒原"动物书写 …… (108)
第三节　艾比与赞比鞑的沙漠旱情与水情 …… (119)
　　一　艾比的沙漠旱情与水情 …… (121)
　　二　赞比鞑的水颂 …… (125)
第四节　艾比与巴卡的沙漠殇情和沙漠恋情 …… (132)
　　一　艾比的沙漠迫害与沙漠爱情 …… (132)
　　二　巴卡的沙漠创伤与故土恋情 …… (139)

第五章　全球变暖语境下的气候书写 …… (150)
第一节　气候变暖的科学与诗学 …… (150)
　　一　气候变暖的事实、影响与根由 …… (151)
　　二　气候诗学：传统与当下 …… (155)

第二节　灾难的兆象与末日想象 …………………………（160）
　　一　灾难的兆象：气候变暖之焦虑表征 …………………（161）
　　二　末日想象的图景：未来气候灾难之预警 ……………（171）
第三节　气候的伦理呼唤 …………………………………（180）

结语 ………………………………………………………（190）

参考文献 …………………………………………………（195）

第一章

诗歌的空间特质与空间叙事

文学创作是在特定的地方或空间进行的,并深受特定地方环境的影响。美国诗人兼散文家马克·特蒂尼克(Mark Tredinnick)于 2005 年出版了一部作品,题目是《大地的狂野乐章》(*The Land's Wild Music*)。作者分别以一位沙漠作家、森林作家、平原作家和海洋作家为例,指出这些作家的不同语言风格在很大程度上都是由他们生活和工作地方的自然景观所决定的。反过来说,文学文本自身又离不开对地方、景观、方位等的描写。文学对这类空间的想象与关注也是一种空间的再生产,或曰空间的再创造,而经由文学生产的空间反过来又会对现实中的地理环境产生重要影响,所以说文学总是必然地和空间发生着互动关系。作为文学重要体裁之一的诗歌自然也不例外。不仅如此,诗歌与空间的交织互动在某种程度上较之其他文学体裁可能更为显著,这不仅是因为最著名的地方书写者如彭斯、华兹华斯、杰弗斯(Robinson Jeffers)等往往是诗人,而且还因为诗歌本身就是一种现代意义上的空间艺术,而非传统意义上的时间艺术。

众所周知,莱辛在《拉奥孔》中将诗歌定义为时间艺术、将绘画定义为空间艺术的论断影响深远,至今仍为许多读者所认同。我们不否认莱辛在当时的历史语境下将诗歌定义为时间艺术的不凡之处及其深远意义,但在空间日益成为"浓缩和聚焦现代社会一切重大问题的符码"的时候(吴治平,2008:2),在文化研究和社会理论领域普遍实现空间转向的当代,诗歌研究就不能也无法在这样的语境下继续固守时间叙事的范式,而不去尝试从空间的角度来理解诗歌,挖掘诗歌在空间维度上所呈示出来的独特的自然景观和文化景观。

事实上,如果我们仔细推敲莱辛的这部美学名著,就会发现莱辛虽然明确指出诗歌的基本特质是时间艺术，但他也承认诗歌和绘画在"边界上，在较小的问题上，（二者）可以互相宽容"（莱辛，1979：98）。这说明莱辛其实彼时（1853）已隐约意识到诗歌在某种程度上具备与绘画、雕塑相类的空间特质，因此他才说二者之间还可以突破各自的界限而互相补充。值得一提的是，当莱辛在诗歌与绘画的"边界"上如此徘徊的时候，他压根不会想到苏轼提炼中国诗画艺术的著名诗句"诗画本一律，天工与清新"[①] 已传世800余年！在苏轼眼里，诗与画岂止是在"边界上"相容，而是在整个空间形态上呈示出一种"诗中有画、画中有诗"[②] 的相容。试想一下，倘若彼时莱辛有机会接触中国古诗，并对其诗画艺术可以像庞德那样有缘领悟，那么他的《拉奥孔》可能会对诗画之相似性多一份思考。

尽管如此，西方有关诗歌空间特质的原初意识似乎还是要追溯到将诗歌定性为时间艺术的《拉奥孔》。在这部扛鼎之作问世之前和之后，西方批评阐释界一直延续着重时间叙事而轻空间叙事的传统。受其影响，莱辛的这种原初意识一直未能得到进一步阐发和认识。直到一个世纪之后，随着叙事空间理论的兴起，人们对诗歌的看法才开始有所改变，越来越多的人认识到诗歌是一种与绘画和雕塑相近的空间艺术，所不同的是，绘画和雕塑是时间凝止的无声的空间，诗歌是在时间之流里运动的有声的空间（奥·帕斯，1995：252）。

第一节　诗歌作为空间艺术的因由

尽管学界对诗歌认识的空间转向已经开始，但对诗歌作为空间艺术的具体因由尚未予以深入探讨。要说明这一点，《现代小说中的空间形式》是再好不过的一个起始点。该作是1945年约瑟夫·弗兰克（Joseph Frank）发表在《西旺尼评论》（*The Sewanee Review*）上的一篇著名论文。该文首次从空间的维度对现代小说的美学形式予以探

[①] 苏轼的诗句是对其师欧阳修美学观点的进一步阐发。该诗句摘自苏轼的题画诗《书鄢陵王主簿所画折枝二首》。

[②] 摘自《东坡题跋·书摩诘〈蓝关烟雨图〉》。

讨，因而被许多评论家看作是"叙事空间理论的滥觞之作"（程锡麟等，2007：25）。弗兰克在该文中数次以庞德和艾略特的诗歌为参照，说明现代小说的空间形式近似于现代诗歌的审美形式。从中不难看出，弗兰克的立论有一个基本的前提，那便是肯定现代诗歌是一门空间艺术。

那么非现代诗歌该当何论呢？弗兰克认为，现代诗歌作为空间艺术的一个主要依据是它削弱了语言的内在连续性，采用空间并置而非时间承续的形式来处理诗歌元素。但是根据弗兰克的论述，这种空间上的并置主要是为了安置在顷刻间一同出现的诸种元素的需要。他举例说，普鲁斯特（Marcel Proust）所说的"纯粹时间"或是"视觉瞬间静止"的观相根本就不是时间，而是"瞬间的感觉，也就是说，它是空间"（约瑟夫·弗兰克，1991：15）。瞬间的感觉之所以是一种空间，是因为它在一刹那的时间内汇集了包括记忆、意象、人物，甚至是细节等在内的各种片断。为了让这些片断同时涌现，作家就在形态上使其呈现出一种空间上的并置，而不是时间上的延续，时间由于空间密度的增大在这一瞬间仿佛凝驻不动。

正是基于弗兰克的瞬时空间并置这一立论，我们可以把所有的诗歌纳入空间艺术的范畴。柏拉图的"灵感说"认为，诗人在神妙的激情片刻文思泉涌，全神贯注，进入忘我境界。而诗歌直接承载的就是这种心灵感悟到的万象云集的片刻，非得用瞬时空间并置的手法才能加以表现。我们也经常说，诗歌是用高度浓缩的语言表达深刻强烈的人生体验，"浓缩"一词其实就隐含了这种瞬间信息的密集呈现。事实上，瞬时空间并置这一概念既是一种手法，也是一种形式，它的生命力还在于它与普遍认可的美学意义上的诗歌特征相契合。朱光潜先生说，诗歌是"从混整的悠久而流动的人生世相中摄取来的一刹那，一片段"，并力求"在刹那中见终古，在微尘中显大千"（朱光潜，1997：41）。勃留索夫也说，"艺术的任务自古以来就在于鲜明生动地描绘出人们恍然大悟的感觉的瞬间"，并说"诗歌截取的只是无数感情和不断进行着的事件的某些瞬间和场面"（勃留索夫，1989：168，156）。劳伦斯在《新诗序言》一文中表达了类似的看法，他认为诗歌应该表达现时的瞬间，所谓永恒就是把心灵感知到的万象凝成现时的一瞬（Lawrence, 2004：106）。这样的瞬间已不再是时间，而是弗兰克所说的空间。这表明，从瞬时空间并置的意义上来讲，任何一首诗歌都可以看作是苏珊·弗里德曼（Susan Stanford Friedman）所强调的那种突出空间的"空时体"（topochronic）艺术（苏珊·弗里德曼，2007：208），即涵盖了时间的空间艺术。

　　诗人将缤纷多姿的感知瞬间凝聚到纸上的物理形式也可看作是一种空间。康瑞把纸张看作是诗歌创作的画布，诗歌创作的过程就是在纸张画布上构建视觉意象的过程。作者以卡明斯的话为证："抒情诗的言说时代已经过去。最终取得地位的诗歌不再歌唱自己，而是建构自己。"（Conrey, 2007：85）与康瑞持同样看法的人还有很多，如米歇尔和热耐特都把文本自身看作是空间的一种类型，墨西哥诗人、诺贝尔文学奖获得者奥·帕斯（Octavio Paz）的观点是"诗人构造空间"（奥·帕斯，1995：252）。

　　那么诗人在纸上构造的是怎样的空间呢？很显然，这一空间由诗行组成的诗节以及诗节与诗节之间的空白共同构成，读者阅读诗歌的时间过程实际上是一种在诗行或诗节之间穿行的空间行为。一般说来，诗歌在纸上的空间构架主要由诗节组成，正如一部小说的空间构架主要由章节组成一样。许多短诗只有一个诗节，那就只有一个构架，其他诗由两个或更多的诗节组成，那就有两个或更多的构架。这一点也可以从"stanza"一词的词源意义上加以说明。表示诗节的"stanza"一词来源于意大利语，意为房间（room），表示把一栋建筑分成若干个房间以便安排生活。聂珍钊认为，诗人把诗歌划分成诗节是为了方便读者理解诗歌（聂珍钊，2007：47）。但"stanza"的词源意义还告诉我们，诗节的划分不仅仅是出于对读者的考虑，同时也是诗人自己在建构诗歌大厦时必须要搭建的结构性隔间。弗莱断言，诗歌的结构表达了某种"心境"，某种情感价值（Frye, 1957：335）。据此我们可以说，诗歌的空间构架也从一个侧面反映了早期诗歌创作中流露出来的空间意识。读者若要详察诗人构造的空间，须得按照诗人的安排一个个诗节（房间）看过来，才能在此基础上把握诗歌建筑的全貌。

另外，诗歌创作也是一种属于精神领域的活动，建构的是一种精神的空间，创造的是达·芬奇所说的第二自然。根据心理分析理论，诗歌跟小说一样提供了一种空间，诗人在这一空间中表达他们在现实中无法表达或实现的那部分自我，所以诗人的创作就是再造梦的空间。爱德华·索亚（Edward W. Soja）依据列斐伏尔（Henri Lefebvre）的社会空间概念提出三种空间认识论：第一空间主要是感知的、物质的空间，第二空间主要是构想的、精神的空间，第三空间则是一个包容一切的同在性开放空间。在阐述第二空间的时候索亚扩展了列斐伏尔的空间理论，他认为第二空间不仅仅是列斐伏尔所说的那种再现"权力、意识形态、控制和监督"的精神空间，而且"也是乌托邦思维观念的主要空间"，是"艺术家和诗人纯创造性想像的空间"（爱德华·索亚，2005：85）。这也就是说，诗歌创作是一种建构（按照列斐伏尔的说法是生产）精神空间的话语活动。每一首诗以其特有的方式生成一个独特的心灵空间，以此来丰富和延伸由先有的诗歌构筑起来的总的诗性空间。如《孩子快抓紧妈妈的手》[①]这首献给汶川地震中遇难孩子的诗，就创造了一个与以往任何悲悼诗不同的空间，许多人读到拥挤的天堂之路和倒塌的遮蔽阳光的墙时都忍不住要流泪。另一方面，这首诗的出现也是对苦难和哀伤的心灵空间的一种延伸。当读者阅读这首诗的时候，不同的人定会有不同的感受，他们在各自心中建构的空间又会有所不同。若干年后，另一个时代的人阅读这首诗的总体感觉与现在人们的总体感觉也会有所不同。这些来自读者的个体的或集体的感受会不断地扩展和延伸诗人创作的精神空间。

无论是呈示万象云集的瞬间、建构物理的空间还是精神的空间，诗歌创作总体来看都不会采用抽象的语言，而是采用以象征和比喻等修辞格为主的具象化语言。换言之，不论是写景抒情还是叙事说理，"诗歌创作是要把许多意象集中到一起"（Bachelard，1994：xxiv），

[①] 无名氏：《孩子快抓紧妈妈的手》（http：//baby.163.com/08/0519/11/4CA69EI100262MSF.html）。

对其进行有机组合，以实现意义与意象的融合，并最终使"意义本身（也）成为图像性的东西"（保罗·利科，2004：289）。既然意象以及通过意象表达的意义是"图像性"的，那么毫无疑问，意象也必然是空间性的。法国著名哲学家、文学批评家兼诗人巴什拉（Gaston Bachelard）在其《空间诗学》（The Poetics of Space，1994）中不仅将家、抽屉、鸟巢、贝壳、角落等诗歌意象看作是载物的容器，而且将其看作是人类意识的幸福居所，这就从物质和精神两个方面印证了诗歌意象的空间特性。由此看来，由一系列意象（以及意象之间的空白）所组成的诗歌，实际上也就是由一系列更小的空间所组成的一个整体空间。

需要说明的是，通常意义上所说的诗歌意象是指由语词绘制的一个个看得见、摸得着、充满情感和智性的有声画面，它可以是一幅完整的画，我们称之为整体意象；也可以是画中的一棵树、一朵云、一个人物、一块石头，我们称之为局部意象。毫无疑问，任何一个局部意象自身都是一个相对独立的"图像"空间或轮廓，都占据着诗歌整体"图像"空间中的某个点或是某个位置，并与其他局部意象一起构成诗歌的整体意象或整体空间。从这个意义上来讲，诗歌意象就是诗歌的建筑砌块，是建构诗歌空间艺术的基石，因而也在最基本的层面上进一步彰显出诗歌的空间特性。

第二节　诗歌的情境意象与主体意象

诗歌既然是空间艺术，或是突出空间的"空时体"艺术，那么诗歌叙事也必然是一种空间意义上的叙事。为方便这一探讨，我们有必要将诗歌的局部意象根据其功能意义再分为情境意象和主体意象两大类。所谓情境意象是指表示地点或是隐含着地点的意象，所谓主体意象是指表示叙事对象、行为或状态等的意象。举例来说，在"驿外断桥边""采菊东篱下"以及"a violet *by a mossy stone*"[①]（Wordsworth，

[①] 斜体部分为笔者所加，余同。

1989：53）这样的诗行中，斜体部分就是情境意象，而"采菊"与"a violet"则是主体意象。前者最显著的特征是其前或其后有"外""边""下""by"等表示地点的方位词，后者则没有。附着在意象前后的方位词不仅标记和限定空间，其自身也具有空间属性。弗莱在《批评的解剖》中说："许多介词表达的是空间隐喻，其中绝大多数源于人体方位。"（Frye，1957：335）这就是说，方位词如上下、前后、内外、远近（英语与之相对应的是 up/down，front/back，in/out，far/near）等，都源于人类对空间的认识，表达的是以人体为坐标的空间经验，因而具有很强的空间感。

如此一来，那些通常被看作是叙事对象的意象，只要其前或其后附有方位词，我们也可以将其看作是情境意象。如在庞德的著名诗歌"The apparition of these faces *in the crowd*, /petals *on a wet, black bough*"（顾子欣，1996：638）中，其中的斜体部分就可以看作是情境意象，因为"in"限定了"忽隐忽现的脸庞"发生的场所是在人群中，"on"限定了花瓣是生长在"湿漉漉的黑树枝"上，而不是漂在水上或是落在地上。还有一种情况是，意象前后虽然没有出现方位词，但意象本身却表示地点或方位，因此也可以看作是省略了方位词的情境意象。如《江雪》中"孤舟蓑笠翁，独钓寒江雪"中的"孤舟"和"寒江"就属于方位词省略的情境意象，因为孤舟是渔翁所坐的地方，寒江是其垂钓的地方，也是孤舟停泊的地方。

主体意象是诗歌不可或缺的中心意象，也是诗歌叙事的着眼点。一般情况下被内置在情境意象设定的空间范围内，前者因后者的衬托和限定而得以凸显，并与后者一起形成鲜明的空间层次感。以上各例均已说明这一点。但是，也有的诗歌只提供主体意象，缺省情境意象。譬如艾米莉·狄金森的这首诗：

> Apparently with no surprise
> To any happy Flower
> The Frost beheads it at its play——
> In accidental power——

> The blonde Assassin passes on——
> The Sun proceeds unmoved
> To measure off another Day
> For an Approving God. (Dickinson, 1960: 667 – 668)

诗歌共有四个主要的主体意象，分别由大写的名词"Flower""Frost""Assassin"和"Sun"及其各自前后的状态或行为构成，情境意象只字未提。我们知道，但凡叙事都有一个特定的空间，这一空间在诗歌中须由情境意象来体现。在这首诗歌中，读者不难辨别出隐含在诗行中的情境意象分别是地上和天上。在地上，在某个鲜花盛开的地方，演绎的是严霜对鲜花的摧残或杀戮；在天上，太阳像往常一样对这一切无动于衷，继续沿着它的轨迹前行。诗人将悲剧发生的地点隐含在天和地之间，突出了自然冷酷之主题的普遍性①。由此看来，缺省的情境意象其实并不是真正的缺省，而是隐含在主体意象的叙事之中，以达到突出主体意象、深化和加强主体意象叙事效果的作用。从这个意义上来讲，主体意象有着很强的包容性。

另外需要说明的是，有些情境意象本身也是主体意象，是融汇了两种意象的集合体，如戈尔斯密司（Oliver Goldsmith）的荒村、布莱克的伦敦、艾略特的荒原、克莱恩（Stephen Crane）的沙漠、杰弗斯的美西海岸等。这些不同的意象既是诗人为诗歌叙事设置的场景或情境，又是诗歌叙事的主体对象。这种情形在以地点或地名命名的诗歌中显得尤为突出。此外，一些看似与地点无关的主体意象也会随着诗歌叙事的推进转化为情境意象。譬如，济慈笔下的希腊古瓮无疑是一个主体意象，但诗人着力描写的是古瓮上雕刻的逼真图案及其带给人的遐思，这样一来，古瓮又成了迷人的图案凝止的地方，因而也可以看作是情境意象。同样，布莱克的病玫瑰也是一个主体意象，同时也是全诗的中心意象，但它却为虫子提供了"猩红色的快乐之床"（bed of crimson joy）（Blake, 2002: 72），成为虫子落脚的地方，所

---

① 从生态批评的角度来看，这首诗歌可以说是已经预示了自然死亡中的暴力主题。

以它也是一个主体意象与情境意象兼而有之的意象。这说明主体意象和情境意象的界限不是绝对的，而是相对的，二者在某些情况下可以相互转化或是相互兼容。

第三节　诗歌基于意象的空间叙事

诗歌的空间叙事是基于情境意象和主体意象的空间叙事。诗歌叙事的前提是诗歌有着跟小说相近的故事叙事基础，正如戴维·赫尔曼所指出的那样："叙事学的基本假设是，人们能够把形形色色的艺术品当作故事来阐释。"（戴维·赫尔曼，2007：17）诗歌作为公认的语言的艺术品自然也可以当作故事来阐释。关于这一点布鲁克斯和沃伦在其名著《理解诗歌》中进行了更为具体的阐述：一首诗就像是一出戏，具体而又有着特定的情境——即便是最简短的抒情诗，也是在某个具体情境中进行的言说或对话；诗歌中因此充满了叙事因子（narrative elements），只是有的叙事因子是显性的，有的是隐性的（Brooks & Warren，2004：48）。

布鲁克斯和沃伦所说的叙事因子主要是指叙述者、人物、事件、典故等构成诗歌时间叙事的基本单元，而叙事则是指诗歌通过一连串戏剧化场景的线性呈现来"讲述"一个"故事"。与之不同，我们的侧重点是要突出诗歌戏剧化场景的空间特征，以诗歌的意象为叙事因子或叙事单元，并通过意象来呈现"故事"的一种叙事方式。需要说明的是，空间叙事总是离不开时间。尽管我们将诗歌看作是由一个个意象构成的空间，可诗人在把这些空间意象编织起来的时候仍然要分出时间上的先后，因为语言本身是有先后序列的，语言所承载的"故事"也是在时间中进行的。这样，意象在时间维度上的安排次序就构成了诗歌的"故事"，也构成了诗歌空间叙事的全部内容。

作为一种积极能动的叙事因子，诗歌意象的空间叙事功能主要体现在三个方面。

一　情境意象在很大程度上决定着诗歌的整体基调或语气

朱光潜先生说："每首诗都自成一种境界。无论是作者还是读者，在心领神会一首好诗时，都必有一幅画境或是一幕戏景。"（朱光潜，1997：40）无论是画境还是戏景，都是设在某个特定空间中的情境，这一特定空间一般由单个或数个情境意象勾绘而成，并在很大程度上奠定了诗歌的整体基调或语气。如弗伦诺（Philip Frenean）的《野生的忍冬花》("*The Wild Honey Suckle*")就通过"silent, dull retreat""guardian shade""here""Eden"[1]等四个情境意象的合力作用，描绘出一个伊甸园一般的地方，从而赋予生长于斯、凋落于斯的忍冬花一种远离嚣尘的恬静和幽寂，并使整首诗在顺应花开花落的坦然中透出一丝淡淡的忧伤。

杜甫的《佳人》开篇就说："绝代有佳人，幽居在空谷。"佳人幽居空谷乍看上去颇有一种浪漫的情调，但实际情况却是世乱和情变之后一种无奈的选择。佳人原本养尊于官府人家的深宅大院，现在却到了"零落依草木"的地步，在空旷无人的山谷搭建茅屋过起了凄惨的生活。《佳人》的总体基调是孤高的、悲凉的，这一方面与诗歌所叙"故事"有着直接的关系，但另一方面"空谷"这一蕴含着文化和情感动量的情境意象也起到了决定性的作用。

又如，在罗宾逊（E. A. Robinson）的名诗《理查·科利》("*Richard Cory*"）中，读者看到两个不同的空间：闹市区（downtown）和家里（home）。一个是公众空间，另一个是私人空间；一个是看得见的空间，另一个是隐秘的、外人只能想象的空间。在公众空间里，主人公是成功的典范，是众人崇拜的偶像，所以他走在街上熠熠生辉。但令人想不到的是，在一个平静的夏夜，理查·科利在家里用一颗子弹打穿了自己的脑袋（顾子欣，1996：580—582）。叙述者采用戏剧独白的方式，以一种看似平静的口吻来讲述主人公在不同空间中截然不同的表现，以此来奠定诗歌的反讽基调，进而使人们认识到物质上的成功并不能解救精神上的危机。

---

[1] 该诗被誉为布莱恩特之前美国本土最好的一首自然诗，参见 Fred Lewis Pattee 主编的 *The Poems of Philip Freneau*, Vol. II（Princeton University Library, 1903），第306页。

二 情境意象在很大程度上制约着诗歌的叙事节奏

诗歌作为一门语言艺术，对声音有着很高的要求。诗歌的声音主要通过节奏体现出来，即通过读音的高低轻重或长短变化来取得一种音美效果，借此表达情思，深化主题。诗歌的空间叙事与诗歌的节奏是交织在一起的，后者的徐疾快慢在很大程度上受情境意象的制约。我们以蒲伯（Alexander Pope）的诗行为例：

> She went from O'pra, Park, Assembly, Play,
> To morning walks, and pray'rs three hours a day;
> To part her time 'twixt reading and bohea,
> To muse, and spill her solitary tea,
> Or o'er cold coffee trifle with the spoon,
> Count the slow clock, and dine exact at noon. （Pope, 1998: 54-55）

诗歌作于蒲伯的恋人布兰特小姐离开伦敦去乡下之际。这里选摘的六行诗共有两个大的情境意象：城市（伦敦）和乡下。前者隐含在第一行诗的四个不同地点之中，它们分别是歌剧院、公园、集会和嬉戏的地方（O'pra, Park, Assembly, Play）；后者隐含在其余诗行中，可细分为主人公在乡间散步的地方、祈祷的地方、阅读和喝茶/咖啡的地方、吃饭的地方。城市里的生活丰富多彩，令布兰特小姐应接不暇，诗行的节奏因此很快。整行诗有七个单词，其中五个是单音节词；"Opera"书写成"O'pra"，音节由三个变成两个；"Assembly"是最长的单词，有三个音节，但由于被置放在"Park"之后，所以就和其中的辅音/k/连成一体，听上去似乎只有两个音节。所有这些都缩短了阅读或朗读的时间，而地点中接连出现的三个爆破音/P/，更是给人一种节奏上的紧促感。就这样，主人公的城市快节奏生活在语音层面上得到了生动的体现。从剧院到公园再到集会和嬉戏的地方，也是从一个情境意象到另一个情境意象，诗行的节奏在这里既受制于情境意象，又与之融为一体，二者达到了完美的统一。

接下来的诗行主要写主人公如何在乡间打发百无聊赖的日子，所以从第二行诗开始，诗歌的叙事节奏一下子慢了下来。就拿第二行诗来说，九个单词除必要的虚词之外，剩下的实词"morning"是一个由长短音构成的双音节词，占正常阅读时间的三拍。"walks"和"three"是长单音节词，其他三个单词"pray'rs""hours"和"day"是双元音词，都占正常阅读时间的两拍。再加上所有的实词都是重读的，这就拉长了阅读或朗读的时间，大大放慢了诗歌叙事的节奏，这样的节奏与主人公在乡下长时间漫步和长时间祈祷的慢节奏生活是相一致的，也与诗歌从漫步到祈祷的空间叙事节奏相一致。从第三行起到第六行结束，长长的四行诗中，主人公消磨时间的空间（情境意象）几乎没有变化，都是在适合阅读和喝茶/咖啡的某个地方进行的，只是在最后才转到吃饭的地方，这就使得阅读、喝茶、发呆、搅冷咖啡等主体意象的密度相对增大，给人一种度日如年的感觉。在这里情境意象和主体意象之间密度上的反差使诗歌叙事的节奏显得更加缓慢，这与第一行诗中情境意象密集、主体意象单一（即布兰特小姐）的快节奏叙事恰成反比。情境意象对诗歌叙事节奏的制约由此可见一斑。

爱伦·坡的《致海伦》("*To Helen*")也是一个很好的例子。诗人一开始这样感叹道：

> Helen, thy beauty is to me
> Like those Nicean barks of yore,
> That gently, o'er a perfumed sea,
> The weary, way – worn wanderer borne
> To his own native shore. （顾子欣，1996：530）

海伦的美被比作在香海上轻轻荡漾的典雅的尼斯小船，载着疲惫的、厌倦了流浪的游子回归故里。这里的情境意象分别是香海（a perfumed sea）和故里（his own native shore），前者因后者的缘故带有很强的感情色彩,因为在接下来的诗节中,同样的大海在远离家乡的游子眼里却是"绝望的大海"(desperate seas)。对故乡的眷恋使游子对载舟回故乡的大海也情有独钟,故称之为香海,所以尽管归心似箭,他也希望摇篮一般的尼斯小船在大海上多荡悠一会,一来歇息疲惫的身心,二来延长这惬意的片刻,因此诗歌的整体节奏很舒缓。体现在音韵方面,绝大多数词要读两拍或三拍,两个韵脚都是长音(/i:/和/ɔ:/ʌ/),押韵格式 ababb 则把不同的诗行联结成一个轻慢舒缓的整体,而且越到后边这种感觉越是明显。尤其当我们读到倒数第二行的时候,四个以/w/开头的词(头韵)和长音节词"borne"的搭配使用使诗歌叙事的节奏舒缓到了极点,游子疲惫而惬意的神态跃然纸上。套用莫瑞缇的话来说,这里的情境意象(或曰空间)是一种内在力量,它们从内部决定着诗歌叙事的节奏(Moretti,1998:70)。诗人把女性的美放在这样的情境意象中进行比拟,赋予诗歌叙事一种舒缓优美的节奏和韵律,可谓匠心独运,体现了诗人一贯倡导的音韵美的诗学原则。

三 意象之间的过渡和切换推动着诗歌的叙事进程

诗歌既然是由一系列意象组合起来的一个空时体,那么可以想见,诗歌叙事的基本模式便是从一个意象切换到另一个意象,或是从一个诗性空间切换到另一个诗性空间,这种空间上的切换同时也包含了时间上的过渡。这样一来,诗歌从第一个意象到最后一个意象所跨越的空间距离和时间长度就构成了诗歌叙事的总进程。这就是说,诗歌的叙事进程有赖于意象之间的过渡和切换,意象每切换一次,诗歌叙事就往前推进或是转折一次,当意象切换到最后一个的时候,诗歌叙事也就接近尾声。但是,由于诗歌有长有短,单个意象的数量有多有少,因此我们在探讨意象的这一叙事功能的时候,还要根据实际情况以一组意象或是单个意象的切换来把握诗歌叙事,以便能更清晰地看到意象对诗歌叙事的推动作用。

在一些很短的诗歌中,如庞德的《地铁车站》("*In a Station of the Metro*")、劳伦斯的《自怜》("*Self-Pity*")、狄金森的《预感》

("Presentiment")、兰斯顿·休斯的《梦想》("Dreams")、李白的《静夜思》等,单个意象的数量尽管有限,但所起的作用却十分巨大,因而每一次单个意象的切换就可以看作是诗歌叙事的一个"拐点"。如在《地铁车站》中,读者首先读到的是"忽隐忽现的脸庞",这个主体意象乍看上去有些诡异,但接下来的情境意象"人群中"立即校正了这种感觉,两个意象之间的紧承关系在读者脑海里迅速生成一个总的主体意象,这时读者自然会期待第二行诗对这一主体意象(或者说是主语)有所交待。但第二行诗起首又是一个主体意象"花瓣",紧接着的情境意象表明这是在"湿漉漉的黑树枝上"绽放的花瓣(又一个总的主体意象),并没有对前一个总的主体意象进行陈述或描绘,而诗歌叙事至此已经结束。表面看来,这是一种出乎意料的转折,两个总的主体意象之间似乎没有任何关联,可事实上这是一种独特的、借助意象推动诗歌叙事的方式。诗人借鉴汉语诗歌的叙事手法(吴笛,2007:53),通过有悖常规的句式和意象的切换及叠加来凸显诗行之间本体和喻体的内在一致性以及意象之间的平行喻指关系(花瓣喻脸庞,树枝喻人群),给英语诗歌叙事注入新的活力,令人耳目一新。

其他如日本的俳句,每首诗有三行,每行一个意象,三个意象的叠加构成诗歌的总体意境,而诗歌叙事也是分三步走,所以叙事的进程完全由单体意象的切换来牵引。譬如日本俳圣松尾芭蕉的自然诗《古池》:"古池や/蛙飛こむ/水のをと。"① 诗歌中文大意是"蛙跃古池水声响"。其中第一行写古池的静幽,第二行写青蛙跃入古池的动作,第三行写池水发出的声音,三个意象环环相扣,诗歌叙事也随之张弛变化,形象地再现了大自然的"静"中之"动",以及瞬间"小动"之后的清寂幽玄。

篇幅较长的诗歌意味着诗歌叙事的内容比较丰富,叙事的过程比较延宕曲折,意象的数量因此也会相应增多。在这种情况下,尽管诗

---

① 松尾芭蕉:古池や/蛙飛こむ/水のをと。(http://www.docin.com/p-719370313.html)。

歌叙事仍然随着单个意象的切换而推进，我们仍倾向于把意象分成组，通过意象组之间的切换来看诗歌叙事，否则很容易在众多单体意象的频繁更迭中模糊视线，看不清诗歌空间叙事的脉络和走向。一般说来，一组意象由数个主体意象和限定它们的一个情境意象构成，这样的情境意象在诗歌中不止一个，它们既是意象组的边界，又是指引诗歌叙事前行或转向的"路标"。我们以《帕特里克·斯本司爵士》("*Sir Patrick Spens*")（顾子欣，1996：4—14）一诗为例来说明。该诗是一首苏格兰民谣，由十一个诗节组成，每节四行，场景共变换了六次，分别由六个情境意象来表示，每个情境意象下边又含纳了数量不等的主体意象，现分列如下：

邓弗林城（Dumferling Town，第一、二节至第三节前两行）：国王一边喝着血红的葡萄酒，一边问谁是最佳水手。一位老骑士推荐了斯本司爵士，于是国王写信给后者令其出航。

沙滩（第三节后两行至第四、五节）：在沙滩上漫步的斯本司爵士接到信后第一反应是放声大笑，以为是在开玩笑，但当确认无疑时，他开始泪水涟涟，并怀疑有人设计陷害他。

勇士们居住的地方（第六、七节）：斯本司爵士催促大家快做准备，第二天就出航，有位水手说这样太凶险，因为深夜时分他看见新月将亏月环护，这意味着暴风雨必将来临。

海上（第八节）：勇士们出航不久，他们的帽子就漂浮在海面上。

家园或海滩（第九、十节）：夫人们期盼丈夫的归来。她们先是坐着，手里握着扇子不停地张望，然后是站着，头上的金钗闪闪发光，但她们的丈夫已是一去不复返。

离阿伯丁村不远的海底（Aberdour，第十一节）：斯本司爵士在那里安息，身边躺着许多苏格兰勇士。

可以看出，诗歌叙事随着以地点或情境意象为标记的意象组之间的切换一步步向前推进，而地点或情境意象的更换恰与悲剧发生的转折点和悲剧色彩的浓淡相吻合。这是一出明知去送死却不得不去死的悲剧。悲剧的根源是国王，血红色的葡萄酒象征着国王嗜血成性，他设在邓弗林城的王宫则是悲剧的策源地。诗歌叙事一开始就点明这一地点，足见其重要性。从王宫转向沙滩，诗歌叙事的对象也从国王转向斯本司爵士。沙滩是一个富有情调的地方，斯本司爵士漫步沙滩表明其生活悠闲自在，而国王的信却破坏了这种宁静。斯本司爵士读信的前后反应表明国王的命令是多么荒唐残忍，竟然下令臣子在这样一个风高浪急的季节出海①，从而为悲剧的发生埋下了伏笔。斯本司爵士明知此次出海凶多吉少，但在别无选择的情况下只好通知大伙尽快准备起航，叙事地点于是从海滩转向斯本司爵士和勇士们对话的地方。诗歌虽然没有点明对话的地点，但根据内容可以推测这是勇士们居住的地方，是他们的家园所在地。在这里，一位水手看到的月相进一步预示了悲剧发生的可能性，也使得他们的出航更显悲壮。由于有了这样的铺垫，也为了突出悲剧在瞬间的凝重，诗歌叙事省略了悲剧发生的具体过程，直接将叙事地点转移到灾难发生之后的海上，使读者看到从家园到海上仅用了很短的一段时间勇士们就葬身海底，唯有他们的帽子继续在海面上漂浮。

　　诗歌叙事的高超之处还在于，它并没有就此打住，而是接连又转换了两次叙事地点。在家园或海滩，夫人们坐卧不宁，急切盼望亲人的归来，紧接着叙事转向海底，斯本司爵士和他的伙伴们全都躺在那里。一方面是家中亲人的殷切期盼，另一方面却是海底深处的尸体，两相对比更是悲上加悲，真可谓"可怜无定河边骨，犹是春闺梦里人"②。诗歌叙事就这样从悲剧的策源地王宫一路切换到悲剧收场的海底，每一次空间/意象组的切换都与悲剧的发生步调一致。

　　以上所言诗歌意象的空间叙事功能都是针对诗歌的局部意象而言的（确切地说是针对诗歌的情境意象和主体意象而言的），这三个方面的功能基本上涵盖了诗歌叙事的主要层面，并且都是朝着一个总体效果生发，最终生成一种完整的诗的境界或是一个完整的诗歌意象。这样的意象本身也是一个整体空间。一首诗的空间叙事就是在这样的整体空间中进行的，并最终生成这样的整体空间。可见诗歌在局部意

---

① 这也是一种有悖自然规律的做法。从这个意义上来讲，这首诗也可以说是一首生态寓言诗。

② 摘自唐代诗人陈陶的《陇西行》。

象层面上进行的叙事始终与其整体意象紧密相连，相辅相成，因而要从整体上把握诗歌的空间叙事，诗歌的整体意象也不容忽视。这就是说，不管是局部意象还是整体意象，都在诗歌叙事中发挥着十分重要的作用。

　　同时，要理解诗歌空间叙事的深层背景和意义，生成诗歌的外围空间也是一个必须要考虑的因素。因为任何诗歌的产生从来就不是孤立的，它总是与其产生的时代紧密相连的，而当我们把一个时代的诗歌放在一起进行总体观照的时候，其中所涵纳的共同的"地志的空间——即作为静态实体的空间"（程锡麟等，2007：30）便会显现出来。换言之，每个时代的诗歌都有一个大体趋同的空间取向，投射出该时代人们的审美观、人生观、价值观、伦理观等一系列形而上问题，并在很大程度上决定着诗歌的主题意旨。譬如，汉魏六朝时期的乐府诗和盛唐山水诗就有着不同的空间取向，前者着眼的空间主要是社会下层，旨在表达民间的疾苦；后者着眼的空间主要是山水自然，重在抒发一种灵动空明的自然心境。两者之间的这一差别反映了不同时代的精神风貌。再譬如本书拟探讨的当代美国生态诗歌，它与传统自然诗歌的区别之一也在于空间取向的不同。传统自然诗主要抒写自然崇高壮美或是秀丽宜人的一面，而当代美国生态诗歌虽然也关注这类诗性空间，但为了表达一种生态整体主义的价值观和伦理观，这类诗歌还将目光投向历来为人们所诟病的垃圾场和粪堆。毫无疑问，这样的时代空间及其所承载的时代意识有助于我们在一个更为宽广的空间背景下来考察诗歌的空间叙事，而这种阔景式的考察反过来又会揭示出诗歌影响和重塑空间/地方的重要作用和意义。

第二章

生态诗歌的基本特征

生态文学是 20 世纪西方生态思潮的一个重要分支，于 20 世纪 90 年代末开始进入我国学者的视野。鲁枢元的《生态文艺学》（2000）、程虹的《寻归荒野》（2001）、王诺的《欧美生态文学》（2003）、曾繁仁的《生态存在论美学论稿》（2003）等著作在很大程度上推动了生态文学和生态批评在我国的接受和普及。与此同时，一些出版机构也先后推出中文版生态哲学或生态文学系列丛书，如吉林人民出版社推出的"绿色经典文库"（16 卷本），安徽人民出版社推出的"绿色经典生态文学丛书"（14 卷本），以及三联出版社新近出版的"美国自然文学经典译丛"（4 卷本）等等。毫无疑问，这些译著的面世进一步加快了生态文学和生态批评在我国的"熟悉化"进程。

然而，纵观国内现有的生态文学研究的专著和译著，一个很大的缺憾便是生态诗歌翻译和研究的缺失。之所以这样说，是因为作为生态文学一个十分重要的组成部分，生态诗歌不仅量大面广，影响力巨大，而且还凝聚着"西方（生态）文化思考的前沿和精华"（Parker，2005：ii）。就"量"和"面"而言，仅在费什沃斯等主编的《生态诗歌集》①中，就收录了 200 多位生态诗人，其中 176

---

① 除了这部颇具权威性的《生态诗歌集》之外，还有不少为读者所喜爱的生态诗集，如 Peter Abbs 主编的 *Earth Songs*（Green Books, 2002）；Mario Petrucci 创作的 *Heavy Water: A Poem for Chernobyl*（Enitharmon Press, 2004）；Alice Oswald 主编的 *The Thunder Mutters*（Faber & Faber Poetry, 2005）；Neil Astley 主编的 *Earth Shattering: Ecopoems*（Bloodaxe Books, 2007）；Peter Magliocco 创作的 *Texting Poems to Darwin's Ghost*（Moon Willow Press, 2012）；Rachael Dacus 创作的 *Earth Lessons*（Rachael Dacus, 2013）等。

位是 20 世纪 60 年代以后创作的诗人，或是当下正在创作的诗人。就"前沿"和"精华"而言，我们只需列举几位诗人便可窥得一二：杰弗斯被认为是当代最早具备生态意识的作家和诗人；斯奈德被誉为美国最具生态意识，也是当下最走红的生态诗人；默温可谓美国诗歌史上屈指可数的全能型生态诗人，是唯一一位包揽了包括普利策诗歌奖（2次）和国家图书奖在内的所有诗歌奖项的诗人；而罗特克（Theodore Roethke）对"丑"之自然的钟爱则使其成为美国最独特的一位生态诗人。

如此一来，尽管我国读者可能对构成生态文学的散文或小说并不陌生，但对其中的生态诗歌却未必了然。事实上，国内生态诗歌研究或译介的缺失使不少读者对生态诗歌颇感陌生，对生态诗歌的定义及本质特点也缺乏应有的了解。为此，本章试图阐明生态诗歌的基本特征以及运用空间诗学理论来解读生态诗歌的优势和必然所在。

第一节 生态诗歌界说

什么是生态诗歌？在回答这个问题之前，我们先来看惠特曼的两首诗歌。一首是《红木林之歌》（"Song of the Red-Wood Tree"），另一首是《这样的腐肥》（"This Compost"）。这两首诗歌虽然都是关乎自然的诗歌，但由于前者是从红木树的角度歌颂人类的超凡伟大及其砍伐红木林的辉煌前景（Whitman，1975：235—239），因而可以说这是一首以人类为中心的很不"生态"的诗歌；后者赞叹大地化腐朽为神奇的力量，赞其能够"从如此腐烂中生出如此甜美的东西"（同上：391），因而是一首表达生态整体主义思想的很"生态"的诗歌。

再譬如陆游的《卜算子·咏梅》和前文提到的弗伦诺的《野生的忍冬花》。二者都是以鲜花为主题的诗歌，但咏梅诗的本意不在花，而在人，读者仅从"已是黄昏独自愁，更著风和雨"中就能看出梅花不过是诗人表意的媒介、客体或场所（site），因而算不上是生态诗歌。与之不同，弗伦诺的忍冬花则是诗歌的主体，诗歌通篇描写忍冬花生于斯、逝于斯的自然和恬淡——即使诗歌末尾的慨叹也是作为主体的忍冬花对人的一种精神启迪①，而不是人将自己的思想或感情强加于鲜花，因而可以说是一首生态诗歌。

以此来推断，我们可以在劳伦斯、华兹华斯②、布莱克乃至古罗马诗人维吉尔和奥维德的诗歌中找到大量的生态诗歌，尽管诗人们在他们各自创作的时代未必就有明确的生态意识。换言之，不管诗人创作的时代如何，也不管诗人本人有无意识，只要读者能够从其诗歌中解读出生态的意蕴，我们就可以视这类诗歌为生态诗歌。这就是通常所说的广义上的生态诗歌，其范围可谓涵盖中外，贯穿古今。

本书着重探讨狭义上的生态诗歌，间或论及广义上的生态诗歌。所谓狭义上的生态诗歌是指 20 世纪中期以来发端于欧美尤其是美国以环境和生态为其创作主旨的一种新型的自然诗。作为当代欧美诗歌创作的一个重要流派，它所蕴含或昭示的生态伦理、生态理念、真挚情感和不断拓展的主题空间在相当程度上影响、改变着人们的生态价值观，并为越来越多的读者所接受。如前所述，这一点主要体现在三个方面：一是生态诗歌选集或专集不断推出；二是出现了生态诗歌创作、研究与传播的组织机构以及专门登载和研究生态诗歌的刊物；三是研究生态诗歌的论文和专著自 20 世纪 90 年代以来不断推陈出新。

尽管如此，对于什么是生态诗歌，欧美学界目前还没有一个统一的说法，因为时至今日，生态诗歌的"边界仍然是流动不居的"，正如费什沃斯和斯特瑞特所指出的那样（Fisher - worth & Street, 2013: xxviii）。仅名称而言，就有"ecopoetry""ecological poetry""ecopoem""environmental poetry""post - pastoral"以及"sustainable poetry"等不同的说法。同时，由于着眼点不同，学者们对生态诗歌的理解和描述也各有侧重。如吉弗德就把生态诗歌定义为"直接以环境问题为主题的绿色诗歌"（Gifford, 1995: 3），萨盖定义为"强调人与自然

---

① 弗伦诺在诗歌末尾这样写道："If nothing once, you nothing lose, /for when you die you are the same."

② 参见 Jonathan Bate 著 *Romantic Ecology: Wordsworth and Environmental Tradition*（Routledge, 1991）。

持续合作的诗歌"（Scigaj，1999：37），布里森则指出了生态诗歌的几个显著特征，那便是强调生态中心视角、倡导人在自然面前的谦恭、怀疑和批判极端理性主义和过度技术化的现代社会（Bryson，2002：5—6）等。劳伦斯·布伊尔虽然没有直接对生态诗歌予以界定，但他对环境文本所设的几个标准也同样适用于生态诗歌：非人类环境不仅仅是人类活动的背景或场所；自然自身也拥有合法权益；环境是一种动态的过程，而非静止的状态（Buell，1995：7—8）。

费什沃斯和斯特瑞特对生态诗歌的界定既有总结前人之意，又有她们自己独到的见解。在她们看来，生态诗歌关注生态中心问题，尊重非人类世界的完整性（integrity），它既为生态危机所塑造，又对生态危机作出回应。但生态诗歌并不是铁板一块，而是变动不居的，是不同阶段、不同层面的诗歌共同组成的一个整体，这一整体主要由三种不同的诗歌组成：第一种是自然诗歌。她们所说的自然诗歌是指视自然为主体、人从自然主体中获得灵感的诗歌（如《野生的忍冬花》），其目的是要挖掘人类与非人类世界相遇（encounter）相知的生命意义。第二种是环境诗歌。环境诗歌是20世纪60年代兴起的环境保护运动的产物，它关注的焦点是环境正义问题，有着鲜明的政治色彩。第三种是生态诗歌。这类诗歌重视语言的生态性，甚至将语言自身也看作是一种生态，并通过生态的语言来想象和重建人类与非人类世界之间的和谐关系（Fisher-worth & Street，2013：xxviii—xxix）。

从中可以看出，不论学者们对生态诗歌的定义或看法有何不同，可以肯定的一点是，生态诗歌关注的焦点始终离不开环境与生态问题，或者说其创作主旨就是环境与生态，因为这也是历史发展的必然：现代化进程所造成的生态灾难和生态危机迫使身处这一历史语境的当代诗人不得不关注传统自然诗人尚未意识到，或是尚未被迫去面对的关乎自然、环境、生态以及社会的一系列焦点问题。如此一来，生态关怀亦即对自然和地方的保护、恢复和改善以及对人与人之间环境正义的关注、对人与其他物种之间乃至物种与物种之间种际关系的关注就成为生态诗歌最基本的价值取向和伦理取向。

第二节 科学与诗的对话

关于科学与诗的关系，英国科学家、诺贝尔奖获得者罗斯（Ronald Ross）曾打过这样一个比方："科学是心灵的微分，诗是心灵的积分，微分与积分分开时各有各的美丽的涟漪，但合起来时，尤能见到广阔的波澜。科学与诗总有一天会合起来的。"（童元方，2005：175）无论从广度还是深度来看，当代生态诗歌的一个显著特征便是实现了罗斯所预测的科学与诗的结合，使之成为融科学与诗于一体的、最具科学诗性或曰诗性科学的诗歌。换言之，科学不仅影响生态诗歌，而且已融入生态诗歌的脉络，成为生态诗歌的一个有机组成部分，并在生态危机时代彰显出非同寻常的意义。我们拟从三个方面来说明这一点。

一 科学与诗的关系背景概说

为了在一个更为宽广的背景下来看生态诗歌与科学之间的对话，有必要就科学与诗之间的关系演变进行一番梳理。

西方学界对于科学与诗的关系历来持两种截然不同的看法：一种认为科学与诗是截然对立的，另一种认为科学与诗是交融互补的。持前一种看法的理由是：科学是客观的、实证的、不带情绪的，而诗从一开始就是主观的、直觉的、情感的；科学的语言因此是直白的、精确的、符合逻辑的，而诗的语言是含蓄的、象征的、符合情境的。用英国物理学家狄拉克（Paul Adrie Maurice Dirac）的话来说就是："科学的目标是把困难的事情用简单的方法来分析，而诗的目标呢？是把简单的事情用不可思议的方法来说明。"（童元方，2005：81—82）

正因为将科学与诗的关系看作是一种泾渭分明的二元对立，一些诗人或学者对科学入诗就持一种怀疑或否定的态度，认为诗歌中的科学元素会影响诗歌的画意、乐感、想象力等美学表达，使其诗意大打折扣。如济慈曾担心科学"会破坏一切诗歌的可能性"（瑞恰慈，2003：12）；爱伦·坡认为科学与诗是相左的，因为诗的目的在于愉悦（pleasure），而科学的目的在于真理（truth）（Poe，2011：106），他因此在《致科学》（To Science）一诗中谴责科学破坏了诗人心中的仲夏夜之梦，破坏了诗的浪漫和神秘（同上：107）①。如果说济慈和爱伦·坡担心或反对科学对诗歌的削弱、破坏作用，那么斯诺②则认为文学/诗是科学发展的羁绊，文学家或诗人对科学的漠视乃至无知直接影响到西方科学革命和工业革命的进程（Snow，1959：12）。斯诺将科学与诗看作是两种截然不同的文化，这一观点在西方世界风靡一时，从而使科学与诗之间的分野更趋分明。

持第二种看法的学者认为，科学与诗之间的主客观之分不是绝对的，而是相对的。根据库恩（Thomas Kuhn）的范式理论，特定时期的科学观点或知识主要取决于其科学共同体（scientific community）所共同认定的知识框架或范式，而范式又是不确定的、变化的。当越来越多的反常现象无法纳入公认的解释框架时，旧的范式就会被新的范式所取代，科学的主观性由此显露出来。范式理论可谓解构了科学的客观性，打破了科学与诗之间的主客泾渭之分，消解了二者之间的对立。关于二者在语言方面的差异，随着语言学及隐喻研究的不断深入，越来越多的学者认为，科学所谓的直白的语言其实也是充满了隐喻修辞的语言，只是其修辞性被人们遗忘了而已。英国当代诗人阿米提指出，科学跟诗歌一样都是在模仿宇宙，它所采用的主要方法仍然是一种诗性的方法，即隐喻（metaphor）的方法，因为跟诗歌一样，科学也是对相似性（likeness）和等同性（equivalence）的一种描述（Armitage，2006：119，120）。

从现在的发展态势来看，越来越多的人认同后一种看法。20世纪

---

① 爱伦·坡在诗歌中这样诘问道："Science! True daughter of Old Time thou art! / Who alterest all things with thy peering eyes. / Why preyest thou thus upon the poet's heart, /Vulture, whose wings are dull realties?.../Hast thou not torn the Naiad from her flood, /The Elfin from the green grass, and from me / The summer dream beneath the tamarind tree?"

② 斯诺（C. P. Snow）1959年5月7日在剑桥大学作了题为《两种文化与科学革命》（"The Two Cultures and the Scientific Revolution"）的著名演讲，他在演讲中将西方世界的诸多问题归咎于科学与文学之间的对垒，并将批判的苗头指向培养文化精英的英国古典文学和现代文学。该演讲同年在英美国家以专著形式出版。

美国最著名的科学家和生态作家卡森（Rachael Carson）说："科学的目的在于发现和显示真理，而文学的目的，在我看来，也是如此。"（Brooks，1972：128）科学与诗不仅有着相同的目的，而且也有着相同的来源和认识对象——自然。除此之外，二者都是人类认识或反映自然的一种方式，而细致的观察和丰富的想象则是二者共同使用的法宝。也许正是因为如此，不少科学家同时又是了不起的诗人，如英国科学家伊拉斯谟·达尔文（Erasmus Darwin）[1]、戴维（Humphry David）和麦克斯韦（James Clerk Maxwell），俄国科学家罗蒙诺索夫（Mikhail Lomonosov），法国当代科学家巴什拉，我国数学家谷超豪和地质学家朱夏等，都是响当当的诗人科学家。

再从诗人的角度来看，西方诗歌史上但凡伟大的诗人皆为博学之士，他们的知识结构中都具备各自时代所应具备的科学知识或至少是科学常识，而这类科学知识所引发的世界观的变化注定会对诗人的创作产生影响，因为世界观的变化"触动的是以往心灵底精密的组合之基本原则"（瑞恰慈，2003：31）。卢克莱修（Titus Lucretius Carus）、维吉尔、但丁、弥尔顿、歌德、雪莱、惠特曼等莫不如是，科学元素因此不可避免地融入他们的诗歌。譬如，卢克莱修的诗歌《宇宙奥秘》（"*On the Nature of the Universe*"）旨在通过诗性科学和哲学启蒙世人，使之摆脱宗教和迷信的思想禁锢；维吉尔的《农事卷》（*Eclogues*）既是优美的诗作，又是农耕和畜牧的知识手册；雪莱因给其名作《解放了的普罗米修斯》注入丰富的科学元素而被誉为"诗人中的牛顿"（a Newton among poets）[2]；惠特曼的《草叶集》则融汇了天文、地理、化学和数学等一系列科学知识[3]。

---

[1] 伊拉斯谟·达尔文是查尔斯·达尔文的祖父，以其研究植物的名作 *The Loves of the Plants*（J. Johnson，1789）和 *The Economy of Vegetation*（J. Johnson，1791）而闻名。这两本著作都以诗论科学，被誉为诗学与科学结合的最佳典范，后被编撰一处，成为 *The Botanic Garden* 丛书的两大组成部分。

[2] 参见 Carl Grabo 著 *A Newton Among Poets: Shelley's Use of Science in Prometheus Unbound*（Cooper Square Publishers，1930）。

[3] 参见 Joseph Beaver 著 *Walt Whitman: Poet of Science*（King's Crown Press，1951）。

古典诗人和浪漫主义诗人如此，现代派诗人和当代诗人更是如此。奥尔布赖特（Daniel Albright）的《量子诗学》（*Quantum Poetics*，1997）论证了量子物理学和相对论对叶芝、庞德、艾略特等现代派诗人所产生的巨大影响，而《当代诗歌与当代科学》（*Contemporary Poetry and Contemporary Science*，2006）则通过当代诗人与当代科学家合作创作的实践表明，科学与诗的结合不仅富有成效，而且还会带来意想不到的效果[①]。2008 年由英国文化委员会出版的诗集《感受压力：气候变化中的诗歌与科学》（*Feeling the Pressure：Poetry and Science of Climate Change*）是科学与诗结合的又一典范。在美国，普米洛出版社（Pomelo Books）于 2014 年 2 月推出了一套（6 卷本）专门针对幼儿园和小学各年级学生的诗歌教材[②]，这套教材共收集了 78 位获奖诗人的 218 首科学诗歌，目的是让儿童通过读诗既懂得科学的道理，又能学到诗歌语言的精妙之处。可见科学影响诗人，诗人又直接或间接运用科学，并在一定程度上促进科学知识的传播和新科学的诞生，二者之间既交融互补，又互动生发。

二 生态诗歌的科学因缘

我们之所以说当代生态诗歌是最具科学诗性的诗歌，是因为它产生在一个科学高度发达的时代，必定会受到科学的影响，或者说科学的元素作为一种质性的东西必定会在生态诗歌中映现出来。生态诗歌对自然所采取的环境主义（environmentalism）立场和态度也注定了它与科学的联姻，因为环境主义总是与科学密切交织在一起。别的不说，生态诗歌的英文修饰语"ecological"或"eco"本身既含有伦理、

[①] 这是一部集诗歌、散文、评论于一体的著作，由 Robert Crawford 主编，是由维康姆信托集团和英格兰艺术协会（Welcome Trust and the Arts Council of England）资助的科学家与诗人合作创作的项目成果。项目的主要内容是，来自不同国度、不同地域的当代诗人与当代科学家结成对子互访、交谈，之后诗人就访谈所得创作一首诗歌，科学家则针对诗歌写出简短的评论。总的来看，科学家认为诗人表现科学的方式使他们对自己的研究领域有了新的认识，而诗人则认为科学家的研究也为他们提供了创作的灵感和尺度。

[②] 丛书名为 *The Poetry Friday Anthology for Science：Poems for the School Year Integrating Science，Reading，and Language Arts*。

哲学、美学诸方面的人文意蕴,又含有自然科学的属性和特质,仅这一点也可见出生态诗歌是人文与科学兼具的诗歌。但生态诗歌之所以能够成为迄今为止最具科学精神、最富科学元素的诗歌,还有赖于它产生的科学语境和创作宗旨。

生态诗歌产生的年代是科学知识在文化领域产生广泛影响的年代。就拿生态诗人比较集中的美国来说,两次世界大战为其科学大发展提供了契机,而纳粹统治期间大批科学家被迫移居美国更是极大地促进了美国科学的繁荣。根据梅德森的统计,从 1943 年到 1961 年,101 位诺贝尔奖得主中美国就占了 48 位;美国科学发展联合会(The American Association for the Advancement of Science)的会员从 1948 年的 42000 名增加到 1962 年的 71000 名,成为当时世界最大的科学研究组织(Mendelsohn, 1963:441)。此外,各类科学知识还通过学校、报纸杂志、广播电视等渠道广为传播,其中课本[①]以及各类媒介热衷登载或播放的、由电子显微镜或哈勃望远镜等高科技手段拍摄下来的图像更是以直观的方式,将微观和宏观世界的知识奥秘"推销"给学生和公众。这样做的一个必然结果便是,科学在不知不觉中成为人们文化生活的一个有机组成部分,科学的语言也随之渗透到人们的日常用语中。

任何诗歌创作都是在特定时期的语言和文化环境中进行的艺术活动,该时期的语言和文化定会或隐或显地渗入诗歌的经络。毋庸置疑,在科学话语不断生成的历史语境中,生态诗人必然纳科学入诗,以此来体现时代特色,诚如克罗福特所指出的那样:"在诗歌中运用这类(科学)语言和经验是诗人的快乐甚至是义务。"在他看来,科学已经成为当代人的普遍经验,如果诗歌无视这一经验的广阔领域而只是一味地描写大海和星辰、爱情和死亡,诗歌最终会脱离大众经验的根基而成为"少数人的隔都"(Crawford, 2006:54)。大量事实表明,科学的语言已然成为生态诗歌语言的一个有机组成部分。如罗杰

---

① 如美国小学生的科学课本《科学精华》(Science Essentials, 2009)就涵盖恐龙、动物、鸟类、昆虫、人体、健康、营养、植物、太阳系、地球、天气、环境、磁铁、电、简单机械等几乎所有的科学领域。

斯在《精确》("*Being Specific*") 一诗中就用原子、电子、强子、夸克等科学术语来描写蜘蛛；埃蒙斯常用一些科学术语如复眼（Ommateum）、机制（Mechanism）、催化剂（catalyst）等为自己的诗作命名；杜克（Shirley Smith Duke）在《光速》("*At the Speed of Light*") 中对各种能源的描写；汤普森（Holly Thompson）在《彗星猎人》("*Comet Hunter*") 中对日本业余天文学家发现百武彗星的描写等等。这些虽然是一些极端的例子，但也足以说明生态诗人对科学语言和知识的重视程度。

不仅如此，由于在科学氛围浓厚的文化语境中长期浸润，有相当一部分生态诗人自身还是科学家，或是"业余科学家"，或至少有这样那样的科学背景。如英国当代生态诗人兰瑟姆（John Latham）同时又是物理学家和研究全球变暖的科学家，莫理（David Morley）是生态学家，珀楚赛（Mario Petrucci）则通晓有关森林的专业知识；当代美国生态诗人罗杰斯本科阶段的辅修专业是天文学和动物学，埃蒙斯则接受过正规的科学训练；加拿大著名生态作家和诗人阿特伍德（Margaret Atwood）的父亲是昆虫学家，阿特伍德自幼耳濡目染，也学到了不少相关知识。这样的生态诗人无疑会更加主动、更加自觉地将他们所熟知的科学知识或常识应用到诗歌创作中，这就为科学与诗歌的对话提供了更为成熟的条件。

生态诗歌也是在生态灾难不断、生态危机频发、环境保护运动蓬勃兴起的历史条件下产生的，其创作宗旨是为了唤醒人们的生态意识，重建人与自然的和谐。这也就是说，生态诗歌跟其他形式的生态文学一样，具有很强的历史使命感，是现代人为了改变日趋严峻的生态现实而在文化领域积极图变的又一表征。然而，要在一个科学知识十分普及的时代谋求变革，引导读者进行生态思考和生态理解，生态诗人只能乞灵于科学，将科学作为诗歌的哲学支撑或知识导引，就像过去的诗人只能乞灵于神灵或宗教一样。换句话说，20世纪兴起的现代科学是当今生态诗歌创作所凭依的主要的知识框架，正是凭借这样的知识框架，生态诗人才突破了传统自然诗的创作范式和诗学追求，赋予生态危机时代的自然诗一种科学的魅力和深刻的洞见。

三 基于科学认知的审丑诗学

生态诗歌的创作宗旨和科学洞见还促生了一种新型的诗学，这便是审丑的诗学，安德森称之为"抵制如画的诗学"（poetics of the anti-picturesque）（Anderson，2006：2）。审丑自然是相对于审美而言的。传统自然诗尤其是浪漫主义诗歌主要吟诵或讴歌崇高、伟大、明净、秀丽、纤美、可人等方面的自然物象，如鲜花、露珠、夜莺、黎明、泉水、森林、山谷、草地等，因而是公认的"审美"的诗歌。很显然，这类自然在很大程度上是一种理想化的、阿卡迪亚式的自然，我们权且称之为美之自然。与之相比，生态诗歌除了秉承传统自然诗的审美追求之外，还将注意力转向垃圾、害虫、死亡、细菌、排泄物等被忽略、被遮蔽、遭排斥甚至是被打压的那部分自然，我们权且称之为丑之自然。从某种意义上来讲，导致大自然发生"病变"的部分原因乃是出于人类对丑之自然的谬见、偏见、打压乃至消灭。基于这一认识，生态诗歌纳丑入诗，着力揭示包蕴在丑中的自然内在的、深层的美，以此来扭转人们对自然片面的审美体验，重塑人们对自然的正确认识。

这种以丑为美的诗学取向固然有着后现代解构经典、打破中心的普遍特质，但同时我们也看到，如果没有科学的认知作为支撑，生态诗歌所谓的丑也就跟《恶之花》中所描绘的丑没有什么两样。换句话说，科学是影响生态诗歌审丑取向的关键要素，也是帮助读者正确认识丑之美的先决条件，诚如爱默生所言，科学可以修正人们对美的感知。在《自然历史的作用》（*The Uses of Natural History*）一文中，爱默生明确指出："我们通常把自己不了解的东西称为怪物……但是一旦知悉其习性，不仅可以减缓我们的厌恶，而且还可以将其转换成有价值、甚至是令人欣赏的东西。"（Emerson，1959：17）爱默生所说的知悉就是指科学的观察和理解。无独有偶，埃蒙斯在《夏日断想》（"*Summer Session*"）一诗中表达了同样的看法："科学的客观性/甚至让鸭屎/也放光。"（Ammons，2001：254）那么就当下来看，使丑之自然在生态诗歌中"放光"的主要科学发现究竟有哪些呢？或者说生态诗歌从丑中见真美的科学依据是什么呢？

生态学可以说是催生生态诗歌审丑取向的主要科学。生态学在19世纪60年代就已出现，但这门科学及其所引发的哲学思考直到一个世纪以后才引起人们的重视。根据布兰姆威尔的研究，生态学的创始人海克尔从一开始就敏锐地洞察到，生态整体主义是贯穿整个生态学的最基本的法则（Bramwell，1989：43）。生态整体主义的核心内容是：世间万物都有其存在的特殊理由，都在生态系统中发挥着不可替代的唯一作用，彼此之间无任何高低、贵贱、美丑之分。南非作家库切也对此进行了形象地阐释："从生态的角度来看，大马哈鱼、水苔草、水里的虫子都与地球和气候互动共舞……每个有机体都在这个复杂的群舞中发挥着自己的作用。"（Coetzee，1999：53—54）由此观之，传统自然诗讴歌美之自然而鄙薄丑之自然的做法无疑是片面的、主观的，"存在着将自然人工化和理想化的缺陷"（Gifford，2002：77）。生态诗歌的审丑诗学无疑是对传统自然诗学的一种反拨的依据正是源自生态学的生态整体主义哲学思想。生态诗歌对老鼠、苍蝇、蛆虫、毒蛇、食粪虫等"低等"或"有害"动物的关注，对腐尸、排泄物、真菌等各类垃圾的讴歌，以及对暴力和死亡的肯定与褒扬等，不仅没有让人感到鄙夷或恶心，而且还有一种令人耳目一新的善和美，原因就在于，生态诗人将丑之自然的生态价值和精神价值有机地结合了起来，而判定生态价值的主要依据就是生态学。

除生态学之外，20世纪相继问世的其他科学如混沌理论、量子力学、基因随机突变理论等，也对生态诗歌的审丑诗学产生了很大的影响。这几大科学的共性是从宏观和微观两个层面对宇宙自然的本质进行了更为深入的探究，使人们认识到自然是一个动态而复杂的系统，这一系统并不像过去人们所认为的那样是稳定的、有序的、和谐的，而是充满了不确定性和随意性，而所谓的秩序总是与混乱和突变交织在一起。如根据量子力学的不确定性原则，一切皆由不可预言的粒子组成，而粒子的最大特点就是其位置的不确定性，因此人不可能同时精确地测量出粒子的动量和位置。生态诗歌对暴力与死亡、混乱与冲突的肯定和赞美与这类科学发现是一脉相承的，因为自然的不确定性也体现在这几个方面。已故英国桂冠诗人休斯（Ted Hughes）、美国生态诗歌之父杰弗斯以及当下正在创作的美国生态诗人奥立弗、罗杰斯、埃弗森（William Everson）等，都创作了数量可观的暴力诗和死亡诗。其中罗杰斯尤其钟情那种在混乱与冲突中发生的赤裸裸的暴力，其目的就是要通过肯定混乱来否定秩序，真实地呈现自然状态下暴力的非理性特质。从科学的意义上来看，这类生态诗歌践行的仍是济慈所推崇的真即是美、美即是真的诗学原理。这是因为，暴力与死亡、混乱与冲突本身就是一种真实的自然存在，而对这一存在的忠实再现和诗性表达依然是追求真美的一种体现。

潘尼克（Richard Panek）在《看不见的世纪》（*The Invisible Century*, 2001）一书中指出，20世纪科学的一大特征就是对"看不见"（the invisible）的自然奥秘的探寻，也就是对人的肉眼无法看到的宏观或微观世界的探寻，其中以爱因斯坦的相对论和弗洛伊德的心理分析最具代表性。受其影响，当代生态诗人也将笔触伸向未知的、陌生的、不可触的或是看不见的领域。如罗特克在《河流轶事》（"*River Incident*"）中这样写道："我知道我曾经到过那里，/在那冰冷的、无情的黏泥中，/在那黑暗中，在那翻滚的河水中。"（Roethke, 1948: 47）其他诸如在描写和想象荒野、沙漠、沼泽以及细菌、细胞、原子等的诗歌中，我们照样能觉察到"看不见"的科学的影子。而对未知或"看不见"的领域的关注也是对以往被忽略的物象的关注，因而也可看作是具备审丑特征的诗歌。

除了揭示丑中之美，生态诗歌还将被破坏、被损害或被污染的那部分自然、环境、社会也纳入审丑的范畴，因而核废料、有毒气体、有害食品、被损害的人体、水污染、植被破坏、动物杀戮等关乎生态创痛、生态毒物以及环境正义的书写也可看作是审丑书写的又一个重要方面。我们知道，这类题材的诗歌既是对严峻现实的一种直面，又是基于普遍的科学认知和经验，因而尽管形式多样，主题各异，但读者总能从中看到自然或社会的"病容"，而其丑之特质也正在于此。如英国诗人缪顿在《冰川》（"*Glacier*"）一诗中将冰川比拟成一个没牙的、拖着口水的、智慧之泉行将枯竭的老人，表达了科学家和公众对冰川融化的深切忧虑（Munden: 2008: 11）。再譬如兰瑟姆的《毁掉的》("*Spoiled*")和麦嘎乌(Roger McGough)的《施与和回报》("*Give and Take*"),前者写人类一边对大地母亲进行强暴,一边却贪婪地吸吮她的乳汁(76);后者写自然施予人的是白雪,而人类回报给自然的却是酸雨(84)。很显然,生态诗人是要通过"揭黑"或是描绘一幅幅"病容"或种种"病态"来鞭挞社会,警示世人。而在这背后,科学总是如影相随。

总的来看,生态诗人书写自然之丑是为了自然之美,而书写"病容"之态则是为了健康之躯,二者共同的特质是由丑及美、由邪及善。但无论是哪一种情形,生态诗歌总是与科学联姻,而联姻的一个显著成就便是实现了生态诗歌在美学上的超越。二者联姻的另一成就便是生态诗歌摄入了足量的科学元素,诸如科学的术语、信息、知识、观念以及科学的观察、描写、命名等。这样一来,或许有人会担心科学将破坏诗歌的艺术美,正如济慈和爱伦·坡所担心的那样。的确,在生态诗歌不断涌现的今天,个别诗作难免带有说教成分太浓、科学痕迹过于明显的瑕疵,但是从整体上来看,优秀的生态诗人总是能够赋予科学的元素一种精神的、心理的或是美学的意义,将科学与诗有机地融合成一门新的艺术形式,并在很大程度上拓展了科学与诗对话的新空间。"我们知道得越多,神秘感会越深"(Burnside,2006:95)。这说明科学不仅没有破坏生态诗歌的艺术美,反而使其想象的翅膀飞得更高。科学与生态诗歌对话的魅力正在于此。

第三节 文本风景与地方风景

所谓文本风景是指文学作品描写、建构的地方或空间,也可称之为文学地理(literary geography)或文学风景(literary landscape)。克朗认为,"文学不仅描写地区(region)和地方(place),而且在许多情况下文学还在创造地方,创造地理"(Crang,2013:L788—789)[①]。克朗的

[①] 由于笔者参照的原著是亚马逊的 Kindle 版本,该版本只有定位没有页码,故文中用"L"指代定位(Location),余同。

话表明，我们完全可以把哈代笔下的埃格顿荒原、福克纳笔下的约克纳帕塔法县、莫言笔下的高密东北乡等看作是小说中的文本风景。然而从某种程度上来讲，诗歌所创造的文本风景似乎还要胜出小说的，因为许多大诗人是以其独特的地方书写而闻名于世的。众所周知的华兹华斯笔下的大湖区、彭斯笔下的苏格兰高地、惠特曼笔下的美东海岸，斯奈德笔下的内华达山地等就是典型的例证。就拿华兹华斯来说，以他为首的湖畔派诗人对湖区风景的描写在很大程度上促成了英国湖区国家公园的建立，使之成为融自然与人文于一体的、英格兰最美丽、最引人入胜的国家公园，而彭斯当年所讴歌的苏格兰高地也已成为旅游胜地。这大概就是克朗所说的文学创造地方或地理的含义所在吧。

如果说诗歌的文本风景对现实中的地方或空间有着重要的影响和作用，那么反过来说，一个地方的风景或空间也在很大程度上影响乃至决定着诗歌的文本风景，二者形成一种互动生发的关系。经典诗歌如此，基于地方意识的生态诗歌更是如此。为了进一步阐明这一点，有必要就地方与空间的关系加以简要说明。

一 空间与地方

空间的定义可谓纷繁复杂，不一而足，而且至今没有什么标准答案。老子把空间理解为无边的风箱，庄子把空间称为"六合"，意即由上、下、前、后、左、右六个面合成的空间，柏拉图把空间理解为场所或"母体"，亚里士多德将空间定义为被物占据、可以与物分离而又能够留下来的"地位"，康德认为空间是用来整理有无、结构、形态的思维工具，等等。本书所说的空间是指常规意义上"虚""实"兼备的空间。"实"是指与时间相对的一种物质存在形式，在形态上体现为长度、宽度、高度的三维结构，如住宅空间、办公空间、荒野空间等。"虚"是指肉眼看不见但实际存在的非物质形态，如网络空间、思想空间、想象空间等。一般说来，一首诗歌所创造的空间既包括物质的一面，又包括非物质的一面。当狄金森说"头脑比天空还要广""比大海还要深"时（Dickinson，1960：312），她所说的空间如人脑、天空和大海自然是指物质的空间，但头脑同时也是非物质的空间，因为头脑凭借想象建构出来的空间是如此多样、宽广、无限，因而在空间意义上远比天空宽广，比大海深厚。

跟空间一样，学界对于地方的认识也是仁者见仁，智者见智。从哲学意义上来看，地方只是空间的代名词，是与时间相对的一个哲学范畴。在海德格尔看来，地方是人类栖居、归属、守护的世界（Opperman，2011：83）。马赫鲁斯认为，地方是与人类活动紧密相连、人化或文化化（culturalized）的空间，是有限的、肯定的实体（Michelucci，2002：1—2）。克朗在其著名的《文化地理学》一书中指出，地方是时间堆积出来的空间，它能够固定住人们共同的经验和绵延的时间，因而拥有将人们维系在一起的过去和未来（Crang，2013：L1748）。当代美国著名诗人马克·多蒂还将地方内化，认为"地方就在人的身体内，是人类内心生活在物理意义上的等同物"（Doty，1999：64）。这些观点表明，尽管学者们对于地方的看法各有侧重，但仍有一种大体趋同的认知，概括起来便是：地方是一种别样的、凝结人类经验、情感、生活的空间，人类可以以一种物质的或精神的方式在一定时间内将空间转化为地方。这说明空间与地方的区别不是绝对的，而是相对的，二者在人类参与的特定条件下还可以相互转换。

需要说明的是，同样的空间，即使没有发生人类促动的"转化"，也有可能成为地方，而同样的地方也有可能成为空间，这是因为视角和立场不同，看法自然也会不同。弗兰克在论及现代小说中的空间形式时所举的例子是《包法利夫人》中著名的农产品展览会场景。这是一个情节同时在三个层次上展开的场景：和家畜混杂在一起的街道上的人群，在略高出路面的讲台上夸夸其谈的官员，在俯瞰这一切的窗前鲁道夫对艾玛虚假做作的表白。对于小说人物而言，这个场景也许是他们熟悉、期待甚至感到兴奋的地方，而在弗兰克看来这是一种时间凝止的空间，在索亚看来是作家和艺术家创造的第二空间。依据索亚的空间划分标准，华兹华斯笔下的英格兰湖区无疑也是一种空间，可对于讴歌湖区之美的诗人而言，这方宝地也是他和当地居民生活的地方，是他们热爱的家园。再譬如前文提到的戈尔斯密斯的荒村和布莱克的伦敦等也属于第二空间，可荒村在成为荒村之前何尝不是村民们依恋的地方，伦敦何尝不是资本家享乐而年轻妓女遭受凌辱的地方。再譬如，对于印第安人而言，美洲大陆是他们世世代代休养生息的地方和家园，但在最初的欧洲殖民者眼里，美洲大陆是一个广袤的荒野空间，一个文明缺如的巨大的虚空。

如果说把地方"视"为空间既有合理的一面（如弗兰克之例），也有不合理的一面（如美洲大陆之例），那么将地方"转换"为空间在许多情况下则意味着地方的失落和破坏。"将地方变成空间是技术进步所付出的高昂代价，人们所依恋的富有人文景观的地方成为牺牲品，变成了没有灵魂的新的空间。这样的空间在功能上会表现得更加高效，但却失去了经验的品质。"（Crang，2013：L1804）自然，技术不是地方变回空间的唯一原因。政治、经济、权力、战争等因素都可以使一个地方因"失灵"而成为陌生的空间。如萨达姆在位期间为了修建引水工程，仅用10年的时间就将一个7000年来群鸟翩飞、芦荡遍布、被当地人视为伊甸园一般的湿地家园变成了令人沮丧而无望的沙漠空间。一些有识之士在萨达姆倒台之后积极奔走，希望能够将这样的干旱空间再次恢复成人与自然休憩与共的地方[①]。这种从地方到空间，再从空间到地方的二度转换最能说明空间与地方之间的异同及其互动关系。

二 文本风景与生物地方

跟任何诗歌一样，生态诗歌也是空间艺术。所不同的是，生态诗歌特别强调扎根地方、为地方书写的创作理念和创作精神。这样一来，生态诗歌由单个意象构成的整体空间必然会与特定的地方紧密交织，从而使生态诗歌的空间特质因增加了特定地方的维度或"厚度"而显得更加突出、更加鲜明。这个特定的地方可以很大，也可以很小。从大处来看，所有的生态诗歌书写的地方只有一个，那便是人类

---

① 参见 BBC 拍摄的纪录片《伊拉克沼泽的奇迹》（*Miracle in the Mashes of Iraq*, 2010 - 2011）。

与其他物种共同依存的地球家园。从小处来看，这个地方可以是一个家、一栋房子、一个庄园、一条街道，也可以是一片树林、一个花园，等等。可倘若仅仅如此，生态诗歌的地方特征反倒并不明显，因为传统的自然诗歌多数也是如此。生态诗歌鲜明的地方特征主要体现在对生物地方（bioregion）的关注上面，这其实也是生态文学的一个普遍特质，是作家和诗人凭借语言艺术将空间转换为地方的一个十分有效的途径。

所谓生物地方是生物地方主义的一个核心概念①，也是当下美国自然书写与生态批评关注的一个焦点。斯洛维克（Scott Slovic）教授认为，生物地方主义发端于20世纪60、70年代的美国，是一场以环境保护为语境、以"生物共同体"（biotic community）②为思想基石，强调本土自然与文化之核心价值的地方保护运动。与传统地方主义作家（local colorist）如舍伍德·安德森、马克·吐温、威廉·福克纳等不同的是，生物地方主义作家不仅关注特定地方的人类共同体，同时也关注人类共同体赖以生存的自然过程和力量。生物地方主义强调本土的目的是为了培养一种亲密的地方感（intimate sense of place），但这种亲密感不是源自政治或行政疆界，而是源自人们长期以来所归属的生物地方群落。作为生物地方群落的成员，人们应当熟知居住地的自然特性和文化传承，依据地方经验和知识来管理共同体，合理而有效地利用当地的自然资源。斯洛维克教授将这种只关注本土地方的生物地方主义称为早期生物地方主义。

进入20世纪90年代以后，基于对当今大范围的生态问题如气候变化的认识，生物地方主义在地方理解（local understanding）中又引入全球意识，旨在让人们认识到，任何一个地方都不可能是孤岛，因

---

① 有关生物地方主义的观点主要来自笔者采访斯洛维克教授的专稿《生物地方主义面面观》，载《外国文学》2014年第4期。
② 由利奥波德（Aldo Leopold）在其著作《沙乡年鉴》（The Sand County Almanac, 1949）中首次提出。"生物共同体"的提出推翻了狭隘的以人类为中心的共同体定义，将人类伦理体系延伸到人类共同体以外的非人类世界，并教导人们要像善待人类一样善待非人类世界。

为任何一个地方都会与多个地方之间形成一种互动与牵连，更何况现代人所热爱和归属的地方也可能不止一个。因此保护和管理好自己所在的地方既是一个区域性的问题，也是一个全球性的问题。反过来说，人们在考虑全球的同时也必须考虑地方，因为解决全球问题也必须从解决地方问题开始。美国著名环境史学家、美国人文与艺术学院院士唐纳德·沃斯特（Donald Worster）也说："关爱小地方能使我们有足够的自信，是进一步关心整个世界的基础，我们需要小地方来教我们如何关心身边的土地。"（唐纳德·沃斯特，2014：91）沃斯特所言与斯洛维克所说的新版的生物地方主义完全吻合。"全球思维，地方行动"（think globally, act locally）可以说是生物地方主义的思想基石和行动指南。

对照生物地方主义的基本内涵来看，美国当代著名生态诗人个个堪称生物地方诗人。譬如，杰弗斯书写的地方就是加州境内的美西海岸；默温书写的地方是他生活、劳动、创作多年的夏威夷；伯瑞是美国最著名的重农主义诗人，也是杰斐逊思想忠实的践行者，他在各类文学作品中塑造的地方原型就是其家族位于肯塔基州的农场；斯奈德书写的生物地方就是内华达州的齐齐地斯山地；吉米·巴卡是20世纪70年代崛起的其卡诺文学的代表诗人，他关注的是美国西南部的沙漠自然与沙漠土著。如果我们再列举下去，还会看到奥立弗、罗杰斯、霍根（Linda Hogan）、莱蒙托夫（Denis Levertov）、埃蒙斯、库明等生态诗人都有他们各自所专属和专注的生物地方。下面我们且以斯奈德为例进一步阐明文本风景与生物地方之间的关系。

吉姆·道奇指出，斯奈德的作品之所以备受欢迎、广为传播，原因之一就在于人们能够从中体味到一种包括动物、植物、人类在内的以地方为核心的共同体归属感（Dodge, 1999：xx）。道奇所说的共同体是指那种与当地自然和谐一致的理想的小型共同体。之所以说理想，是因为这样的共同体有利于"促进人类文化、政治、社会结构与自然系统的和谐"（Plant & Plant, 1990：13）。毫无疑问，这样的共同体就是我们所说的生物地方。事实上，由于斯奈德本人就是生物地方主义的倡导者之一，读者在他的诗歌或散文中总能感受到一种浓浓的生物地方情怀。特别值得一提的是，斯奈德的生物地方主义不仅强调本土，而且还将本土之外的他乡也作为值得热爱的地方来看待，因而他的生物地方还具备一个地方与多个地方之间"跨地"互动的特征。如他曾经到过日本、中国、印度、尼泊尔等东方国家，他的诗歌和散文分别表达了他对这些他乡之地的乡情乃至家园认同感，颇是给人一种"万水千山总关情"的感觉。尽管如此，只要提到斯奈德，人们总是趋向于将他和齐齐地斯（Kitkitdizze）联系在一起，正如人们一提到梭罗就会想到华腾湖一样，原因很简单：无论在他的诗歌（如《偏僻之地》与《龟岛》）还是散文（如《空间中的地方》）中①，读者都能读到大量有关齐齐地斯的描写。可以说齐齐地斯几乎就是斯奈德的一张名片。

那么现实中的齐齐地斯是一个什么样的地方呢？20世纪60年代，斯奈德在遥远的西埃拉（Sierra）山脚下购置了100公顷的土地，他在这片土地上建造屋舍，用当地一种被印第安人称作齐齐地斯的低矮灌木为其屋舍命名，这一名称后来成为这片土地乃至美国生态乌托邦的代名词。不仅如此，斯奈德还带领家人植树造林，改善环境，同时还教导其他村民尊重自然，善待自然，一丝不苟地践行他所倡导的重新栖居（reinhabitation）理念，那便是脱身现代工业社会，重返土地，重返地方，在生活与劳动、学习与思考中重建人与地方之间的亲密关系。经过20多年的辛勤耕耘，斯奈德及其家人将一个原本无人知晓、在他人眼中的穷乡僻壤变成了一个令人向往的田园福地，成为将空间转换为地方的又一个成功范例。

斯奈德在诗歌和散文中呈现给读者的正是他规划、打造这一田园景观的过程和诸多感受，而"呈现"的过程也是作者构建齐齐地斯这一文学风景的过程。跟所有的文学作品一样，斯奈德的文本风景在对现实风景进行艺术再现和反思的同时也超越了现实风景。这种既"模仿"又超越的结果便是将齐齐地斯打造成生物地方的典型和象征，在

---

① 这几部著作对应的英文名称分别是 *The Back Country*，*Turtle Island*，*A Place in Space*。参见 *The Gary Snyder Reader*（Counterpoint，1999）。

现实和隐喻两个层面上推动了生物地方文化的形成和发展，而生物地方文化的营造反过来又会带动更多、更好的生物地方的诞生，后者又为这类文学风景的建构注入源源不断的活水。试想一下，倘若斯奈德跟其他村民一样只是犁耕而无笔耕，那么他的齐齐地斯很有可能只是他个人、家庭、邻居、村民乃至生存于其中的动物和植物的福地，而非全美乃至全世界范围内广大读者心目中的福地。换言之，现实中的齐齐地斯的受众或受益者是有限的，而文本中的齐齐地斯则是没有上限的，因为它会对不同的读者在不同的时间和空间产生不同程度的影响，以一种潜移默化的方式改变读者的思想观念和行为，达到改善或保护地方的目的。

事实告诉我们，随着时间的推移和文化积淀的不断加深，一些经典的文学风景如梭罗笔下的华腾湖或华兹华斯笔下的大湖区最终会衍生为整个民族心目中的标志性风景。如此一来，文学风景反作用于地方风景乃至地方风景书写的力量就会更加鲜明和突出。从这个意义上来讲，斯奈德、杰弗斯、默温、巴卡、伯瑞等都堪称"利用语词的力量创造世界"（use the power of words to create worlds）的生态诗人（Morris，2013：265），而创造世界无疑等同于创造地方或空间。这就让我们明白，生态诗歌的又一显著特征便在于它不仅自身是一种空间存在，而且还在有意识地、积极主动地创造空间、创造地方——不仅是文本意义上的空间和地方，也是物理和精神意义上的空间和地方——从而使生态诗歌成为最具空间和地方意识的诗歌。如此一来，空间诗学与生态诗歌对地方的关注之间就有着天然的契合度，这就凸显出运用空间诗学来解读生态诗歌的合理性和优越性。

第三章

默温的树殇：双重罪孽与植物政治

众所周知的"存在之链"（the Great Chain of Being）是一个金字塔式的等级秩序，从塔尖的上帝开始，依次是天使、人类、动物、植物，最底层是非生命体。植物处于生命体的最底层，仅高于非生命体。这样的排序一方面说明植物存在的目的是为了其上的动物和人类，另一方面也说明植物是所有生命的基础和来源。诚如英国小说家兼诗人劳伦斯所言，植物"在所有的时间支撑维持了所有的生命"，因此比帝国、耶稣和佛祖还要重要（Lawrence, 1992: 36）。所谓耶稣、佛祖者，上帝也。杰弗斯也说，"一岁一荣的小草跟山脉一样伟大，不论过去和未来"（Jeffers, 1987: 5）。在这两位诗人的笔下，植物高于一切，重于一切。我们只需想想植物在生态系统中所发挥的作用，就知道诗人对植物的诗意定位也完全符合科学的事实。

这一事实也是探讨植物诗学的主要依据。不过当下国内外对植物诗学的探讨尚不多见，即使有，也主要停留在生态破坏和生态保护的单一层面上，鲜有论者涉及植物伦理和植物政治。由于植物诗学与植物伦理已在拙作《劳伦斯的植物书写及其对当代美国生态诗人的影响》①中予以梳理，本章只重点探讨植物诗学与政治。在这一点上，当代美国生态诗人默温哀悼树木消亡的诗歌《最后一个》（"The Last One"）和《巴特姆父子失落的山茶花》（"The Lost Camelia of the Bartrams"）最具代表性。前者主要表明殖民者对自然和人类共同体所犯下的双重罪孽，后者主要表明植物在美国政治领域所发挥的重要作用及其最终被"爱死"的悖论性结局。本章将重点分析这两首诗歌。

---

① 该文载于《外国文学》2012年第4期。

第一节　从哥伦布到默温

如果春夏时节驱车从西向东横穿整个美国，除了在内华达州和亚利桑那州会见到大片旱地以外，其他地方几乎都是绿色的树林和田野，不时还会看到清澈的河水流淌其间，而且越是往东，绿色似乎越浓，不禁让人感叹美国真是一个绿色的国度。美国也有着世界上最早、最大、最多的国家公园以及许多地方公园，其中大多也是森林公园，如著名的黄石国家公园、优胜美地国家公园、阿卡迪亚国家公园等。这些森林公园更是突出了美国的绿色特征，使之不仅在美国，而且在全球范围内享有盛誉。也许正是因为如此，在美国的文学作品尤其是自然文学书写中，几乎没有哪一部作品不与绿色挂钩——即使以描写美国西部沙漠闻名的奥斯汀和艾比，也不惜笔墨描绘沙漠里的植物。再从19世纪的爱默生、梭罗、富勒（Margaret Fuller）、惠特曼、狄金森到20世纪的谬尔、奥尔森（Sigurd F. Olson）、斯奈德、奥立弗以及21世纪的布兰克（Ralph Black）和费什沃斯等人的作品来看，美国的绿色还被赋予一种颂歌式的格调，正如巴瑞在谈论美国和英国自然书写的区别时所指出的那样。巴瑞的观点是，美国的自然书写趋向于颂歌式，偶尔会穿插一点抗争式；英国的自然书写趋向于警示式，提醒人们警惕政府、工业、商业、新殖民等各方力量所造成的环境威胁（Barry，2002：251）。然而，如果仔细研读美国19世纪以前和20世纪90年代以后的自然文学，就会发现美国的自然书写其实是警示式与颂歌式并存的，且警示式在过去和当下都显得比较突出。

一　绿色荒野的消失

从源头上看，美国历史上的"植物颂"可追溯到哥伦布登上美洲大陆的那一刻。1492年的某个秋天，哥伦布第一次登上美洲大陆。就在登陆的那个瞬间，他患上了后来者都未能幸免的"病症"，那便是"壮美失语症"（sublime aphasia）——面对眼前从未看到过的河流海湾、花草树木、鸟兽虫鱼等一道道美景，哥伦布除了一遍遍重复"绝美"（marvelous）一词之外，几乎找不到其他词语来表达自然之美带给他的震撼（Branch，2004：xiii）。他后来在航海日志中这样写道："那里的树木如此之多，如此翠绿和高大……每一处海岸都是如此碧绿，如此可人，以至于我无法确定先走哪里为好。我的眼睛无论怎么看都看不厌如此美妙的植物。"若要概括哥伦布对美洲大陆的第一印象，大致可以用"美"（beauty）和"绿"（green）这两个字眼来形容，或者用哥伦布自己的话来说，如此美丽碧绿的地方简直就是"人间天堂"（earthly paradise）。虽然哥伦布更看重新大陆植物的印染价值和药用价值，但他还是情不自禁地被植物的美学价值所吸引，盛赞"享受海岸上飘来的花草树木的香味是世界上最令人愉快的一件事"（Branch，2004：4，8）。

在哥伦布发现新大陆、盛赞新大陆的花草树木之后，移居新大陆的殖民者似乎并不完全认同他的看法。我们可从西班牙探险家奥维埃多（Gonzalo Fernandez Oviedo Valdés）的《西印度自然史》（*Natural History of the West Indies*，1526）[①]中窥得一斑。奥维埃多在描写蟾蜍的章节中写到了殖民者对待树木的态度和行为：

> 死掉的蟾蜍的骨骼留在那里，尤其是那肋骨，看上去有猫的骨骼那么大。水位退去之后，蟾蜍也逐渐消失，直到第二年雨季才会出现。不过现在没有那么多的蟾蜍了，原因是西班牙人把那里的水排干了，把树和森林也清除了，养了不少牛羊和骡马。土地眼看着一天天变得更干爽、更健康、更美丽（Branch，2004：26）。

从奥维埃多的描述中可以看出，西班牙殖民者排水和砍树是为了生存和健康，同时也不排除美学方面的考虑，这说明早期殖民者不认为花草树木有什么实用价值或美学价值。恰恰相反，美洲未经驯服的

[①] 该书是哥伦布登上新大陆三十多年后第一部用第一手资料详细描写新世界自然奇观的著作，出版后十分轰动，被翻译成欧洲各个国家的语言，为旧世界了解新世界打开了一扇窗户。

茂密的森林在他们眼里是"可怕的，荒芜的"（Wulf，2011：170），是农耕和定居生活的主要障碍。

不仅如此，许多人还认为森林会释放出一种"令人恶心的、充满腐臭味的气体，对人类健康极为不利"，因而将"美洲荒野砍成田野有助于改善气候"（Wulf，2011：209—210）。这种对美洲绿色荒野的负面看法直到美国建国前夕仍盛行不衰。所谓荒野是指未经人类（其实是白人）破坏的原生态自然，包括森林、海洋、沙漠、山脉等不同的类型，其中森林荒野或绿色荒野是美洲最普遍、也最具代表性的一种，也是早期殖民者和美国民族征服的主要对象。既如此，森林也罢，树木也罢，很难成为被讴歌的对象，而是被鞭挞乃至丑化的目标，尤其当征服者把征服荒野与宗教、道德等问题联系在一起的时候：

> 拓荒者的深刻感受是，他们不仅是为了个人生存与荒野搏斗，而且也是以民族、种族、上帝的名义与之搏斗。使新世界文明化意味着变黑暗为光明，变无序为有序，变邪恶为善良。在有关西部拓荒的道德剧中，荒野永远是恶棍，而拓荒者则永远是消灭恶棍的英雄。将蛮荒之地改造成文明之邦，是对他所做出的牺牲的一种奖赏，所取得的成就的一种肯定，也是他赖以骄傲的一种资本（Nash，1982：24）。

可见早期殖民者毁林造田、征服绿色荒野的动因是多方面的，对绿色的颂歌式书写也是很有限的。具有讽刺意味的是，随着树木的逐渐消失，殖民者逐渐认识到树木并不是气候恶劣的罪魁祸首，而毁坏树木才是气候恶化的根源。为此，富兰克林在1772年就发出强烈呼吁，要人们"制止疯狂砍树的行为，更不能砍掉住宅周围的树"。数年之后，约翰·亚当斯（John Adams）[①] 在写给妻子的信中说，"请不要砍掉任何**一棵树**"[②]。杰斐逊的老朋友本杰明·拉什（Benjamin

---

[①] 约翰·亚当斯是美国第二任总统（1797—1801），也是《独立宣言》的签署者之一。

[②] 原文是"Pray dont let a Single Tree be cutt"。原文的"Single Tree"用大写，故译文用黑体标注。

Rush）还将费城不断上升的病人的数量归结为树木的过度砍伐，因为树木在他看来可以"吸收不健康的空气，释放出高度清洁的空气"，他因此建议人们一定要植树护林（Wulf，2011：209，210）。

尽管富兰克林、亚当斯、拉什以及杰斐逊、威廉·巴特姆（William Bartram）等有识之士早在18世纪中期就已经认识到树木的重要性，或者说已经认识到了乱砍滥伐的诸多弊端，并在不同的场合、以不同的方式发出保护树木的呼请，但他们的呼请仍然未能阻止砍向树木的利斧，尤其是内战结束以后的工业利斧。这把利斧从东向西一路砍将过去，在短短几十年的时间里就砍倒了美洲大陆绵延了上万年的森林，用默温的话来说就是："北美的森林一直被持续砍伐，实际上已经永远消失了。"（Rampell，2010：38）随着这方绿色荒野的消失，美国的西进拓荒运动也几乎走到了尽头。那些在环保人士如谬尔等奔走呼吁下得以幸免的绿色荒野则被"圈进"国家公园保护了起来。从这个意义上来讲，美国的国家公园其实是幸存下来的绿色荒野的避难所。这就出现了一个悖论：既然是公园或避难所，何来荒野之说？反过来说，荒野一旦进了公园或避难所，还能称之为荒野吗？至于人们横穿美国时看到的生长在田野上的树木则是后来者重新栽培的，因而谈不上是原生态的森林。但不管怎么说，正是由于伐木者的后裔有了明确的环保意识并发起了植树造林的环保运动，今天的美国才依然让人觉得是一个绿色的国度。

二 默温的"树殇"

默温正是这样一位为消逝的森林和树木而创作的诗人，也是一位典型的植树诗人。默温全名是威廉·史丹利·默温（William Stanley Merwin），是美国尚且在世的重量级诗人[①]、作家和翻译家，1927年生于纽约市，成长于新泽西州的联盟城（Union City），1948年普林斯

[①] 默温所获得的各类奖项就是明证：普利策奖（1971，2009）、国家图书奖（2005）、马歇尔诗歌奖（Lenore Marshall Poetry Prize，1993）、塔宁奖（Tanning Prize，1993，被誉为诗歌领域最高的奖项）。此外，默温还于2010年荣膺美国第十七位桂冠诗人。在美国诗歌史上，像默温这样囊括所有诗歌大奖的桂冠诗人是不多见的。

顿大学毕业以后游历欧洲以及墨西哥等国，回国后定居夏威夷的毛伊岛（Maui Island），从此开始了他的植树与写树生涯。默温定居的地方是一处废弃的、面积约 19 英亩的菠萝种植园，由于过度开垦，种植园里的土地变得贫瘠不堪。默温决定通过栽培被砍掉的本土棕榈树使其恢复活力。他从挖坑、施肥到浇灌都是亲力亲为，最终将没有一棵树的荒地改造成了一片具有地方特色和地方风情的密林，仅棕榈树的品种就达到 800 多，成为化贫瘠为生物地方的又一典范。默温有关树的不少诗歌就是在这里创作出来的。

默温在《地方》（"*Place*"）一诗中这样起头："世界末日那天／我想种一棵树。"（Merwin，1988：64）这句诗的寓意尽管不止于字面，但就字面而言，足见默温对种树的执着。默温的执着不仅出于保护和改善环境的考虑，也出于他对树木与生俱来的那份热爱和依恋。在默温眼里，树木不是一般的植物，而是人类的知己和朋友。他告诉采访他的斯多肯说，在他三岁那年，有一次看见有人砍一棵树的树枝，他一下子变得愤怒起来，"跑过去狠揍那些作恶的人"（Stocking，2006：41）。稍大一点之后，如果受了委屈或是受到不公正的对待，他就对着自家后花园的那棵树倾诉烦恼，从中得到一丝慰藉。默温之所以如此有"树缘"，是因为在他看来树与人类是灵犀相通的，相互依存的，一旦没有了树，人类也就没有了未来："想象一下，在一个没有树的世界，我们会去哪里？"（Venziale，2011：21）因此人类毁灭树，毁灭自然"实际上就是在毁灭自己，而且这种毁灭是不可逆转的"（Stocking，2006：45）。正因为如此，树和自然在默温的创作和生活中占据了十分显著的位置。在默温数量可观的"树之歌"中，有不少是赞美树的，但绝大多数是哀悼树的，主要是哀悼树的逝去——不仅是人在哀悼树的逝去，而且也是树在哀悼其他树的逝去，我们权且称之为"树殇"。回望哥伦布初登新大陆时看到的绿色景象与感慨，就会发现默温的"树殇"与哥伦布的"树颂"之间形成一种强烈的反差，或者说是一种有趣的映照。默温的警示风格和挽歌特色就在这样的反差或映照中凸显出来，默温也因此成为美国当代公认的"警示式"自然诗人。

但这并不意味着默温只是一位纯粹的自然诗人。作为一位多产作家、诗人和翻译家，默温出版了 60 余部著作，仅代表性诗集就有《门神的面具》(*A Mask for Janus*, 1952)、《移动的靶子》(*The Moving Target*, 1963)、《虱子》(*The Lice*, 1967)、《扛梯子的人》(*The Carrier of Ladders*, 1970)、《给手》(*Opening the Hand*, 1983)、《林中之雨》(*Rain in the Trees*, 1988)、《旅行》(*Travels*, 1993)、《迁徙》(*Migration: New and Selected Poems*, 2005)、《天狼星的影子》(*The Shadow of Sirius*, 2008) 等近 10 部，主题涵盖社会、政治、反战、自然、地方、神话等不同的领域和层面。这一方面说明默温诗歌主题的多样性和复杂性，另一方面也说明默温是一位有着强烈的社会责任感和政治意识的自然诗人，姑且不论他也是一位在诗艺方面大胆创新的诗人。事实上，正是因为默温关注社会和政治，反对战争，主张和平与民主，他的自然诗才有一种既"悲天"又"悯人"的厚实与深刻。换句话说，默温对社会现实的了解与关注，也在很大程度上奠定了其自然书写苍劲、悲凉而又不乏英雄气概的警示风格，这一点从他的名言中也可以得到印证："我不能阻止热带雨林的毁坏，但我能种一棵树；我不能阻止无知的泛滥，但我能写一首诗。"（Venziale, 2011: 21）

第二节　最后一棵树：殖民者的双重 迫害与末日警示

默温对原生态的、本然的事物有一种难以割舍的情结。简·弗莱赛（Jane Frazier）的专著《从本源到生态》(*From Origin to Ecology*, 1999) 以及默温的诗歌《失落的本源》("*The Lost Originals*") 都阐明或表达了这一点。默温之所以看重本土、本源、本然的自然世界，是因为在这样的世界里没有工业、没有技术，更没有一个物种凌驾于其他物种之上的现实存在，而是所有的物种相互依存，共同生活在这个星球之上。默温对本源的追寻实质上是一种回归自然生态的想象。从中可以看出，他对植物本源的想象尤为明显，他的诗歌如《本地树》("*Native Trees*")、《触摸树》("*Touching the Tree*")、《地方》

("Place")、《和弦》("Chord")、《勿砍一棵树》("Unchopping a Tree")、《夜雨》("Rain at Night")、《自由树之语》("The Tongue of the Free Trees")、《棕榈树》("The Palms")以及《最后一个》("The Last One"),等等,基本上都是在抒写那些原始的、本土的、遭到破坏的树木或森林,这其中《最后一个》最为人们所称道。该诗先是出现在《虱子》诗集中,后又被收录到《迁徙》选集中(Merwin, 2005:116—117),主要讲述人类疯狂摧毁树木,最终遭到严厉惩罚的故事,表达了破坏自然就是毁灭自我的一种共识。这也是国内外许多论者基本趋同的看法。这样的解读可以说较为准确的把握了该诗的主题思想,但从解读的方法、视角、语境等方面来看,仍有很大的提升空间。

一 《最后一个》概述

全诗共65行10个诗节,主要的主体意象有两个,即"他们"(they)和"阴影"/"影子"(shadow);情境意象的空间跨度很大,水(water)、陆(land)、空(sun)等几乎无所不包,但与之相对的时间跨度却不长,只有短短几天的时间。可就在这短短几天的时间里,"他们"将陆地上所有的植物物种砍伐殆尽,连水滨最后一棵树也不放过,而在砍倒最后一棵树之后,"他们"连这最后一棵树的影子也不放过,于是想尽一切办法想把影子也拿走,最后终被越长越大的浓密阴影所吞噬。随着叙事的推进,"阴影"这一主体意象逐渐变成了情境意象,成为一个从水域漫过陆地的巨大的夺命空间。根据叙事进程和空间走向,这首诗可细分为以下四个部分,其中有关空间的词语用黑体字标注,以方便后面的论述。

第一部分包括前四个诗节,故事发生的地点亦即情境意象分别是**石头中间和陆地上**,主要讲述"他们"决定占据"**所有的地方**"(everywhere)和"所有的一切"(everything),于是"他们"在**石头中间**(in the middle of stones)做出砍伐的决定。"他们"把一切砍倒,砍倒之后连同倒下的影子也拿走,有的用来烧火,有的据为己有,至日暮时分他们砍倒了**陆地上**所有的树,只剩下**水滨**唯一的一棵。这棵树"他们"留到第二天来砍。与以往不同,这棵树的阴影倒在了**水面上**,"他们"没法将其拿走。

第五到第七诗节以及第八诗节的前四行构成第二部分。情境意象是**水滨**(the water),即陆地与水相邻的地方,主要讲述"他们"在接下来的几天时间里采取各种手段想把**水面上**的"阴影"搞下来拿走。"他们"先是挖地、在上面搭架子,后来用光照、用炸药炸、用火烧,但"阴影"依旧,而且还生出"新的阴影"。看到这番光景,"他们"只是"耸耸肩",决定用石头来搞定"阴影"。就在"他们"搬石头、砌石头,把石头倒进水里的当儿,"阴影"从不同的方向蔓延开来,变成一个巨大的**虚空**。于是"他们"想办法将"阴影"下边的水抽干。可水抽干之后越变越大的阴影依然留在**那里**,并开始在**陆地上弥漫**。这时"他们"不得不动用机器来刮除"阴影",机器不中用就用棍子打、用手抠、用脚踹、用强光来驱散。

第三部分由第八诗节的后两行和第九诗节构成,情境意象仍然是**水滨**,主要讲述"阴影"对"他们"的惩罚或报复。"他们"针对"阴影"的手段反过来成了"阴影"进行反击的武器。"阴影"先是熄灭了驱散它的强光,接着随形附着到了机器、棍子、手上和脚上,"阴影"一旦附着到脚上,"他们"就倒下;一旦罩住眼睛,"他们"就变瞎,而倒下的、变瞎的,一个个都在**阴影里**消失。对于那些尚且看得见、站得起来的,"阴影"先是吞噬他们的"影子",接着吞噬他们本人,其余的人则仓皇奔逃。

最后一节即第四部分是对幸存者生存前景的预测和描述。他们生存的前提是"阴影"是否会允许他们生存下去,生存的地点是"距离**阴影最远的地方**。/幸运点的仍与他们的影子在一起"。

二 "他们"的身份以及"他们"对自然和人类的双重迫害

从概述中可以看出,《最后一个》确实讲述的是人类因为疯狂摧毁树木而终遭自然报复的故事。问题在于,"他们"到底是谁?"他们"只是某一类人的典型代表还是所有人类的化身?现有的对《最后一个》的解读之所以显得比较趋同甚或有些笼统,就因为不少论者没有对"他们"的身份进行甄别，不加区分地认为"他们"就是人类，从而忽略了"他们"背后的多层含义。从叙事视角、语气、语言、空间方位以及心态和行为等方面来看，"他们"不是广义上的人类，而是狭义上的欧洲殖民者。一旦明确了这一点，我们就会明白被"他们"破坏和践踏的不仅仅限于自然。

  要确认"他们"的殖民者身份，首先得确认故事叙事者的身份。从体裁来看，这首诗歌属于戏剧独白诗，即诗歌采用第一人称叙事视角，读者"听到"的故事是叙事者"我"向诗歌中沉默的、潜在的听众讲述的故事。从叙事者一开头就用语气词"是啊"（well）来看，叙事者在此之前就已经给听众讲"他们"的故事了，或者说听众对"他们"的所作所为已经有所知悉，故诗歌才如此起笔："是啊他们决定占据所有的地方因为为什么不/所有的地方都是他们的因为他们就这么想。"倘若在此之前没有做好铺垫，这样的开头势必会让听众感到突兀。再从"他们"这一称谓来看，叙事者显然不属于"他们"中的一员，"他们"也被排除在叙事者和听众的关系之外。那么叙事者又是谁呢？或者说跟叙事者在一起的听众又是谁呢？诗歌通篇采用节奏感很强的、重复的、带有说唱性质的口语体语言，并用语气词"well"和"第二天"（the next day）来开启一段叙事，用"那是一天"（that was one day）或"那是又一天"（that was another day）这种有别于西方叙事的时间框架来结束一段叙事。稍微有点常识的人应该看得出来，诗歌叙事者是一位印第安或其他族裔的土著民，或许还是一位长者也未可知。叙事者的这一身份与默温钟情印第安本土文化、学习和翻译印第安神话传说的经历以及追寻本源的诗学主张也是契合的。

  倘若这几点还不足以说明问题，我们再来看叙事者是如何描写"他们"的："他们只有两片叶子他们鸟也鄙视"（they with two leaves they whom the birds despise）。这里的叶子指耳朵，表明"他们"不像树而且还毁灭树，因而只会遭到鸟儿的"鄙视"和痛恨，这一方面象征着"他们"与自然的疏离或异化程度，另一方面也说明叙事者及其听众是亲近自然之人，植物、鸟、人类在他们眼里是一家，故叙事者用树或动物来拟人①，其中反映出来的世界观与基督教文化主导下的世界观是截然不同的。从语法方面来看，整首诗歌中唯一一句没有采用过去时的就是这句诗行，其现在时态还表明殖民者与自然的关系向来如此。此外，在"鸟也鄙视"之语中还隐含着叙事者对"他们"的鄙视和愤怒。至此，叙事者的土著身份已经很明了，而被叙事者所鄙视或痛恨的、肆意破坏本土自然环境的"他们"，除了欧洲殖民者还会是谁呢？

退一步讲，即使抛开叙事者，仅凭"他们"对空间的贪婪、对自然资源的掠夺和破坏以及"他们"荒谬至极的强盗逻辑和所采用的科技手段，读者也会明白"他们"绝不是博德维奇所说的、跟欧洲殖民者在破坏自然环境方面有些相似的印第安人（Boderwich，1996：212）。从情境意象来看，"他们"起初所在的空间很有限（仅在"石头中间"②），但"他们"很快就占据了整个大陆，随之占据了包括水域在内的"所有地方"。这还不够，当"他们"焚烧树根的火焰和"黑色烟雾遮蔽了太阳"时，"他们"其实也占据并且污染了天空。更有甚者，"他们"只用了短短几天的时间就占据了如此宽广多样的空间。这种时间和空间上的巨大反差进一步表明"他们"侵吞空间的胃口是何等之大，速度又是何等之快。如果我们将人也看作是立于天地之间的一种空间，那么殖民者的空间可以说是移动到哪里，哪里的空间就被他们"自身"的空间所吞噬。从某种程度上来讲，殖民者吞噬空间的样态就好比毒蛇吞噬大象，而殖民帝国的疆土也可以说是由一个个这样的吞象蛇所盘踞的空间建构起来的。默温本人也对殖民者如何"消解"空间有过形象的描写：

---

① 用动物来喻人的称为拟兽论（zoomorphism），用植物来喻人的称为拟草论（vegemorphism）。参见拙作《绿到深处的黑色：劳伦斯诗歌中的生态视野》（中国社会科学出版社 2013 年版）第 98、140 页。

② 很显然，"石头中间"是在说一种方位空间，既可能指殖民者在美洲大陆居住的地方，因为默温笔下的石头具有原初世界的原型意指，又可能指殖民者的来源地欧洲，那里有历史悠久的、用石头建造的城堡、教堂和自然景观（如英国的巨石阵）。同时石头也在通常意义上被看作是没有生命的物体，因而殖民者在"石头中间"做出砍伐的决定可能还意味着殖民者生物地方感或生命感的缺失。

欧洲人一经"发现"世界，世界就随着他们的目光所及开始消失，随着他们的身体接触开始分解。即使作为观察者，他们所使用的有关新世界的词汇也很清楚的表明了这一点：他们必须"抓住它"，永远"征服它"，将它"带回家"——因为家不在此地，而在别处，在某个已知的、与"它"有着本质区别的地方（Merwin，1991：12）。

默温在这段话里所说的"他们"是指18世纪下半叶库克船长（Captain Cook）及其随行人员。他们"发现"的新世界是在太平洋地区，他们"分解"并使那方世界"消失"的行径也是所有殖民者共同的行径。《最后一个》中的"他们"自然也不例外。据记载，在殖民者移居新大陆不久（1750—1860），法国人就砍掉了北美不少于50%的森林，由此而造成当地洪水泛滥、水土流失和木材短缺（Frazier，1999：88）。"他们"之所以不计后果地大肆砍伐，是因为"他们"的家在"别处"，确切地说是在欧洲。而在美洲，"他们"只是一群家园意识缺失的入侵者，被印第安土著视为家园或地方的美洲在"他们"眼里只是可以满足其贪欲的空间，这其中"他们"最主要的欲求便是对空间的欲求。从根本上来讲，殖民者砍伐树木的主要目的是为了生产出更多可供他们榨取财富的空间，如种植园、牧场、铁路、码头等，这些既是殖民者通过伐木生产出来的空间，又是"他们"用以持续生产和运输财富的空间。与此同时，"他们"也借助这样的空间建构起庞大的殖民压迫体系，以确保和满足"他们"对空间的无限贪欲。而要满足"他们"对空间的贪欲，消解自然、剥夺自然生存的权利和空间就成为一种必然。

在殖民者看来，他们对空间的欲求不是为了财富，而是为了实现上帝的旨意，因为他们是上帝的选民，美洲大陆是上帝给他们的应许之地（the Promising Land），他们将在那里建造自己的天国（Celestial City）。可这种神圣的、宗教的外衣一经剥去，殖民者的真正意图和霸权心态就赤裸裸地暴露出来：

是啊他们决定占据所有的地方因为为什么不
所有的地方都是他们的因为他们就这么想。

是啊他们砍倒所有的一切因为为什么不
所有的一切都是他们的因为他们就这么想（Merwin，2005：116）

还有什么理由比这更具强盗逻辑呢？还有什么理由比"为什么不"和"就这么想"更荒诞、更可怕呢？正是受这样的心态和思维支配，"他们"才不惜一切代价、采取一切手段攫取"所有的地方"和"所有的一切"：从原始的火烧、棒打、脚踹到现代科技的光照、轰炸、机器碾压，真可谓无所不用其极。美洲大陆原始的绿色荒野就这样被破坏殆尽，许多物种跟诗歌中的鸟儿一样也随之灭绝或濒临灭绝，而与绿色荒野同根相连的印第安人和其他土著民自然也不能幸免。抛开别的不说，仅凭逻辑推断，当"所有的地方"和"所有的一切"为"他们"所占据、所拥有的时候，土著民的栖息地定然不复存在，而失去栖息地就意味着失去立足之地，意味着一无所有和失去自由，他们要么离开本土到更加偏远的地方寻求生存，要么沦为被奴役的工具，在原本属于自己的土地上过一种边缘化、贫困化、受歧视、被奴役的生活。

与此同时，他们的原始自然宗教、历史悠久的共同体生活方式以及口传文化传统等因此而被逐一消解。如在北美西南部，西班牙殖民者强迫印第安人皈依他们的宗教，致使印第安人的原始自然宗教在1606年时就已经处于瓦解的境地（Venales，2004：53）。默温的诗歌《失去语言》（"*Losing a Language*"）则讲述英语如何影响和破坏土著语言，使之失去那种泛灵主义的文化气息及其与环境之间的那种天然联系（Merwin，1988：67）。《条款》（"*Term*"）也是"他们"为了占据"所有的地方"而灭绝土著文化[①]的真实写照：夏威夷土著世世

[①] 美国房地产开发商在夏威夷毛伊岛古老的殡葬地上建造酒店的决定也是当权者毁灭土著文化的又一铁证。参见 Kendall J. Wills："Hawaii Tempest Over Burial Ground"（http://www.nytimes.com/1989/01/04/us/hawaii-tempest-over-burial-ground.html）。

代代共同拥有的那条路"已经死亡/最后变成了金钱",许多人被迫离开他们的原住地,他们的孩子日后若想看海必须得乞求别人,征得别人同意后方可看海。默温借助土著叙事者的口吻评论说,当一个地方最后留存的那点传统消失以后,当所谓的"进步"与"发展"将自然世界和原初文化消灭殆尽之时,所谓的繁荣之邦不过是一个"精神空虚"(spiritually empty)之地(Merwin, 1988: 69—70)。

由于土著民长期以来被看作是尚未开化的野蛮人,"是自然的一部分,被当作工具和动物来看待"(Huggan & Tiffin, 2010: 6),因而"他们"不仅将其边缘化和贫困化,而且还像砍伐森林一样"砍掉"了土著民生存的权利。据《天涯社区》的一个帖子说,白人殖民者在1703年曾这样规定:每剥一张印第安人的头皮赏40镑,到了1720年,赏金涨到了100镑;至1744年,新的规定这样写道:"每剥一个12岁以上男子的头皮赏100镑;每剥一个妇女或儿童的头皮赏50镑。"[①] 殖民者之所以出此"下策",是因为他们的强取豪夺遭到了印第安人的武装反抗,可一旦他们起来反抗,就会遭到残酷镇压和迫害。在北美西南部,西班牙殖民者打败抵抗他们入侵的普韦布洛(Pueblo)印第安人以后,该部落的印第安人大部分沦为奴隶或近乎为奴隶(near-slaves),受到牧师和农场主的残酷压榨与迫害,仅在1700—1750年半个世纪的时间里,普韦布洛印第安人就减少了一半以上(Venales, 2004: 122)。类似的迫害即使在殖民者建国以后仍未终止。如在围剿印第安"匪徒"无果的情况下,美国军队开始大规模宰杀北美野牛,以此来掐断印第安"匪徒"的食物来源。北美野牛的数量也因此由原来的1300万头减到了1000头,几乎到了绝迹的地步,而与野牛共生共存的印第安土著也从原来的数百万人减少到20余万人[②]。是为殖民者对自然和人类进行双重迫害的典型例证。

美国建国以后,随着种植园经济的快速发展,白人当权者对土地的需求变得更加迫切,占据"所有地方"的欲望也更加强烈,对土著

[①] 参见网址:http://bbs.tianya.cn/post-worldlook-42264-1.shtml, 2004-10-19。

[②] 同上。

民的迫害也随之升级，臭名昭著的《印第安人迁移法》（Indian Removal Act，1830）就是其中的一个典型。为了攫取美国东南部切诺基（Cherokee）印第安人的土地及金矿，白人当权者打着"为了真正的基督文明的安全"的幌子，敦促美国政府通过了迁移法，以便将"每一位印第安人遣送到密西西比河以西"（Venales，2004：143）。这个由杰克逊（Andrew Jackson）总统签署的法令在未出台之前就遭到部分有良知的议员的谴责："这项举措只能加速他们（印第安人）的灭绝。这不是什么'在美国领土上保存印第安部落、使印第安人文明化的法令'，而是一个尽快铲除他们的阴谋。"（Venales，2004：101）这个阴谋可谓美国历史上以国家和法律的名义对印第安人所实施的规模最大的一次迫害。成千上万名印第安人被迫离开他们的家园故土，踏上了通往美国西部边陲的血泪之路（trail of blood），许多人在迁徙途中死于饥饿、严酷的气候和白人士兵的殴打虐待。在此之前，切诺基部落领袖约翰·罗斯（John Ross）曾发动自己的部落进行非暴力抵抗。他告诫属下说，无论白人以何种残忍的手段进行挑衅，他们都不能妄动，否则会给白人提供一个灭绝种族的口实。令罗斯等没有想到的是，他们的克制和忍让最终还是将他们送上了不归路。

如果说许多印第安土著的死亡是作为殖民者的"他们"有意为之的结果，那么还有不计其数的其他土著和其他印第安人则死于"他们"无意为之的各种细菌和疾病。克罗斯比在《生物帝国》一书中记述了大量美洲和澳洲土著死于细菌和疾病的事例，这些细菌和疾病都是殖民者的船只带来的。作者说，美洲和澳洲千百年来都是与世隔绝的，那里的土著对来自欧洲的各种病菌根本没有任何抵抗力，一旦被传染，即使年轻力壮者也未必能够幸存。其中天花是最具杀伤力的一种疾病。这种堪称欧洲儿童杀手的疾病于1518年年底或1519年年初登陆美洲以后便迅速蔓延，"在随后四百年的时间里发挥了关键的、像火药一样的作用，为白人殖民者在海外掠地拓疆扫清了道路"（Crosby，1986：200）。作者的观点也可用达尔文的话来印证："欧洲人不论到哪里，死亡就到哪里追逐土著民。我们只需看一看美洲、波利尼西亚、好望角和澳洲，就知道结果都是一样的。"①

哈里森指出，当森林遭到破坏时，人类失去的不仅仅是自然生长的历史，同时也是储存在森林中的文化记忆（Harrison，1992：62）。这也就是说，一旦森林消失，文化也会随之消失。综上所述可以看出，这一点在美洲大陆体现得尤为明显：殖民者在破坏绿色荒野的同时也破坏了印第安以及其他土著民的本土文化，并从文化的破坏走向对人的迫害，最终导致对自然和人类的双重迫害。换句话说，殖民者对土著民的暴虐与对自然尤其是绿色自然的破坏和滥用是同步进行的，二者都是殖民过程所产生的必然的、紧密相连的结果。这也是后殖民生态批评的基本观点。德鲁格瑞和韩德礼在为他们主编的论文集《后殖民生态：环境的文学》（*Postcolonial Ecologies*：*Literatures of the Environment*）所作的序言中写道："（殖民者）对陆地和海洋的破坏同时也变成一种集体记忆中的暴力行为"，而"否认殖民历史与环境历史之间的互构关系，就意味着没有真正理解自然资源掠夺对帝国建构所发挥的关键作用"。（DeLoughrey & Handley，2011：8，10）依此来看，如果我们只将《最后一个》中的"他们"仅仅与自然破坏联系在一起，且不加区分地将其泛人类化，就不可能真正揭示出"他们"占据"一切"、毁灭"一切"的本质，也不可能对"他们"破坏自然环境的恶果和实质有更加深刻、更加全面的认识。

三 "阴影"的寓意及其末日警示与救赎

在以上分析中，作为殖民者的"他们"对以树为代表的自然和以土著为代表的人类的双重迫害在《最后一个》中只是隐现的，是诗歌含而不宣的画外之音。许多论者对这首诗歌的解读之所以大体趋同，认为诗歌讲述的是一个人类破坏自然并遭自然报复的生态寓言，是因为他们主要着眼于诗歌的画内之音，或诗歌最显见的那部分"画面"。即使在这一点上，由于对"阴影"这个核心主体意象的理解不够深

---

① 参见 Charles Darwin 著 *The Voyage of the Beagle*（http://infidels.org/library/historical/charles_darwin/voyage_of_beagle/Chapter19.html）。

入，故而也影响到他们对诗歌画内之音的整体把握。譬如，如何理解诗歌第四部分的内容？诗人为什么说那些"幸运点的仍与他们的影子在一起"？此外，殖民者为什么也会反受其害？"他们"难道不是生活在"别处"吗？为了回答这些问题，我们先来看"阴影"到底意味着什么，因为跟"他们"一样，我们只有弄清楚"阴影"的寓意，才能更加深刻地理解为什么殖民者在祸害自然和土著民的同时也会危及自身，最终将自己也送上不归路。

我们先来看《韦氏百科大辞典》（*Webster's Encyclopedic Unabridged Dictionary*，1996）对"阴影"（shadow）一词的解释。该词典对"阴影"的释义可谓面面俱到，其中与《最后一个》相关的释义大致有这么几条：

  1. 指身体投在地面或其他表面的灰暗影像；2. 黑暗，尤其是指日落之后的黑暗；3. 掩护处、庇护地，如"在教堂的荫庇下"；4. 鬼魅或鬼影，如"被鬼追逐"；5. 阴郁、不快或不信任，如"他们之间的关系不是没有阴影"；6. 压倒一切或无处不在的威胁、影响或气氛；7. 不可分离的伴侣，如"这只狗是他的影子"。

总括起来看，"阴影"的释义可归结为三大类：本义（1）、褒义（3、7）、贬义（2、4、5、6）。对照这三类释义来看，绝大多数论者取"阴影"的贬义用法，概因这是"阴影"在诗歌中最显见的意指，因而《理解默温》（*Understanding W. S. Merwin*，1997）的作者黑克斯（H. L. Hix）、前文所说的简·弗莱赛以及维耐特（Jonathan Weinert）[1]等，都将"阴影"看作是不祥、可怕、毁灭、死亡等的隐喻。我国学者张跃军和邹雯虹从心理学的角度来阐释"阴影"，认为"阴影"是"幻象世界中被抑制的人类丑恶本性"（张跃军，邹雯虹，2010：

---

[1] 其文载于 *The Cresent*，Trinity 2012（Vol. LXXV，No. 5：12-18，网址见：http://thecresset.org/2012/Trinity/Weinert_T2012.html）。

137）。这种对"阴影"的心理解读表面看来与词典释义颇有出入，但仔细分析仍然没有超出《韦氏大辞典》贬义的释义范围，不同之处只是取其引申义而已——所谓人类的丑恶本性往往是与阴暗或"黑暗"紧密相连的。与读者的解读形成有趣对照的是，诗人本人却取"阴影"的褒义用法："如果仅仅从道德的角度去理解这首诗歌，则有悖我的创作初衷。作为诗人，我更希望读者能将阴影作为诗歌的思考对象。人类痛恨这片可爱的土地（阴影），却不知道这可爱的土地实际上就是他们自己。"（Merwin，1987：347）默温视"阴影"为土地，这与《韦氏大辞典》中的"庇护地"之意颇为契合。"庇护地"的英文"sanctuary"源自拉丁语"sanctuarium"，意为存放神圣东西的容器，后用以指神圣的地方或避难所，或任何安全而不受侵扰的地方。默温所说的"可爱的土地"也可以说是人类的庇护地，没有了庇护地，人类自然也就无处存身。依此来看，默温将"阴影"视为人类"不可离分的伴侣"或人类自身也不是没有道理。

  然而，如果单从"褒"或单从"贬"的角度来看问题，很难理解"阴影"的多义性和复杂性。我们只有将二者结合起来，方可形成较为全面的认识。事实上，《最后一个》之所以耐人寻味，其中很重要的一点就是主体意象"阴影"的不确定性，而这种不确定性在很大程度上取决于"凝视者"（gazer）的身份。从作为殖民者的"他们"的视角来看，"阴影"是一种可怕的敌对力量，一种堪称死亡的黑色杀手。可是在"阴影"报复"他们"之前，"阴影"显然是一种有用的、归属于褒义范畴的东西，否则"他们"是不会强行拿走"阴影"的。结合殖民者砍树的目的来看，这有用的"阴影"不就是诗人所说的"可爱的土地"么？这土地不就是殖民者聚敛财富的空间么？从作为土著民的叙事者的角度来看，"阴影"是一种值得敬畏的、原始的自然力量。为此，诗人将"阴影"拟人化，让"阴影"进入一个超现实的脑袋，对将树木及其"阴影"逼上绝路的"他们"进行绝地反击，从而使"阴影"成为一种消灭"他们"、迫使"他们"落荒而逃的正义力量。从泛人类的视角来看，"阴影"代表的是许多论者所认同的大自然，"阴影"制造的死亡和灾难也是大自然对人类破坏自然环境的行为作出的裁决，"阴影"因此有正义的一面，但同时也不乏魔鬼般残酷的一面。

从荣格的心理分析理论来看，"阴影"代表的是人类本能的、与动物相类的无意识部分，它既是"人类阴暗心理的储存库"，又是真正的生命精神与创造力的源泉所在①，因而可以说是一种积极与消极、正面与负面相结合的统一体。事实上，默温是一位对阴影情有独钟的诗人，读者仅从他的诗歌题名如《阴影之眼》（Eye of Shadow）、《阴影的时间》（The Time of Shadow）、《不要阴影》（No Shadow）和《影子之手》（Shadow Hand）以及他获得普利策奖的诗集名称《天狼星的影子》（*The Shadow of Sirius*, 2009）中就可见出一斑。在这些作品以及《最后一个》中，阴影不仅是寂静、缺席、恐惧、黑暗、死亡等的隐喻，而且也喻指一种平凡的在场（ordinary presence），一种梦境和家园，用默温的话来说是一种生活和奥秘："阴影代表黑暗或未知的一面，而正是这黑暗、未知的一面在指引着我们；阴影永远是我们生活的一部分，是一种与我们时刻相伴的奥秘。"（Moyers，2009）不难看出，默温对阴影的阐释与荣格的阴影说是一脉相承的。

一旦明确了"阴影"的多重含义，前面提出的问题也就不难解释了。作为殖民者的"他们"之所以在危害自然和他人的同时也祸及自身，是因为"他们"自身也是以树或"阴影"为代表的自然的一部分，亦即"他们"自身就是树或"阴影"，因而"他们"砍树、消除或攫取"阴影"的行为实质上也是一种自戕行为。我们看到，"他们"只用很短的时间就占据了陆地和水域等几乎所有的空间，但当"他们"连最后一棵树的"阴影"这一空间也要霸占的时候，尤其当"他们"霸占不成转而消灭"阴影"的时候，"阴影"内在的黑暗力量就以灾难的形式爆发出来，从水域向陆地蔓延开来，不久便笼罩并吞噬了"他们"，其恐怖死亡之惨状俨然一幅世界末日图景。值得一

---

① 参见维基百科"shadow"词条【http://en.wikipedia.org/wiki/Shadow_（psychology）】。

提的是,"阴影"原本只是一个主体意象,但在不断蔓延、膨胀和扩散的过程中则演化成一个巨大的、没有边界的、可以吞噬一切的可怕的虚空,一个"他们"在其中痛苦挣扎、仓皇奔逃的情境意象。从主体到情境,从物体到空间,"阴影"的功能变化说明自然的报复是没有边界的,不分种族的,而且往往是毁灭性的。关于这一点,恩格斯在《自然辩证法》中一针见血地指出:"让我们不要过分陶醉于我们对自然的胜利。对于每一次这样的胜利,大自然都对我们进行报复。每一次胜利,在第一线确实取得了预期的效果,但在第二线和第三线却有了完全不同的、出乎预料的结果,而这些结果常常把第一线的效果消除。"在列举了希腊、意大利、小亚细亚等国家和地方因破坏森林而导致各种自然灾害的严峻现实之后,恩格斯接着说:

  每一步都告诫我们,我们根本就不是自然的统治者,像一位征服者那样统治他国人民。相反,我们的血肉和头脑都属于自然,存在于自然之中。我们所有对自然所谓的掌控只是这样一个事实:我们有着其他生灵所不具备的优势,我们能够学习自然规律,正确运用这些规律。(转引自 Ishay,2004:264)

"阴影"在诗歌中的角色正是恩格斯所说的消除者和告诫者,但同时也跟潘多拉的盒子一样,是灾难之后希望的所在。当诗人在结尾说"幸运点的仍与他们的影子在一起"时,他其实并不是许多论者所认为的那样只满足于"阴影"对人类的毁灭性报复,而是在报复之余还留存了一丝救赎的希望,这希望就在于幸存下来的"他们"尚未泯灭生命的本真天性,尚与"他们的影子"同在。这里的"影子"与《圣经》中的诺亚方舟、希罗神话故事中丢卡利翁与皮拉手中的石头一样,在"阴影"笼罩一切、吞噬一切的末日图景中让我们看到一丝重生的希望,一种从"最后一个"中生发出"最初一个"的希冀,一如诗人在《地方》一诗中所描绘的那样:

世界末日那天

我想种棵树

不是为了
让它结果

结果的树
非我所愿

我只愿这棵树
最先屹立在大地上

随着夕阳
西下

水珠开始浸润
树根

看云彩
在尸首遍布的大地上

在树叶上方
——经过（Merwin，1988：64）

古希腊哲学家恩倍多克勒（Empedocles）说："树是最早从地里长出来的活物，彼时太阳尚未普照大地，昼与夜尚未分离……树是地球的一部分，正如胎儿是子宫的一部分。"（转引自 Lawrence，1993：295）恩倍多克勒旨在说明，树是地球上最古老的生命，是地球孕育出来的最古老的子民。在维吉尔笔下，人类又是源自树、由树孕育出来的子民。如在其最著名的《埃涅阿斯纪》中，古罗马城堡的建造者伊凡达国王（King Evander）对埃涅阿斯说："这些林地原是农牧神与仙女居住之地。后从树干和橡树中生出了人类。他们不懂规矩或生活的艺术，也不懂怎样套牛耕作，怎样储存或经营所得。他们全靠树枝来养活。"（Virgil，2000：83）梭罗也在《漫步》（*Walking*）中说，"希腊、罗马、英国这些文明国度靠的是原始森林的滋养"，并且认为"人类的文化也是如此"（梭罗，2009：158）。

抛开哲学、艺术等对树木的认知不说，就常识而言，地球上显见的、稳定的生态系统主要由包括树在内的植物组成。人类呼吸的氧气、维持生命的食物、陆地上各种生命体的栖息地乃至支撑现代文明的石油、煤炭等，莫不是植物提供的。植物确实如劳伦斯所说的那样"在所有的时间支撑维持了所有的生命"。倘若这个世界没有植物、没有树木，这个世界也就不会有人类的存在。从这个意义上来讲，破坏植被、砍伐树木在很大程度上几乎等同于自我毁灭，且不说对自然和其他文化所造成的双重损害。也许正因为如此，许多诗人将树木的毁灭视为最令人不安的人生经验，将树木的死亡比作亲人的逝去。彭斯、霍普金斯（Gerard Hopkins）、华兹华斯、斯奈德等都有这样的情结，对树一往情深的默温更是如此。他的《最后一个》既是控诉式的"树殇"，又是警示式的"树魅"，并在控诉和警示中透出一丝重生的希望。默温向来将写诗看作是种树，写一首诗就如同种一棵树。他在众多读者心目中"种植"的《最后一个》终将开枝散叶，成长为许多棵树，而这许多棵树还将拯救更多的树，使世界有望免遭"最后一个"的厄运，这大概是《最后一个》的魅力和意义所在。

第三节 富兰克林树：植物政治与"爱死的自然"

在默温众多的与树有关的殇歌中，《巴特姆父子失落的山茶花》（Merwin，1993：38—40）是颇具代表性、颇为独特的一首，透过这首诗歌，我们可以了解一个鲜为人知的历史事实，那便是植物在美国政治和民族身份的建构中扮演了十分重要的角色。从某种意义上来讲，如果没有植物，没有巴特姆父子（the Bartrams）在费城创建的植物园和生长其中、被命名为富兰克林树（Franklinia Alatamaha）的山茶花，美国"自由树"（Liberty Tree）①上的果实都有可能不保。然而即使美丽、奇特、非凡如富兰克林树者，依然幸免不了从原生态栖息地被消除的命运。与《最后一个》中的树木不同，富兰克林树不是被"砍死"的，而是被"爱死"的，属于被"爱死的自然"（love nature to death）之列。

一 背景·现实·还原

默温诗歌中的巴特姆父子指约翰·巴特姆（John Bartram）和威廉·巴特姆。约翰·巴特姆是北美早期最著名的植物学家，曾被乔治三世授予"国王的植物学家"（King's Botanist）的封号，被林奈誉为世界上最伟大的自然主义植物学家，后成为美国哲学研究会的会员和美国植物学之父。约翰·巴特姆创建了北美第一个闻名世界的植物园②，生长其中的各种奇花异草都是他和儿子威廉·巴特姆从北美各地采集来的。威廉·巴特姆堪称美国第一位土生土长的植物学家，印第安人称他为"鲜花猎人"③，他于1791年出版的《威廉·巴特姆旅行笔记》（*Travels of William Bartram*）被誉为有着很高美学价值的美国植物学乃至社会人类学的经典，在欧洲流传甚广，对19世纪英国浪漫主义诗人如华兹华斯和柯莱律治等也产生了深远的影响。

富兰克林树是1765年秋天巴特姆父子在位于佛罗里达和佐治亚交界处的澳啦塔玛哈河（Alatamaha）④沿岸一个叫作巴瑞顿贸易站

---

① "自由树"系波士顿公地上生长的一棵老榆树。1765年，英国强行推出十分苛刻的《印花税》法案，激起殖民地民众的强烈不满，一些自称"自由之子"（Sons of Liberty）的激进者就在这棵老榆树上吊起由乔治三世钦定的印花税执行官奥立弗（Andrew Oliver）的肖像，对其实行象征性绞刑。10年后独立战争爆发，美国各地的榆树也随之被称为"自由树"，美军作战的旗帜上也印上"自由树"的图案。

② 该植物园首次出现在 J. Hector St. John de Crèvecœur 著名的《美国农夫来信》（*Letters from an American Farmer*, 1782）一书中，该书在欧洲的畅销又使巴特姆父子的植物园在欧洲家喻户晓。

③ 源自印第安语"Puc Puggy"，意思是"flower hunter"（http://en.wikipedia.org/wiki/William_Bartram）。

④ 又作 Altamaha 和 Altama 等。

(Fort Barrington) 的地方发现的。时值秋天，他们只看到树上所结的毛茸茸的果实。在 1773 至 1778 年间，子承父业的威廉·巴特姆独自一人数次到佛罗里达和佐治亚寻觅、采集植物种子和幼苗，重返 1765 年他与父亲一起走过的路线。1773 年春夏之交，他第二次来到巴瑞顿贸易站，看到此前他与父亲发现的不知名的花树正在盛开，占地面积足有两三英亩地那么大。这是他作为植物学家所看到过的、其他任何地方都没有的、最为精彩的花树，在植物学典籍中也找不到相关记述和说明。威廉·巴特姆起先称其为大头茶树（Gordonia Pubescens），但当确认属名有误时，他便以父亲的世交本杰明·富兰克林的名字和该花树原始生境的地名来为其命名，故人们通常所说的富兰克林树（Franklin Tree/Franklinia）的英文全名是"Franklinia Alatamaha"。就在威廉·巴特姆以开国元勋的名字为其命名之后，富兰克林树很快便成为"名花"，成为欧美植物学家、园艺家和许多有钱人渴望拥有的植物。不幸的是，在威廉·巴特姆 50 岁的时候，富兰克林树就彻底从它的原产地消失了，而今人们在美国看到的富兰克林树都是威廉·巴特姆带回去的种子和枝条栽培出来的。这正是默温的诗歌《巴特姆父子失落的山茶花》的历史背景和事实依据。

从这首诗歌的内容、措辞、指称、叙事视角等来看，诗人真实再现了巴特姆父子发现富兰克林树的经过，尤其是威廉·巴特姆第二次看到富兰克林树的情景，默温的描写与巴特姆的记述几乎如出一辙。如在《威廉·巴特姆旅行笔记》第三部分第九章，作者这样描写富兰克林树："这是一种花树，是最美的那种，花香袭人……这种花很大，十分完美地延展开来，颜色雪白。"（Bartram, 1928: 369）就在诗歌第十二诗节中，默温对"花树"的描写几乎就是威廉·巴特姆这段话的翻版，不仅关键词语一字未动，就连排列顺序也是一模一样[①]。对于花树的名称，默温除了在题目中显示"山茶花"的属名之外，富兰

---

① 威廉·巴特姆的原文是："it is a flowering tree, of the first order for beauty and fragrance of blossoms…the flowers are very large, expand themselves perfectly, are of a snow white color"；默温的原文是："and the flowers /were of the first order for /beauty and fragrance/very large and white as snow"。

克林树这一命名始终未在诗行中出现，而是以"那棵树"（that tree）或"同样是那棵树"（that same tree）代之（Merwin, 1993: 38, 39），并用整整五个诗节来描写其绽放的姿容，这一点也与威廉·巴特姆的记述相吻合，因为威廉·巴特姆也只是后来才为该树命名的，他在旅行笔记中用得最多的指称乃是"这奇特的树"（this curious tree）、"它"（it）、"像大头茶的树"（resembling the Gordonia）。

就叙事视角而言，诗人运用的是交替变化的叙事视角，其中故事叙事者的主要作用是导入、转折和结束话题，而两次发现花树的经过则由父亲或儿子用第一人称口吻来讲述。如在诗歌开头诗人这样写道："整整一天/做父亲的说我们骑马/穿过沼泽/看到很多水紫树。"（Merwin, 1993: 38）默温诗歌的一个显著特点是不用标点符号，如果我们加上标点，这句话就是："'整整一天,'/做父亲的说,'我们骑马/穿过沼泽,/看到很多水紫树。'"从中可以看出，叙事者在导入话题之后就消失在"父亲"背后，由"父亲"用第一人称"我们"来讲述他们父子发现花树的经历。这种叙事技巧和口吻让读者感到是在听"故事中的故事"，而"里边"那个故事由于采用了第一人称显得更加真实可信。另外，通过这种巧妙的、主要由第一人称来叙事的视角，默温的诗歌叙事仍与威廉·巴特姆的旅行叙事保持了视角上的一致性。在这一点上，即使收录这首诗歌的诗歌集名称《旅行》也可看作是默温对威廉·巴特姆旅行笔记的一种回应，一种互文。

全诗共有十八个诗节，分为两大部分，其中前八个诗节构成第一部分，主要讲述约翰·巴特姆描述他们父子发现"那种树"的地方特征，其余诗节构成第二部分，主要讲述威廉·巴特姆在同样的地点看到"那种树"绽放的情景和随后在原生地消失的遗憾。这样的架构也与巴特姆父子在同一地点和不同的时间看到"那种树"的事实经过相一致。第一部分对地方特征的描写虽然没有在威廉·巴特姆的旅行笔记中出现，但却在约翰·巴特姆记录那天的叙事中出现（Irmscher, 1999: 42），而且也与他的记述完全吻合。我们看到，默温诗歌中所描写的地貌主要是沼泽，低洼处树木稀少，河水经常漫流而过，"对那里的居民造成很大损失"。高地上生长的植物有水紫树（tupelo）、美洲蒲葵（palmetto）、美人蕉（canna）等，动物有"与美洲蒲葵融为一体"的松鹿和在"树枝下徘徊的火鸡"。正是在这样一个地理空间，在这样一个暮秋草深的季节，做父亲的说"我们发现了那种树/结着美丽的果实"（Merwin，1993：38）。从中可以看出，默温通过"父亲"的眼睛看到的植物和动物皆为本土或原始的植物和动物。如水紫树的英文"tupelo"原本就是印第安语的音译，由"ito"（树）和"opilwa"（沼泽）组合而成，意思是"沼泽树"，而美洲蒲葵则向来是印第安人的一种食物来源。这说明默温对"那种树"生长的地理空间的想象和还原实质上是一种对原初空间的追寻和指认，是一种让空间"本土化"、地方化的努力。

二　富兰克林树与美国的植物政治

要说明富兰克林树背后的植物政治，我们先来看富兰克林树在现代美国的影响力。1969 年，美国邮局发行了一套四联邮票，邮票上的植物图案分别代表美国的四个地区，其中印有富兰克林树的那张代表的是南方地区。1999 年，为了纪念约翰·巴特姆诞辰 300 周年，美国邮局特别发行了一枚 33 美分的邮票，邮票题名为"美国植物学家约翰与威廉·巴特姆"（John and William Bartram, American Botanists），邮票采用的图案则是威廉·巴特姆制作的、现为英国历史博物馆所收藏的富兰克林树的版画图案。与此同时，美国的《园艺期刊》（Hort Journal）也在全美发起了普查和栽培富兰克林树的活动。2008 年，富兰克林树被命名为佐治亚州的冠军树；2009 年，江奈森·纽冒（Jonathan Newmaun）推出了以富兰克林树为题名的历险小说，而其他一些活动家还尝试在原产地澳啦塔玛哈河岸栽种富兰克林树，使其真正回归荒野（Sawyers，1989：64）。所有这些针对富兰克林树的纪念活动或创作实践都是一种爱国主义的体现，是美利坚合众国早期凭借本土植物构建民族身份、树立国家形象的一种延续和折射。

在美国历史上，被托马斯·潘恩（Thomas Paine）誉为革命者之殿堂的著名的"自由树"应是最早"掀起"美国革命的一种植物。就在这棵生长在华盛顿公地上的老榆树被命名为"自由树"的同一年，巴特姆父子在遥远的佐治亚地方发现了富有传奇色彩的"山茶花"。所谓传奇，一是指"风景这边独好"——此花独特的美只在此地绽放，二是指"迷途的邂逅"——巴特姆父子是因为在荒野迷了路才有幸与美相遇。可当威廉·巴特姆将此种传奇且独美的花树以美国伟人和美国地方命名为美国"特产"之后，此花或者说富兰克林树所代表的植物就与美国的美丽、富饶、活力、底蕴紧密联系在一起，成为美国民族表达爱国情愫、构建民族身份的一个隐喻、一种象征、一种策略。我们先来看此花及其他植物在美国制宪会议期间所发挥的重要作用。

1787年5月25日至9月17日，在美国独立战争结束之后的第五个年头，来自美国各州的代表在费城召开了具有重大历史意义的制宪会议。当时的美国虽然已经取得了独立战争的胜利，但在这之后却是各州各自为政，相互竞争甚至是相互制约，这严重威胁到美利坚的存亡和发展，因此亟需制定一部新的宪法，依照宪法来选举和产生一个全新的国家政府。这虽然是许多与会代表的共识，可当大家坐下来讨论的时候，却在权利分配和运作机制方面产生了严重的分歧，尤其是在大州和小州议员人数的分配和构成方面争执不下：人数多的大州希望按照人口比例乃至经济实力来分配名额，人数少的小州则坚持各州代表人数要均衡的原则。彼时已是盛夏，为了保密起见，费城独立厅（State House）的窗户全部关闭。在闷热的环境中，代表们的情绪受到影响，争论变得更加激烈，议案一个个提出来，又一个个被否决，制宪会议不时陷入僵局。一个多月过去了，会议仍未取得实质性的进展，代表们疲惫抱怨，彼此之间还产生了某种敌意。富兰克林将这种局面形容为两头蛇，每一个头都想去自己中意的树丛，结果这条蛇哪里也去不了（Wulf, 2011: 71）。

值得庆幸的是，就在这种情势下，与会代表却在植物中找到了共同的话题。在参会的55名代表中，多半是农夫或有着种植园主背景的人，大家共同的兴趣是农业、园艺和植物，并且一致认为"农夫是一个社会的脊梁"（Wulf, 2011: 61），因而他们在休会期间交流最多的便是种子、庄稼和园艺。更让他们感到愉快的是结伴去乡下，在那里寻访一些庄园和花圃,借此释放会议带给他们的紧张和压力。他们探访的最有名的地方莫过于地处费城郊区的巴特姆植物园,而正是生长在那里的植物对宪法的顺利诞生产生了微妙而又重大的影响。

那是 7 月中旬的一天,宪法会议又一次陷入僵局。时值周末,来自俄亥俄州的代表、植物学家卡特勒(Manasseh Cutler)提出第二天要去参观巴特姆的植物园,其他代表如美国宪法之父迈迪逊(James Madison)、财经专家汉密尔顿(Alexander Hamilton)等闻讯也欣然加入。彼时巴特姆的植物园已在欧美闻名遐迩,除了富兰克林是那里的常客之外,华盛顿在几个星期之前就已经去过那里,后来还订购了大批花木树苗。杰斐逊在费城的时候也总是抽空去那里转悠,即使在起草《独立宣言》的那段日子里也不例外。因此,对于威廉·巴特姆(彼时其父已经去世)来说,无论何等重要的人物来访都不是什么稀罕之事。令他始料不及的是,卡特勒一行竟然会有那么多人那么早地来访他的植物园,并且一待就是三个多小时。当代表们沿着林荫道一路走去的时候,他们看到了威廉·巴特姆后来在旅行笔记中描写的许多植物,而整个植物园宛如美国植物的大观园,集中了从最北端的安大略湖到最南端的佛罗里达州等几乎所有十三个州的植物,有的很平常,有的很稀有,有的很高大,有的很低矮,高大的为低矮的撑起阴凉,平常的与稀有的为伴,最北的与最南的并肩,共同造就一个品种繁芜而又充满蓬勃生机的植物园。

对于已经在闷热的独立厅待了近 50 天的代表们来说,能够在这样的植物园里徜徉就如同在画中行走,美中漫步,而那些他们从未见过或很难见到的植物更是让他们流连忘返。这其中最让他们欣喜不已、赞叹不绝的便是整个植物园里最稀有也最引人注目的富兰克林树,它既是人们公认的花王,又是许多欧美园艺家和植物学家不避路险常来"朝圣"的花王。同时,代表们也得知,在欧洲,英国一直拒绝承认富兰克林树命名的科学性——我们只需想想富兰克林在美国革命中所发挥的作用便可知其中的缘由。时值盛夏,富兰克林树灿然绽放,雪白的花朵和沁人的香气让代表们陶然忘我,而如此美丽独特的花木却不为英国所接受的事实似乎让代表们的心贴近了。他们变得随意起来，彼此间的交谈也变得亲切友好，北方来的代表因为看到了从未见过的南方植物而高兴，南方来的代表因为北方代表的反应而自豪，反之亦然。总之，在三个多小时的时间里，他们看到了一生中从未见过的、品种如此繁芜多样的花草树木；他们也看到，原产地遍布十三个州的植物却能在同一个地方生生不息，欣欣向荣。

也许是不知不觉间受到植物的启迪，也许是在植物中找到了共同语言，也许是美中漫步改变了心情，总之代表们在参观完巴特姆的植物园之后，在接下来的制宪会议上，一直僵持不下的权力分配死结却发生了奇迹般的松动。两天之后，代表们就众议院和参议院代表名额的分配进行表决。在此之前，大州仍坚持认为两院代表人数均应根据人口比例来分配，而小州也仍坚持认为应该按州平均分配。康涅狄克州代表提出的议案是，参议院代表人数可以平均分配，众议院则按照各州人口比例来分配。马萨诸塞州率先就此议案进行表决。出乎意料的是，该州四个代表中两人赞成，两人反对，这一结果瓦解了他们此前一致认同的大州原则，使该州的投票结果无效。这其中投赞成票之一的斯庄（Caleb Strong）正是那天参观巴特姆植物园的代表之一。

弗吉尼亚州也是大州，该州投了人们意料中的反对票。在此之前，其他四个小州全部投了赞成票，但还差一票①才能通过。按照惯例，北卡、南卡还有佐治亚这些蓄奴州都是看弗吉尼亚州的脸色行事的。让代表们又一次感到意外的是，北卡却投了赞成票，因为在此之前北卡也是康涅狄克议案的反对者。投赞成票的北卡代表马丁（Alexander Martin）和威廉姆森（Hugh Williamson）也是那天漫步巴特姆植物园的代表成员。斯庄、马丁、威廉姆森这三位代表出乎意料的"倒戈"行为最终使康涅狄克议案生效，为新宪法的诞生铺平了道路，同时也为美国的长期稳定和发展打下了坚实的基础。这一结果的取得自然要归功于这三位代表所做出的"伟大的妥协"（the Great Compromise），但以富兰克林树为代表的植物也是功不可没：就在代表们参

---

① 当时参加宪法会议的共有十个州，在马萨诸塞州的表决作废之后只剩九个州，九个州中只要五个州投赞成票就意味着通过。

观完植物园的当天下午,斯庄提醒同仁说:"如果我们互相不通融,美利坚很快就会消亡。"(Wulf,2011:80)马丁和威廉姆森也有同感。至此,我们不得不说植物园里各州植物之间相互包容共荣的态势或精神一定给相关与会代表以很大的启迪。

　　细究起来,植物之所以能对美国宪法的诞生产生如此微妙而重大的影响,原因还在于美国的爱国志士和开国元勋从一开始就奠定了用植物、动物、山川、风景进行政治斗争的传统,或者说还在于他们所培植的自然政治土壤尤其是植物政治土壤,否则仅凭一次植物园之行恐难有此奇效。如前所述,美国最早的革命行动就始于"自由树"下的集会和抗议,后来那棵"自由树"被英军砍倒了,但当一棵老榆树被砍倒之后,更多的老榆树一夜之间都被命名为"自由树",以此来宣告美国人民的革命精神像植物一样生生不息。

　　这说明美国的政治从一开始就与美国本土的植物紧密交织在一起,这一点在开国元勋们身上体现得尤为明显。就拿华盛顿来说,他在指挥纽约战役(1776)的倥偬之际仍不忘写信给家里,要求他的管家在自己的弗农山庄(Mount Vernon)一律栽上美国本土的树,"任何英国的树是不允许的"(Wulf,2011:14),以此来表达一种强烈的爱国之情。而在那个年代,美国的花园大都以种植英国或其他欧洲国家的树木为荣,美国本土的花草树木反倒入不了人们的"法眼"。从这个意义上来讲,华盛顿要求管家栽种本土树木的举措不亚于另一种形式的独立革命。受其影响,富兰克林的密友沃恩(Samuel Vaughan)也在费城独立厅前边的花园里全部种上了美国本土的花草树木。从此以后,美国的花园开始本土化,成为名副其实的美国本土植物的花园——就连对园艺不大感兴趣的汉密尔顿也在自家花园里栽种了十三棵美国香枫,借此象征美国的十三个州。

　　杰斐逊是众所周知的与汉密尔顿截然不同的重农主义者,他对植物的兴趣、理解和热爱可以说胜过任何一位同仁。杰斐逊热衷于收集世界各地的植物种子,试种不同的农作物,培育新的品种,因而堪称美国最有"植物缘"的一位开国元勋。在美国的不少公园或植物园里,人们常常会看到杰斐逊的这句名言:"没有一根抽芽的草不让我兴味盎然。"人们还会看到，杰斐逊也是通过植物来评价一个人对国家的贡献："对于任何一个国家而言，最伟大的效忠莫过于给其文化增添一种有用的植物。"① 就杰斐逊对自己国家的"效忠"而言，美国的大米和橄榄树就是他引进的，他认为在这一点上他对国家的贡献不亚于《独立宣言》（Wulf, 2011：86）。他就任美国总统期间筹划派出的路易斯与克拉克探险队②采集来大量的动物标本和植物种子，那些植物种子试种成功之后，第一次让美国人通过植物欣赏到了美国西部的奇特和美丽，大大增强了民族自信心。

杰斐逊除在美国本土"效忠"国家之外，还在本土之外的他国凭借本土的动植物来展示和宣传美国的实力。在美国建国后不久，"美国退化论"（degeneracy of America）在法国广为流行。这一理论的依据是，欧洲的谷物、蔬菜和水果到了美国很难长成，动物也不例外。以法国著名博物学家布丰（Georges‑Louis Leclerc, Comte de Buffon）为代表的科学家据此认为，欧洲的动植物一到美国就退化，而美国本土的动植物也不尽如人意，不仅没有欧洲的好而且品种也很有限。即使赫赫有名的植物学家林奈也对美国的植物表现出一种不屑："我不知道美国的植物有什么地方值得让人高兴，让人开心。"③（Thoreau, 2002：73）更为糟糕的是，有人还据此推测美国的人种也活不长久。总之，美国所有的一切"都在区区天空之下，贫瘠土地之上萎缩和凋枯"（Wulf, 2011：62）。对于美国这个新兴的国家而言，这样的言论颇具杀伤力，十分不利于国家形象的树立和民族自尊的建构。这便是杰斐逊在国际斗争中采取"自然政治"策略的历史语境。

---

① 杰斐逊所言原文分别是："There is not a sprig of grass that shoots uninteresting to me"；"The greatest service which can be rendered any country is to add an useful plant to its culture"（http://www.monticello.org/site/jefferson/quotations‑nature‑and‑environment）。

② 路易斯与克拉克（Meriwether Lewis & William Clark）是美国历史上的传奇人物，他们历时两年多（1804年5月至1806年9月）的西征探险是19世纪美国首次也是最重要的一次探险，其目的有三：一是抢在欧洲列强之前占据美国在路易斯安那州的疆土，二是收集和研究该地区的植物和动物，三是与当地印第安人建立贸易联系。

③ 英文原文是："I know not what there is of joyous and smooth in the aspect of American plants"。

跟富兰克林①一样，作为外交使节的杰斐逊在驻法期间（1785—1789）所做的工作之一就是要戳穿这样的谬见，维护其民族尊严。他认为，只要他能够证明新世界的一切比旧世界的更大、更壮观、更气派，那么他就可以打败对方，有效提升国家形象。为此，他大量阅读有关美国自然史的书籍，想方设法收集美国本土最大的动物标本和植物种子，并完成了《弗吉尼亚随笔》（*Notes on the State of Virginia*，1785）的撰写，最终以大量的事实、科学而生动翔实的描述向布丰等人证明，美国是世界上最有魅力的国家，连"黄鼠狼也比欧洲的要大"（Jefferson，2010：34）。在这一点上，美国第二任总统约翰·亚当的夫人写给朋友的信也可看作是《弗吉尼亚随笔》的一个注脚："欧洲的鸟鸣不及美国的一半婉转，水果不及美国的一半甜香，鲜花不及美国的一半芬芳。"（Nash，1982：69）

事实上，《弗吉尼亚随笔》在法国的出版本身就意味着杰斐逊在欧洲打响了"自然卫国"的战争。他以弗吉尼亚为阵地，将美国本土的动物植物、湖泊清泉、高山大川、气候土壤等自然"兵士"集结一处，从各个方面向欧洲列强展示了美国的活力与强大。在书中，为了很好地展示植物，杰斐逊将其分为药用、食用、饰用（ornamental）、实用四个大类，每个大类下边列出许多代表性植物，并在植物名称后边辅以拉丁语专业名称，显示了作者无可挑剔的植物学知识。在列举第二类植物的时候，杰斐逊还首次对美洲山核桃树予以描写②并指出，此树属美国独有，即使博学如林奈者也尚未对它有过描写（Jefferson，2010：23）。与富兰克林树相仿，美洲山核桃树也是美国最珍贵的本土植物之一。所有这一切表明，美国的本土植物或自然世界就是美国

---

① 富兰克林也是利用一切机会对"美国退化论"予以回击。在一次巴黎的宴会上，一名法国科学家 Abbe Raynal 又一次重提"美国退化论"，富兰克林注意到，美国来的客人坐在餐桌的一边，而法国的客人坐在餐桌的另一边，于是他提议说："让我们两边都站起来，大家看一看自然到底在哪一边退化。"结果法国人自取其辱。根据富兰克林的描述，站在一边的美国人个个伟岸挺拔，而另一边的法国人则矮小瘦弱，Abbe Raynal 本人"更像是一只小虾米"，从而从人种方面击败了"美国退化论"之说。参见 Wulf 著 *Founding Gardeners*，第 63 页。

② 英文是 pecan tree，杰斐逊在文中使用的单词是 paccan 和 pacanos。参见 *Notes on the State of Virginia*，第 23 页。

政治的一个隐喻，它在很大程度上塑造了美国的政治文化和民族情结。

具有讽刺意味的是，在美国取得独立后不久，种植美国植物在英国反倒成了一种时尚。如果说美国的花园是在本土化，英国的花园则是在"去本土化"，人们采用的种子"几乎全部来自美国"（Wulf, 2011：56），因而英国的花园几乎就是美国植物的花园。这固然是因为物以稀为贵、"山那边的草更绿"等美学追求所致，但同时我们也应看到，这一时尚的形成也与以杰斐逊为代表的开国元勋们推广和宣传美国本土植物的举措有着必然的联系，从中至少可以看出他们所推行的植物政治在园艺领域所取得的成效。

明白了美国本土植物的政治作用之后，我们再回过头来看默温的诗歌，就能更加深刻地理解诗人对荒野和植物的想象既是一种对本初自然的追寻和指认，又是一种本土情结和民族情结的含蓄表达。这也正是诗人避用富兰克林树这一名称的因由所在。从富兰克林树的英文名称"Franklinia Alatamaha"来看，这应是最能代表美国本土特色和民族情结的一种命名："Franklin"是众所周知的美国梦的典范和象征，代表的是白人殖民者在新世界所取得的成就，"Alatamaha"是一位印第安部落酋长的名字，代表的是美洲土著悠久的历史[1]；"Franklin"代表的是当下，"Alatamaha"代表的是过去；"Franklinia"指向美国最美的稀有之花，"Alatamaha"则指向美国最有历史底蕴的原始之河[2]，二者的结合就构成这样一幅画面：最美的鲜花生长在最原始的生境。这不正是默温所追寻的那种本源之境，本然之美吗？用"Franklinia Alatamaha"来指称不是恰到好处吗？此处的悖论是，为了

---

[1] 该部落的名称是 Yamasee，有关 Alatamaha 名称的记载最早出现在 1540 年（http://www.brownsguides.com/blog/how-georgia-rivers-got-their-names/）。

[2] 戈尔斯密司在他 1770 年创作的《荒村》("The Deserted Village") 中也写到了这条河。诗人想象那些被迫离开自己村子的人正是去了澳啦塔玛哈，一个原始而可怕的地方："To distant climes, a dreary scene, /Where half the convex world intrudes between, /Through torrid tracts with fainting steps they go, /Where wild Altama murmurs to their woe. /Far different there from all that charm'd before, /The various terrors of that horrid shore"。

诗意地呈现富兰克林树的原生态之美，凸显其本土性和民族性，富兰克林这个带有政治意味和当下意味的名字恰恰要隐去，代之以"那棵树"或"同样是那棵树"，这样才显得更加原始、自然、和谐，在语气上也更加接近原始土著的口语体语言，以便进一步烘托出"那棵树"或"同样是那棵树"的本土质性。事实上，默温在诗歌中分别用"父亲"和"儿子"来指代约翰·巴特姆和威廉·巴特姆，也是为了与这样的本土质性保持一致。

再者，默温对命名所持的观点也是他弃名不用的又一因由。"Franklinia Alatamaha"尽管是一个本土化的命名，但同时也是一个政治化、现代化的命名，因而也是一个远离本源的命名。在默温看来，命名一旦偏离本源，就有可能成为替代物或是占有物的概念，而物本身则因此而被遮蔽（Scigaj, 1999: 180），这与默温一贯主张的"物本"诗学之主张也是背道而驰的。由此看来，默温笔下的本土化其实就是本源化，它既涵纳了本土的空间范围，又跨越了本土的时间长河，从空间和时间两种维度向本源追溯，堪称名副其实的"空时体"诗学。这是一种历史底蕴最为深厚的本土化诗学，比一般意义上的本土化还要更进一步，或者说更接近"本土"，因而它所承载的本土情结和民族情结也更加厚重。这似乎又是一个悖论：白人殖民者致力于掠夺和毁坏的本土自然反过来却成为其子孙后代立国立民的根基，而且越是本土、原始、久远，越是具有民族性，越能凸显民族的特色和优势。从这个意义上来讲，默温在诗歌中运用植物（水紫树、美洲蒲葵、美人蕉）、动物（松鹿、火鸡）、地理（河水、沙丘、沼泽）、人类（居民）等因素构建起来的原始生境和生长于斯、发现于斯、消失于斯的"那棵树"就不仅仅是一种"还原"历史的植物诗学，而是一种与美国的植物政治遥相呼应的植物诗学政治。换言之，默温寻求自然本源的诗学也是一种立足本土、扎根历史的爱国诗学[①]，它给我们昭示出一个简单而又常常被忘却的公理：热爱本土自然也是一种爱

---

① 如果我们将默温和戈尔斯密斯对几乎是同一时期的澳啦塔玛哈地理空间的想象放到一起来对比，也许更能见出默温蕴含在原始生境中的爱国诗学。

国的体现，因为倘若自然消亡，国之焉存？"国破山河在"尚有拯救的希望，但倘若是"国在山河亡"，那就基本上只有绝望了。因此，如果我们将这首冠名为《巴特姆父子失落的山茶花》的"树殇"看作是默温所作的一曲别样的"国殇"也许并不为过。

三 被"爱死的自然"

在《巴特姆父子失落的山茶花》的末尾，诗人这样写道：

儿子说
我们
从未发现
那树长在

其他野地
所幸他采集了
种和苗
将它们带回

花园栽种
因为就在他
五十岁时那树
已从自个的栖息地

完全消失
只零星存活在
他乡以栽培的
外来者身份。

默温在诗行中暗示了这样一个事实，即现有的富兰克林树都是源自巴特姆的植物园，也就是源自"儿子"从原生地采集来的"种和苗"。倘若"儿子"当时没有采集，富兰克林树的消失可能早就超出了它的原始生境范围，整个美国是否还能觅得其踪也未可知。所以尽管诗人在为这最美的花树消逝于最原始的生境而感伤，但同时也为它能够"存活他乡"而感到些许的欣慰。换一个角度来看，倘若富兰克林树没有被发现，也没有被加以命名，说不定它仍旧生长在原始的栖息地上，只是外界不知道也欣赏不到它的美罢了。就现实中的富兰克林树而言，人们只是将它移植到了别处，确切地说是将它从原始的生物地方移植到了不同的花园空间，它本身并没有因此而"失落"，"失落"的只是它与原始生境之间那种天然的纽带关系：从生境的视角来看，"失落"的是花树，而从花树的视角来看，"失落"的是生境。但诗人既然已经表明"失落"的是"山茶花"，这说明他主要是立足地方，从地方的视角来看物种的消亡，这应是诗歌题名中"失落"（lost）一词的蕴意所在。本节所谈论的"失落"或"消亡"也以此为准。

那么是什么原因导致"山茶花"的消亡呢？海伊斯认为答案就在诗歌中。他指出：

> 《巴特姆父子失落的山茶花》讲述的不是人对物种的毁灭。诗歌开始不久就讲到河水淹没低地，可见是自然本身将这个太过脆弱的物种给毁掉了。这就是说它的灭绝是一种自然的行为，而非人的行为。许多物种都是以这种方式消失的。所不同的是，巴特姆父子在那里见证了该物种的消失。事实确实如此（Hayes, 2012: 170）。

的确，在诗歌第四节和第五节，"父亲"看见低洼处约一英里的地方树木稀少，"河水漫流而过，/对居民造成很大损失"。这也就是说，漫流的河水也有可能漫过"山茶花"生长的地方，导致它的灭迹。但这也只是一种可能性，海伊斯似乎将这种可能性绝对化为一个既定的事实，所以才认为"山茶花"的消亡是自然作为的结果。事实上，如果我们仔细推敲，就会发现即使这种可能性也未必站得住脚。

诗人在诗歌第二诗节清楚地表明，"立在深水中"（standing in deep water）的植物是落羽杉（cypress），其他植物如美洲蒲葵等都是生长在"高地上"（higher ground）。虽然诗歌没有明示"山茶花"生长的地势，但基本上可以断定也是在高地上。在旅行笔记中，威廉·巴特姆描写的"山茶花"占地面积约有两三英亩，而且"十分繁盛的生长"在一起（Bartram，1928：370）。在诗歌中，默温写到低洼处树木稀少，所以如果"山茶花"是生长在树木稀少的洼地里，这显然与威廉·巴特姆所描写的"繁盛"（plentifully）之意不相称，也与默温还原历史、最大限度地接近事实真相的诗学策略相违背。再说了，威廉·巴特姆第二次看到"山茶花"是在12年之后，而12年之后的"山茶花"比他第一次看到的长势还要好，这说明河水即使泛涨，也没有对"山茶花"造成很大的影响。如此一来，我们就不能十分肯定地说"山茶花"的消亡是一种自然的行为。退一步讲，自然的行为即使有，也只是一种很小的可能性，而被海伊斯排除在外的"人的行为"恰恰才是"山茶花"消亡的主要原因。

默温虽然在诗歌中表明"山茶花"最终"从自个的栖息地/完全消失"，但对消失的原因却未置一词。细加分析，原因其实就隐含在诗行中。诗人用了整整五个诗节来描写"山茶花"绽放的样态，从颜色、形状、构造、香气等不同的角度展示了"山茶花"的美，然后再写到威廉·巴特姆采集种子和砍伐树苗带回花园栽种一事。如前所述，默温在诗歌中对"山茶花"的描写与威廉·巴特姆在其旅行笔记中的描写几乎是一致的，都突出了"山茶花"的奇美和馨香，正是这种为人所追逐、依恋、热爱的奇美和馨香导致了它的消亡。应该说从威廉·巴特姆砍伐枝条的那一刻起，"山茶花"的消亡进程就已经开始了。威廉·巴特姆不仅见证了它的原始之美和不幸消亡，而且也开启了它的消亡进程。换言之，"山茶花"最终从其栖息地的消亡主要归因于人对美的追逐、依恋和占有，是人类"爱死自然"的一个典型例证。所不同的是，与其他被"爱死的自然"相比，"山茶花"被命名为富兰克林树之后所蕴含的政治意味和印第安本土特色还在很大程度上加速了其消亡的进程。

我们先看殖民地时期，以英国为代表的欧洲宗主国对世界各地，尤其是对美洲植物的迷恋和占有欲望，以及巴特姆父子在满足他们的欲望中所扮演的"移植"角色。被誉为美国植物学之父的约翰·巴特姆在美国独立之前之所以被册封为"国王的植物学家"[①]，主要是为了表彰他为丰富宗主国的植物物种和研究所做出的贡献。约翰·巴特姆的主要任务是将采集到的植物种子和幼苗运送给他在英国的赞助商柯林森（Peter Collinson）。柯林森是一位对"植物十分着迷"的园艺专家和商人，对美洲大陆"美丽的、观赏性强的、奇特的花木"尤其是"新奇而罕见的植物"有一种无餍的嗜求（Irmscher，1999：13）。据统计，经他的手引进到英国花园的植物约有180种。在当时的英国，像柯林森这样对奇花异草爱不释手的人不在少数。如柯林森最富有的一位客户皮特阁下（Lord Petre）就在他的"美洲森林"里种植了约10000棵美洲树木，而那些并不富有的人"对奇花的渴望也是如此之强烈，以致一个穷鞋匠、织工或是面包师也愿意出半个甚至是一个基尼来买新的鲜花品种"（Irmscher，1999：17）。有些买不起的就想办法偷窃，以致柯林森花园里的奇花异草数次被盗。如此一来，英国各阶层渴望用美洲花草来装点自家花园的追求就很自然的演变成一种时尚，因此催生了植物交易的商机和市场，美洲花草的美学价值也由此被转换成一种经济价值。

换言之，植物的美以及人们对这种美的追求和依恋最终使之沦为赚取利润的商品。这也是约翰·巴特姆30多年来不断采集种子、根茎、枝条、干花运往英国的一个主要原因。这些"货品"抵达英国之后，柯林森把最好的留给自己，少部分送给朋友，其余的则全部卖掉。可以想见，为了收集这些所谓的"货品"，约翰·巴特姆和威廉·巴特姆"不得不将植物与其'出生地'（birthplaces）硬给分离开来"，而离开生境的植物最终被"置于一个新的人工环境之中"（Irmscher，1999：25），成为默温所说的"存活于他乡"的外来者。

我们也可以想见，在这种语境下，像富兰克林树这种奇特的、

[①] 约翰·巴特姆于1765年得到册封。正是在这一年，他们父子发现了富兰克林树。

"只此一家"的花树该是一种多么求之不得的宝树。事实也正是如此。1773年，威廉·巴特姆首次采集到"山茶花"的种子和枝条。他除了将一部分带回费城栽培以外，其余的都发给了他的英国赞助商福斯吉尔（John Fothergill）。事实上，威廉·巴特姆的第二次南方之行正是福斯吉尔赞助的，他随"山茶花"一起发给福斯吉尔的还有200多棵其他花木以及59幅动物和植物的绘画。跟柯林森一样，福斯吉尔也"对植物的生命有一种焦渴的爱"（burning with a love of plant life）（Irmscher，1999：35），他的花园里栽培的大都是名贵的花草，而富兰克林树的"加盟"无疑给他一种锦上添花的喜悦。

作为巴特姆父子最为自豪的发现之一，该树的独一无二性（no two alike）、奇美和芬芳使之成为众多植物收集者的梦想之物，也是他们可资跨入"园艺贵族之列的一个标志"（Irmscher，1999：52），而威廉·巴特姆给它的文化洗礼——一种将美国当下和遥远的过去融为一体的独特的科属命名，以及哈姆弗瑞·马歇尔（Humphrey Marshall）在他第一部介绍美国本土植物的著作[①]中对它的大力推崇，更是让该树名扬天下，成为欧美园艺家和植物爱好者眼中的垂涎之物，这就势必导致对富兰克林树种苗的大量需求和大量采集。如在威廉·巴特姆首次采集之后，尽管谁也不清楚到底有多少人去澳啦塔玛哈河岸采集富兰克林树的种苗，但有几点可以确定：1787年，一名英国客户写信给哈姆弗瑞·马歇尔，要他采集100棵或是更多的富兰克林树；1790年，哈姆弗瑞·马歇尔的侄子摩西·马歇尔（Moses Marshall）接到一份订单，要他"尽可能多"（as many as you can）地采集富兰克林树；1803年，苏格兰人约翰·里昂（John Lyon）到巴瑞顿贸易站去采集时，发现富兰克林树只剩下零星的几棵了（Tompson，1990：204）。在里昂之后，大约在1840年的时候，富兰克林树就彻底从原产地消失了，它的英文名称中的生境属地"Alatamaha"也随之成了一个被"爱死的自然"的空壳，一个文化追忆的符号。

---

① 马歇尔的著作题名是：*Arbustum Americanum*：*The American Grove*（1785）。该书是第一部由美国本土植物学家撰写并在美国本土出版的有关美国本土植物的书籍，在欧洲十分畅销。

爱默生在《自然历史的运用》(The Uses of Natural History) 一文中写到了巴黎植物园，认为那是他所看到过的品种最为齐全丰富、布局最为精巧自然的植物园。为了得到那些稀有的植物，爱默生写道："山脉、沼泽、草原、丛林、大海、河流、矿场、天空都被搜了个遍 (ransacked)"（Emerson, 1959: 7）。爱默生自然是在称赞人类无处不在、无"所"不至的搜腾能力。可当人们为眼前无奇不有的植物所陶醉时，大概很少有人会想到那些植物在原始栖息地遭受破坏、掠夺的情景，也不会想到眼前的愉悦和享受很有可能让植物付出了从栖息地永远消失的巨大代价。我们虽然不能确定巴黎植物园里是否也有富兰克林树的身影，但爱默生所说的人类为了爱自然、享受自然而到处"搜腾"自然、破坏自然的行为却在富兰克林树这里得到了集中的体现。这也让我们想到了我国西北地区的发菜。由于福建、广东一带的民众喜欢食用而被不断搜搂，可他们在品味发菜的味道、消费发菜的谐音内涵（发财）的时候，却未必意识到，仅一小盘发菜就得破坏10 亩地大的草场，内蒙古草原因此而被破坏的面积竟然达到了 1.9 亿亩，其中 0.6 亿亩已经基本沙化，从而恶化了原本脆弱的生态环境，加速了一些珍稀物种的灭绝[1]。这里所说的灭绝是多重意义上的灭绝：发菜被吃绝，原生地被沙化，其他物种也随着原生地的破坏而消亡，可谓完全彻底的灭绝。

与发菜这类被彻底"爱死"的自然相比，富兰克林树的命运还不算是最坏的，充其量只是失去了原始的栖息地而已。可对默温而言，失去原始的栖息地就等同于失去原始的荒野，而失去原始的荒野则意味着失去原始的野性、原始的美和原始的生命力，用斯坦格纳（Wallace Stegner）的话来说就是失去"希望的地理"（geography of hope）[2]。为此，诗人在诗歌末尾特别强调富兰克林树消失于"自个的栖息地"，它生存的他乡不外乎本国和异国的花园，而被"栽培"

---

[1] 参见百度百科词条"发菜"（http://baike.baidu.com/view/14114.htm? fr = aladdin）。

[2] 斯坦格纳在其名著 *Where the Bluebird Sings to the Lemonade Spring*（2002）一书中提出的一个被广为引用的概念，他所说的"希望的地理"是指美国西部的荒野。

(cultivated)在花园里本应是一种改良或提升，因为这本身就是"栽培"一词的内涵所在，但诗人却在诗歌的最后用"异乡客"（foreigner）一词颠覆了"栽培"的褒义内涵，以一种拟人化的双关凸显出"山茶花"失去本土地方、寄寓异国他乡的惆怅和失落，进而让我们明白，无论是什么样的"栽培"，也弥补不了"失地"的损失。

麦成德认为，"特定历史时期特定栖息地的生态核心"由"动物（包括人类）、植物、矿物质和气候之间的关系构成"（Merchant, 1989：5）。由此观之，诗歌中描写的"居民"、动物、植物、河水、沙丘等就是构成富兰克林树栖息地的几大要素，因此富兰克林树的"失地"也很容易让我们联想到印第安人的"失地"。从富兰克林树的视角来看，印第安人是构成其栖息地的物种之一，但从人类的视角来看，富兰克林树则是构成印第安人（即"居民"）栖息地的物种之一，二者之间形成一种互为主体和互为生境的关系。不幸而又凑巧的是，富兰克林树从栖息地的消失与印第安人从栖息地的消失几乎发生在同一时期，因为彼时也正是印第安人被迫迁离故土，迁徙到密西西比河以西的时候。从这个意义上来讲，富兰克林树的命运几乎就是印第安人命运的一种写照，或者说印第安人的命运几乎就是富兰克林树命运的一种写照。所不同的是，富兰克林树是被"爱死"的，印第安人是被害死的。二者之间的这种关联既让我们看到《最后一个》中的双重罪孽也在《巴特姆父子失落的山茶花》中重现，又加深了我们对"山茶花""失地"和"失落"意义的理解。

事实上，在默温描写白人探险家和博物学家的其他诗歌中，如在《马尼尼》（"*Manini*"）、《玛纽艾尔·哥多华的真实世界》（"*The Real World of Manuel Cordova*"）、《安汶岛盲人预言家》（"*The Blind Seer of Ambo*"）、《道格拉斯之后》（"*After Douglas*"）等诗歌中，我们照样能看到殖民者对植物的爱是如何导致对本土自然和文化的双重破坏的。这说明，即使在被"爱死的自然"背后，我们依然能够看到另外一幅黯淡的文化图景。

就在"山茶花"从其原始生境行将消逝的1836年，哈德逊河画派的奠基人托马斯·科尔说："美国风景最显著，或许最引人入胜的特征便是它的荒野。"（Nash，1982：67）事实上，荒野不仅是美国最显著的自然风景，也是美国文化最基本的构成元素，是美国民族引以为豪的最大资本，因为对于一个几乎没有历史和传统的新兴国家而言，美国唯一能够胜出他国的地方便是其荒野。从这个意义上来讲，"山茶花""失落"于荒野何尝不也是美国荒野和原始文化"失落"的又一曲殇歌，而这曲殇歌何尝不也是诗人于500年后对哥伦布盛赞新大陆绿色荒野之"颂歌"所发出的遥远的历史回响？

第四章

沙漠书写与"荒原"拯救

  如果说森林与草原构成美国的绿色荒野，那么沙漠与旱地称得上是美国的褐色荒野；如果说绿色荒野是美国最普遍、最显著的自然风景，那么褐色荒野则是美国最边缘、最奇特的地理物种；如果说绿色荒野是美国文明建设的根基，那么褐色荒野则是美国文明推进的阻碍；如果说绿色荒野是美国民族赖以自豪的资本，那么褐色荒野则是他们普遍看好的"希望的地理"。之所以说边缘和奇特，是因为美国的褐色荒野主要位于美国西部和西南部边陲的沙漠地带，我们权且称之为美西大沙漠；之所以说它是美国文明推进的阻碍，是因为它的干旱、"贫瘠"和艰险阻断了美国农业、工业和商业西进的步伐；之所以说它是"希望的地理"，是因为书写美西大沙漠的作家和艺术家凭借诗学和美学的力量逐渐改变了公众对沙漠的偏见，将原本被排除在美国地理和文化边界之外的美西大沙漠从贫瘠无用的"荒原"育化成美国的经典风景，最终使公众认识到，所谓的"荒原"其实是一个值得保护的，集自然、历史、文化于一体的充满活力的生态系统。

  在现有的论及美国沙漠文学和沙漠艺术的研究中，论者涉及最多的是日志、游记、散文、小说、绘画、摄影、雕塑、电影，对诗歌的关注一直以来都不是很多。就拿书写沙漠的几位文学巨擘而言，他们的诗歌也未得到应有的重视。奥斯汀被誉为美国的沙漠美学之母，她不仅以《少雨的土地》（*The Land of Little Rain*，1903）、《无界之地》（*Lost Borders*，1909）以及《旅行尽头的土地》（*The Land of Journeys' Ending*，1924）等脍炙人口的散文作品闻名于世，而且还创作了数量可观的沙漠诗歌。遗憾的是，许多读者对她的诗歌知之甚少，许多读者甚至不知道她同时也是一位了不起的诗人：在她所创作的 200 多首诗歌中，有相当一部分发表在当时的顶级刊物如《诗歌》（*Poetry*）、《民族》（*The Nation*）以及《哈泼杂志》（*The Harper's*）上面。与奥斯汀几乎在同一时期、同一地域进行创作的英国作家兼诗人劳伦斯可谓美西大沙漠书写的主要推手之一，但美国学者对他的沙漠书写尤其是沙漠诗歌也是很少论及。以"沙漠之鼠"（rat of desert）闻名于世的艾比堪称 20 世纪中期以来沙漠书写的又一巨擘，许多读者对他的散文名作《大漠孤行》（*Desert Solitaire*，1968）和小说《猴子破坏帮》（*The Monkey Wrench Gang*，1975）可能并不陌生，但却未必知晓他也创作了不少以"血与汗为基本元素"的诗歌（Petersen，1994：xi）。巴卡是美国当代最走红的其卡诺（Chicano）诗人，也是北美最有特色的生物地方诗人，他所书写的生物地方也正是美国西部的大沙漠，确切地说是他生长和生活的新墨西哥，可他的诗歌除美国学者盖峻斯（David Galens）和林奇（Tom Lynch）分别在他们的专著《诗歌批评》（*Poetry Criticism*，2002）与《沙漠之恋》（*Xerophilia*，2008）中予以探讨之外，我国学界尚未见到有关巴卡诗作的研究。至于当代第一位用英语书写沙漠的印第安女诗人赞比鞑的诗歌更是很少进入学者们的研究视野。这不能不说是美国西部沙漠文学研究的一大缺憾。鉴于此，本章拟以这几位作家和诗人的诗歌为主，结合其他诗人的创作和其他文学体裁来探讨美西沙漠书写的主要特征。在此之前，我们有必要就美西沙漠书写的整体语境和历史流变有一个大致的了解。

第一节　美国西部沙漠书写的历史流变

　　奥斯汀、劳伦斯、艾比、赞比鞑、巴卡等人所创作的沙漠诗歌可谓美国西部沙漠文学的有机组成部分和典型诗作。所谓美国西部沙漠文学，是指以美国西部和西南部广袤而多样的沙漠自然和沙漠文化为书写题旨的一种文学样式，故而也是一种典型的生物地方文学。它发端于 16 世纪西班牙传教士的沙漠生存手记及其之后的探险日志和旅行笔记。若从华盛顿·欧文、马克·吐温、斯蒂芬·克莱恩等最早书写西部沙漠的经典作家算起,至今也有 200 年的历史,形成了既有鲜明的地方特色,又与美国的西进历史、民族身份紧密交织的沙漠文学书写传统,在美国文学尤其是自然文学书写中占据十分重要的地位,并自 20 世纪中期以来逐渐成为欧美学界关注的一个研究热点。我国学者如程虹、鲁枢元、王诺、马永波等分别在他们的专著和译著中对美西沙漠文学也予以阐述和译介,但他们关注的对象比较集中,主要是奥斯汀、艾比和特丽·威廉斯(Terry Tempest Williams)等数位经典作家的散文类作品。

总体来看,美国西部沙漠文学经历了一个从鄙弃恐惧沙漠到接受热爱沙漠的过程,并从沙漠自然过渡到对沙漠历史与文化的关注,最后走向对沙漠自然与文化和谐共生的愿景书写。书写沙漠的作家和诗人早期(19 世纪末至 1920 年之前)和中期(20 世纪 30 年代至 60、70 年代)主要以主流社会的作家亦即白人作家为主,后期(20 世纪 80、90 年代至今)则呈现出一种多元化态势,除白人作家之外,印第安土著作家、西班牙裔作家和墨西哥裔作家也开始发出他们自己的声音,并逐渐发展为一股书写沙漠的强劲力量。与白人作家有所不同,这些少数族裔作家有一种世代扎根于沙漠、生活于沙漠的传统优势,因而他们所表达的沙漠人生和自然感悟也就显得更加真实、亲切和"正宗"。

一 鄙弃与征服

在早期沙漠书写大规模兴起之前,美国主流社会有关沙漠死寂荒芜的观念及其对沙漠的鄙弃、恐惧大都源自基督教教义,尽管基督教本身也是源自沙漠的宗教。据纳什统计,与"荒野"意思相近的"沙漠"(desert)与"荒废"(waste)字眼在《圣经》中出现了数百次(Nash, 1982: 13)。我们知道,《圣经》中的沙漠是魔鬼的巢穴,它既是魔鬼试图引诱耶稣的地方,也是上帝放弃的地方,因而也可以说是"邪恶猖獗"的地方(戴斯·贾丁斯,2002:178)。据此我们不妨得出这样的结论,即美国主流社会对沙漠的既定偏见其实在"五月花"号登陆美洲大陆之前就已经形成,而早期白人殖民者源自西欧地理和环境的绿色花园情结,又与美洲西部的大沙漠之间形成一种强烈的反差与对立,从而进一步强化了宗教赋予沙漠的负面含义。

这种鄙弃沙漠的观念在16至18世纪的文字书写中表现得尤为明显,个别探险家的日志几乎就是《圣经》书写沙漠的翻版。如最早踏足和记录现今美国西南部和墨西哥北部沙漠的西班牙探险家卡巴萨·德·维卡 (Álvar Núñez Cabeza de Vaca) 的生存手记 (*La Relación*, 1542)[①] 就是如此。再如帕伊克 (Zebulon Pike),作为最早书写西部大沙漠的美国白人之一,他认为沙漠是"贫瘠荒凉的土地,几乎没法用文化来改良",因而"很难有文明人的未来" (Teague, 1997:21, 20)。再譬如,在穿越死亡谷的幸存者曼利眼里,沙漠是一个由"盐柱、苦湖和荒凉"搭建起来的令人恐怖的"藏骨所" (Charnel house) (Manly, 1966:254)。在曼利之前,帕伊克之后,华盛顿·欧文也在他的游记中将西部沙漠描写成美国文明前进道路上的绊脚石 (Teague, 1997:25)。华盛顿·欧文对沙漠的看法其实与马克·吐温在《苦行记》(*Roughing It*, 1872) 中所表达的意思颇为相近。与欧文和吐温等经典作家不同,斯蒂芬·克莱恩不仅在小说[②]中描写沙漠,而且也在诗歌中频频诉诸沙漠,如《我在沙漠中行走》("*I Walked in a Desert*")、《在沙漠中》("*In the Desert*") 等直接就是以沙漠为情境意象的诗歌。但无论是在小说中还是诗歌中,克莱恩笔下的沙漠含义依然没有很大的变化。事实上,从卡巴萨·德·维卡到克莱恩的沙漠书写反映的正是美国民族彼时对沙漠的一种普遍认知。罗斯福总统直至1893年仍然认为沙漠是"邪恶和可怕之地"的言论就是最好的明证 (Gersdorf, 2009:141)。

尽管欧文、吐温、克莱恩等经典作家对沙漠书写的主要贡献是首次将沙漠作为背景引入美国的小说和诗歌,但他们无意中却使公

---

① 英文译文是:*The Narrative of Álvar Núñez Cabeza de Vaca*。
② 如《新娘来到黄天镇》(*The Bride Comes to Yellow Sky*)、《男人与其他》(*A Man and Some Others*)、《月光雪影》(*Moonlight on the Snow*) 等都是以沙漠为背景的小说。

众对美国西部沙漠的"在场"或真实存在有所知悉。随着美国绿色荒野的终结和西进运动的不断深入，沙漠开始从"在场"的存在逐渐发展为全民关注的焦点。这是因为，当绿色荒野已然不再而褐色荒野横亘在眼前时，美国的荒野征服显然走到了最后一站，而这最后一站也恰恰是荒野征服中的攻坚战，自然会引起广泛的关注。与绿色荒野相比，褐色荒野似乎更难征服，因为谁都知道干旱缺水是它最基本的特征，也是它最难征服的地方。如果这个问题得不到解决，沙漠就不可能变成绿洲，荒原变成家园的梦想也就成为奢谈。为此，美国国会于 1902 年通过了著名的《国家收复法案》(National Reclamation Act)，其主旨就是要通过灌溉来"收复"干旱的土地，说白了就是要征服沙漠，"鼓励人们在西部安家，将干旱的联邦土地变成丰饶的农田"[①]。

与《国家收复法案》相呼应，一些艺术家和作家如哈里特·门罗和威廉·史密斯等在他们想象和书写沙漠的作品中也大量采用与沙漠变绿洲、"明天更美好"的愿景相符的叙事策略，以艺术的手法来营造和强化征服沙漠的话语氛围。就拿门罗来说，她既为沙漠自然"陌生而不可思议的美所折服"，又憧憬"美国文明能够在这巨大而古老的荒漠里像鲜花一样绽放"（Monroe，1902：782）。门罗连续五年创作了 25 篇书写沙漠的文章，皆为当时乃至当今（如《大西洋月刊》）的顶级刊物所登载，其影响力不可谓不大。再如史密斯，他在《干旱美国的征服》（The Conquest of Arid America，1900）一书中还将征服沙漠看作是美国文明的一大进步，是年轻的美国向历史悠久的国家展示自己实力的一大机遇，也是联邦政府"为民众营造家园"的一大举措（Smythe，1900：302）。史密斯的"爱国征服"话语也在罗斯福总统那里得到了回应："收复干旱土地将使每一寸国土变得丰饶美丽"（Teague，1997：101）。就这样，在各种征服话语的合力作用下，原本被看作是荒芜无用的沙漠变成

---

① Kyle A Loring: National Reclamation Act (http://www.encyclopedia.com/doc/1G2-3407400224.html)。

了公众心目中的金矿，而开采这样的金矿就不仅仅是一种个人行为，更是一种爱国行为和民族担当。征服沙漠由此而发展为美国的主流思想，沙漠也随之成为美国实现"显性使命"（Manifest Destiny）①的主要地域空间。耐人寻味的是，几乎就在同一时期，美国最早觉醒的环保人士如谬尔等已经开始为保护所剩无几的绿色荒野奔走呼吁，但却对征服沙漠所造成的生态破坏和物种灭绝视而不见。究其原因，大概仍然是因为沙漠在他们看来是没有生命、没有美感、不值得保护的荒芜之地的缘故吧。

二　美学与生命

就在征服话语大行其道的同时或稍后，也就是在世纪之交的1890年和1920年期间，沙漠美学话语悄然兴起。美国艺术史学家和批评家戴克于1901年出版的《沙漠》（The Desert）是美国第一部描写和颂扬沙漠之美的经典之作。该作对美西大沙漠"如画如诗而又科学准确的再创造"为后来的沙漠美学书写树立了典范（Teague，1997：129），故而"所有西南部的书径最后都通向戴克的《沙漠》"（Powell，1974：315）。在这部著作中，戴克也对联邦政府发起的破坏沙漠风景和沙漠生态的征服行为予以反驳："沙漠永远不应该被收复，它们是西部的呼吸空间，应该永远保存下来。"（Dyke，2009：59）从某种意义上来讲，《沙漠》可以说是奠定了美国民族对沙漠的集体情感，标志着美国沙漠文化的美学转向。这部著作出版以后多次再版，在读者中间产生了广泛的影响。

自戴克以降，沙漠美学开始蓬勃兴起。这不仅体现在个体作家的创作中，而且也体现在陶斯艺术团体（the Taos Art Colony）和圣塔菲

---

① "显性使命"是19世纪在美国盛行的一种信念，其主旨是美国移民注定要向整个大陆扩张。历史学家认为，"显性使命"的主要内容包括三个方面：一是美国民族特有的美德和体制，二是按照农业美国的形象打造西部，三是实现这一核心目标是一种不可抗拒的使命。参见维基百科"Manifest Destiny"词条（http://en.wikipedia.org/wiki/Manifest_ destiny）。

艺术团体（the Santa Fe Art Colony）① 的集体宣传和推介中；不仅体现在以奥斯汀为代表的本土作家的系列书写中，而且也体现在以劳伦斯为代表的外来力量对沙漠美学的推动中；不仅体现在语言艺术中，而且也体现在摄影、绘画、雕塑等视觉艺术中，而这些艺术作品最后都"出口"到美国东部，大大推动和加深了外界对西部沙漠的美学认知。与戴克不同的是，后来者并不认为沙漠之美在于人类的缺席，而是将生活在沙漠里的普韦布洛印第安人也看作是沙漠之美的一部分。劳伦斯和奥斯汀这两位作家和诗人对印第安土著民的关注和描写就是对戴克"无人区"沙漠美学观念的一种超越，这一超越使他们从静态风景的观看者转向动态风景的人文关怀者，自此成就了真正的沙漠"风景"之美。

　　随着沙漠美学书写的不断拓展和深入，沙漠的恒久、寥廓、宁静之美还逐渐衍生为一种精神救赎的资源，成为喧嚣的城市主体治愈精神创伤的理想之地，或是其寻找意义的理想空间。斯蒂芬（Kershnar Stephen）的著作《沙漠与美德：内在价值理论》（*Desert and Virtue: A Theory of Intrinsic Value*, 2013）就是专门探讨沙漠与美德、道义、精神之关系的论著。事实上，在当时的陶斯艺术团体和圣塔菲艺术团体中，有相当一部分艺术家选择定居下来，其原因不单单是为了艺术的追求，也是为了借助沙漠充足的阳光和干净透明的空气治愈肺炎痼疾。从这个意义上来讲，沙漠何止是精神的救赎之地，它同时也是肉体的救赎之地！也许正是因为如此，在1900年之前，西部沙漠还是集体想象中的"咆哮的荒野"（howling wilderness）。但到了1910年，西部沙漠已然"与美国文化的高度紧密相连"（Teague，1997：3），

---

① 陶斯和圣塔菲皆位于新墨西哥境内，两地相距约70英里，是普韦布洛印第安人和西班牙后裔的居住地，那里丰富多样的文化和奇特美丽的风景吸引了许多艺术家，他们先后组成陶斯艺术团体和圣塔菲艺术团体。其中陶斯艺术团体早期的奠基人主要是 Bert Geer Phillips 和 Ernest L. Blumenschein，后来的核心成员有组织者兼作家 Mabel Dodge Luhan，画家 Andrew Danburg 和 Georgia O'keeffe，作家兼诗人 D. H. Lawrence 和摄影家 Ansel Adams 等。圣塔菲艺术团体的奠基者主要是 Carlos Vierra 和 Warren Rollins，有影响力的人物主要有画家 Robert Henri、Marsden Hartley、John Sloan 和 Gerald Cassidy 等，作家兼诗人 Mary Austin、小说家 Willa Cather、诗人 Witter Bynner 和 Alice Corbin Henderson 等。

亦即对沙漠的美学认知已经被看作是美国文化的一种高度。美国国会之所以斥巨资购买莫罗（Thomas Moran）描绘沙漠风景的巨幅油画《科罗拉多大峡谷》（*The Chasm of Colorado*, 1873—1874），并将其悬挂在国会大厦内，原因就在于此。

从早期沙漠书写的著名作家如戴克、奥斯汀、劳伦斯等来看，他们无一例外都涉及沙漠里的动物和植物。如戴克在《沙漠》第八章专门写仙人掌和刺茎藜等植物，在第九章和第十章分别写沙漠动物和鸟类；奥斯汀在《少雨的土地》中除了涉及秃鹫、郊狼等动物之外，对植物的书写几乎贯穿每一个章节；劳伦斯的诗歌如《新墨西哥的鹰》（"Eagle in New Mexico"）和《陶斯的秋天》（"Autumn at Taos"）也是分别以沙漠动物和植物为主题的诗歌。这说明沙漠认知的美学转向同时也开启了沙漠认知的生命转向，进而开启了沙漠的生命活力书写与普及。

所谓沙漠的生命活力书写是指书写沙漠动物和植物的著作自20世纪初期以来不断涌现，并通过科学与诗学相结合的方法彻底颠覆了沙漠没有生命、荒芜死寂的观点和断言。到了20世纪中期，随着环境保护运动的兴起，沙漠的生命书写继而转向那些被忽视、受歧视、遭打压或是鲜为人知的动植物，如"沙漠之鼠"艾比在《大漠孤行》和《回家的路》（*The Journey Home*, 1977）中对眼镜蛇、响尾蛇、吸血猎蝽（kissing bug）、黑寡妇蜘蛛、蚊子、飞蚁、蝎子的描写和认同；被誉为"沙漠梭罗"（Thoreau of the desert）的约瑟夫·克鲁奇（Joseph Wood Krutch）在《沙漠之音》（*The Voice of the Desert*, 1954）中对亚利桑那州图桑（Tucson）一带鲜为人知的动植物行为的生动再现等。这种对沙漠中"丑"之动植物的肯定与同情可谓沙漠生命书写的一种深化。进入21世纪以来，迈克尔·梅尔斯（Michael Mares）专门书写沙漠动物的经典之作《沙漠的呼唤》（*A Desert Calling*, 2002）面世。作者以大量的事实表明，沙漠里的哺乳动物种类远远超过热带雨林里的，而克鲁奇以及近年来在美国《沙漠地方》（*Desert Places*）系列丛书中出现的几位作家对沙漠植物的拟人论书写也让读者大开眼界。对于书写西南沙漠动植物的著名作家加里·纳班（Gary

Paul Nabhan）而言，沙漠植物的生命力还在于它支撑生命的能力。他的《回家吃饭》（*Coming Home to Eat*，2002）通过一个个的故事告诉读者，沙漠植物还是多种有机食物的来源，这类有机食物远比主流社会所消费的食物更加健康、更加营养。所有这些穿插或专门书写动植物生存能力或生存"意志"的文学经典对读者而言都是一种沙漠生命知识的普及。沙漠自此不再是一方死寂的荒原，而是一个充满生命活力的生态乐园——即使在世界上最热、最死寂的死亡谷（Death Valley），也存活着900—1000个物种（Abbey，1977：74）。

三 多元文化与融合

以上谈论的都是来自主流社会的盎格鲁白人作家，他们大多只是西部沙漠的过客、观者和居留者，但恰恰是他们站在沙漠征服、沙漠美学和沙漠生命诗学的前沿，在沙漠书写的早期和中期发挥了主导性作用。在沙漠书写的中晚期，也就是在20世纪70年代以后，随着民权运动和大众文化的不断兴起，世代扎根于沙漠的印第安土著作家、有着数百年沙漠生活历史的西班牙裔作家和墨西哥裔作家开始崭露头角，不久便发展为沙漠书写的生力军，打破了盎格鲁白人作家一统天下的格局，使沙漠书写呈现出一种多元文化书写的态势，大大推动了美国西部沙漠文学的繁荣，进而使之发展为当今世界范围内令人瞩目的、一种独特的地方文学书写样式。之所以这样说，是因为欧美学者探讨美国西部沙漠书写的专著已经陆续出现[①]，美国乃至英国的一些高校如华威大学（The University of Warwick）还专门开设了欣赏美国西部沙漠文学的课程[②]，其影响力不可谓不大。

与主流社会的白人作家不同，印第安、西班牙和墨西哥这三种不同文化背景的作家和诗人主要着眼沙漠的"去浪漫"书写。在他们眼里，沙漠不是什么观看的浪漫风景，而是他们祖祖辈辈生活的地方，

[①] 仅英国华威大学比较文学课程中列出的相关著述就有60多部。参见华威大学课程介绍（EN903 Literature of American Southwest，http：//www2.warwick.ac.uk/fac/arts/english/currentstudents/postgraduate/masters/modules/americansouthwest/）。

[②] 同上。

他们生活地方的历史与文化也不是沙漠自然的对立物，而是沙漠自然的有机组成部分。这种流淌在血液里的本土书写是对作为"外来者"的白人书写的一种反拨与修正，它最大的优点是消解了自然与文化之间的二元对立①，这一点对于重塑人们的生态观、重构人们的生物地方身份大有裨益。劳伦斯·霍格明确指出，沙漠不是什么孤寂荒凉的地方，而是土著民的家园，沙漠里的"人与自然完全融为一体，至今如此，即使自然被改变"（Hogue，2000：70）。无独有偶，萧戴特（Annette Chaudet）主编的《干旱土地：书写西南部沙漠》（*Dry Ground: Writing the Desert Southwest*，2002）也将人类文化视为生物共同体的一个有机组成部分。

我们不妨来看几个自然与文化相融的具体例证。居住在新墨西哥的西班牙裔小说家查韦兹（Denise Elia Chàvez）这样描写沙漠："任何吃过新墨西哥辣椒的人都知道我们为什么喜欢辣椒，为什么如此热爱这片土地……沙漠是我内心的风景。我太知道它了。我知道它有多热，有多缺雨，我也知道一旦有了雨，那种体验是何等的快乐。"（Dunaway，2003：32，33）巴卡在《太好的事》（"*Too Much of a Good Thing*"）一诗中这样描写沙漠居民和白人女士对天气的不同感受：由于积雪融化，河里的水位很快升高，可这样的好事来得太快太早，反倒让农夫们担心万一到了夏天没水该怎么办。就在农夫们又喜又忧之时，"两位特意在太阳底下晒黑的女士/连声赞叹我们的美妙天气"。在诗人看来，这两位女士真应该"听听农夫的妻子是怎么说的"（Baca，1989：27）。当奥斯汀说"印第安人从不像植物学家或诗人那样关心植物的形态和相互关系，他们只关心植物的用途"时（玛丽·奥斯汀，2009：108），她也应该听听印第安女诗人赞比鞑在一场洪水过后是怎么"说"植物的：

仙人球，

---

① 如戴克和艾比分别在《沙漠》和《大漠孤行》中所强调的那种空旷无人的沙漠之美其实就是将自然与文化割裂开来的一种表征。

完全不似仙人球的模样，
低垂着头，倒栽于树桩枝干间。

他们发出无声的尖叫，
“我的根还在，把我放回沙土吧。”
这是一种无声的尖叫。
即使每一根弯曲的刺加入进来一起呼叫
还是没有人听得见。(Zepeda，1995：21)

这种将自然与文化、地方与人生、风景与生活融为一体的表现方式也是其他“地道”的本土作家和诗人书写西部沙漠的一个共同特征。屈指算来，如此这般书写沙漠的当代作家主要有莱斯利·斯尔柯(Leslie Marmon Silko)、霍根、西蒙·奥提茨（Simon Ortiz)、保罗·安伦（Paula Gunn Allen)、兆伊·哈欧（Joy Harjo）以及赞比鞑等，他们中除斯尔柯不写诗之外，其余都是当代著名的印第安诗人兼小说家、散文家、戏剧家或音乐家。在墨西哥裔当代作家中，鲁道夫·安纳亚（Rudolfo Anaya）堪称现代其卡诺文学经典的奠基人；另一位核心人物是西斯内罗萨（Sandra Cisnerosa)，她的小说《芒果街小屋》(*The House on Mango Street*，1985）为她赢得了世界声誉；卡斯提洛(Ana Castillo)、海洛罗（Juan Felipe Herrera）和巴卡等都是其卡诺文学界响当当的诗人。

需要说明的一点是，在所谓“地道”的本土作家中，也不乏像特丽·威廉斯这样的白人作家。特丽·威廉斯的家族世代生活在犹他州的盐湖城，她的《心灵的慰藉：一部非同寻常的地域与家族史》[1] (*Refuge*：*An Unnatural History of Family and Place*，1991）被誉为美国自然文学的经典之作，这也是西部沙漠文学的经典之作，其中的一段话很能说明威廉斯沙漠书写的“融合性”：

---

① 此处借用程虹翻译的书名，该书于2012年由三联书店出版发行。

几个月后我才意识到我的悲痛远远超出了想象的范围。那条无头去尾的响尾蛇、那些遭射杀的水鸟，甚至还有被抽水的盐湖和遭水淹的沙漠都成为我广义上的家人。悲痛给予我们胆量再次付出爱心。（特丽·威廉斯，2012：335）

另外需要说明的是，多元文化的"去浪漫"书写还包括近年兴起的毒物书写（toxic writing）和创伤书写（trauma writing），这种"负面"的审丑书写实质上也是沙漠生态书写的一种深化，同时也是对沙漠悖论[①]的一种演示。毒物书写主要关乎核试验、导弹发射和垃圾堆放等造成的沙漠土质和水源污染，旨在揭示由此引发的生态毒害对沙漠居民身心健康所造成的戕害。创伤书写主要关乎贫穷、家暴、偷窃、贩毒、死亡、征地等一系列困扰沙漠居民的社会问题、心理疾病和精神摧残，从而解构了外界对"高贵的野蛮人"的文化建构和文化想象。通常情况下，沙漠的毒物书写总是伴随着创伤书写，因为二者其实是同一个问题的两个方面，是自然破坏和人类迫害之"双重罪孽"的又一呈现形式，反映的是生态环境与社会及政治权力之间的一种互动与牵连。这种与沙漠审美截然不同的审丑是一种从反面重申人、自然、社会休戚与共的生态书写，我们也可将其理解为强调沙漠生态保护、呼唤沙漠人文关怀的一种吁请和警示。威廉斯的《心灵的慰藉》可谓毒物书写和创伤书写完美结合的最佳范例，其他如瓦莱里·库莱茨（Valerie L. Kuletz）的《被玷污的沙漠》（*The Tainted Desert*，1998）、约翰·贝克（John Beck）的《肮脏的战争》（*Dirty Wars*，2009）、鲁宾·玛提内兹（Rubén Martínez）的《沙漠美国》（*Desert America*，2012）等，都是此类书写的佳作。

综上所述，兴起于19世纪末的美西沙漠书写所取得的最大成就便是，它以一种历时和共时的集体书写改变了公众对沙漠的观念，并借此改变了沙漠自身，使其从一个令人生畏的陌生空间转换为一

[①] 这是鲁宾·玛提内兹的看法，他认为沙漠既是美国风景的原型地标，又是垃圾场和武器试验的爆炸地。参见 *Desert America*，第290页。

个令人向往的、值得保护的地方和家园，而且还是一个从边缘走向中心的地方和家园，诚如德国学者古斯多夫所说的那样，"沙漠是美国最典型的风景，是标志（美国）文本差异的符号"。这种凭借集体书写建构起来的"文本化沙漠风景"还具有一种意识形态的力量（（Gersdorf, 2009：15, 17），自下而上促成了与最初的《沙漠土地法》（*Desert Land Act*, 1877）和《国家收复法案》截然相反的各种沙漠保护法案的出台——就连死亡谷也被设成国家公园保护起来①。这其中作为文学重要样式的诗歌自然也是功不可没。不仅如此，诗歌独特的诗学策略和审美价值还能让我们欣赏到一种别样的沙漠风景。

第二节　奥斯汀与劳伦斯的"反荒原"动物诗学

在所有的生态空间中，沙漠的产出能力是最小的，位次也是最低的。在瓦莱里·库莱茨看来，美国西部的部分沙漠之所以长期以来被用作核试验、核废料和工业垃圾的堆放地，是因为除了沙漠的产出能力最为低下之外，还有一整套科学的、工业的、军事的、种族的压迫性"荒原话语"（the wasteland discourses）在支撑其合法性与合理性（Kuletz, 1998：13—14）。库莱茨在列举各种将沙漠定性为无用、废弃、荒芜、边缘的荒原话语时，似乎没有意识到诗学领域的荒原话语也发挥着同样重要的支撑作用，加之诗学领域的荒原话语因为历史积淀悠久深厚，更容易让人们在不知不觉间形成一种心理、情感或思维上的接受定势。

---

① 1877年的《沙漠土地法》是美国国会通过的最早的沙漠法案，该法案旨在鼓励和推动西部干旱地区的经济发展。后来的《国家收复法案》是对《沙漠土地法》的一种跟进，旨在帮助沙漠移民解决水源和灌溉问题。1994年通过的《加州沙漠保护法》（*The California Desert Protection Act*）正式将死亡谷设为国家公园，以此来保护那里的荒野和脆弱的生态系统。两相对比，即可见出美国民族最终通过其政治机构赋予长期以来遭他们鄙弃的沙漠一种经典地位和文化优势。

一 诗歌中的荒原话语

在诗歌领域,最能体现荒原话语特征的当属艾略特的《荒原》("The Wasteland")。艾略特笔下的荒原尽管只是一个象征性的隐喻,或者用艾略特的话来说是一个"客观对应物",但为了"形象"而"客观"地再现荒原的特征,艾略特采用了典型的荒原话语,其中"死亡之地"(dead land)"砾石之地"(stony places)"干旱平原"(arid plain)等名称正是人们用来指称沙漠荒原的常规话语;"死树"(dead tree)"枯草"(dry grass)以及"沙地里行走的双足"(feet in the sand)颇是让人感到一种沙漠生命的无望和绝望,而"干枯的石头"(the dry stone)"石头垃圾"(stony rubbish)"沙石路"(sandy road)与"无水的石山"(mountains of rock without water)等意象或词语更是加剧了这种无望和绝望;炙烤的太阳(the sun beats)与干吼的雷声(dry sterile thunder)无疑也是描写沙漠天气的典型话语(Ellmann, 1988: 491—504)。我们知道,许多评论家将这幅著名的、已然被符号化的荒原图景看作是西方世界在第一次世界大战之后普遍蔓延的颓废绝望情绪的写照,但我们在理解其形而上意义的同时也应看到,它的形而下色彩构图也是艾略特理解和想象沙漠现实的一种真实反映。

当然艾略特的荒原话语在很大程度上也是对传统诗学话语的一种继承。远的不说,就拿19世纪浪漫主义诗人来说,荒原话语在他们的诗歌中早已或隐或显、或多或少的出现。如在读者所熟悉的《孤独的割麦女》("*The Solitary Reaper*")这首诗歌中,华兹华斯从一位苏格兰高地割麦女的孤独歌声中联想到了阿拉伯沙漠中疲惫的商旅。尽管诗人意不在沙漠,可他实际上却通过"疲惫的商旅"(weary bands of travelers)道出了沙漠之行甚或是沙漠生存的不易(Wordsworth, 1989: 128),进而让人联想到沙漠自然的干旱与困苦。也许正是因为如此,对于疲惫的旅人而言,即使远处绿洲上夜莺的一声鸣啭也能让他们饥渴的心田感受到一股清泉般的甘甜。这种对甘泉从听觉到味觉乃至嗅觉的通感体验更是反衬出沙漠的荒凉与焦渴。从这个意义上来讲，华兹华斯对荒原话语的运用可谓不着一字，尽得风流！

比华兹华斯稍晚一些的雪莱也有描写荒原的佳作，他的名诗《废墟》("Ruins")① 就是其中最具代表性的一首。在这首诗歌中，诗人运用直白的荒原话语勾勒出一幅无比孤寂破败的沙漠景象：在古老的沙漠腹地杵立着一堆"毫无生命"（lifeless）的巨石雕像的残骸，残骸的两条石腿依旧矗立在原处，散落一旁的面部石雕半裸在沙子外边，残骸的基座上刻着这样的字眼："我乃奥西曼提斯，万王之王，仰望我的伟业吧，万能的神，尔辈亦当自惭！"（McNamee, 1995: 148）在残骸四周，除了一望无垠的孤寂沙漠别无其他。很显然，跟华兹华斯一样，雪莱也是在借助荒原话语想象和描写沙漠，以此来反衬石头雕像沙漠一般的死寂和破败，讽刺奥西曼提斯生前无以复加的狂妄和自大。

华兹华斯和雪莱笔下的沙漠都是遥远的阿拉伯沙漠，因而我们可以说他们所采用的荒原话语都是文本化的、从别处借用来的话语，而不是亲身体验得来的话语。同样是在 19 世纪，在大洋彼岸的美国，惠特曼、狄金森、爱伦·坡、克莱恩等也都有涉及或专门书写沙漠的诗歌。在他们的笔下，沙漠有广义上的，也有狭义上的。当惠特曼说"生活是沙漠也是绿洲"时②，或者当狄金森用"与你同在沙漠——/与你同感饥渴——/"之意象来表达对爱情的饥渴之情时（Dickinson, 1960: 97），他们自然是指广义上的沙漠；而在《直到沙漠知道》("*Until the Desert Knows*") 一诗中，狄金森明确表示，做梦都想让沙子喝个够的沙漠是撒哈拉大沙漠（Dickinson, 1960: 563）。同理，当爱伦·坡在《阿尔·阿拉夫》("*Al Aaraaf*") 一诗中说奈莎（Nesace）女神金色空气中的"临时居所/是一方沙漠中幸得祝福的绿洲"时（Poe, 2011: 109），他仍然指向华兹华斯和雪莱笔下的阿拉伯沙漠；而对涉足并见识过美西大沙漠的克莱恩来说，他在《我在沙漠中行

---

① 又名《奥西曼提斯》("Ozymandias")。
② 摘自惠特曼的诗歌 "Carpe Diem – No dejes" 一诗（http://davidhuerta.typepad.com/blog/2010/05/do – not – let – the – day – end – without – having – grown – a – bit – without – being – happy – without – having – risen – your – dreams – do – not – let – overcome.html）。

走》("I Walk in the Desert") 中所描绘的沙漠有可能既是广义上的沙漠，又是狭义上的美西大沙漠①：

> 我在沙漠中行走。
> 我禁不住向上帝求救：
> "啊，上帝，带我离开此地吧！"
> 有个声音说："这不是沙漠。"
> 我叫道："可是，这——
> 这荒沙，这酷热，还有这空漠的地平线。"
> 有个声音说："这不是沙漠。"（Baym，1989：828）

可见无论是在英国还是美国，无论诗人们是否真正见识过沙漠，也无论他们是指广义上的任何沙漠还是狭义上的特指沙漠，诗人们所采用的荒原话语已经约定俗成为一种为大家所接受的"视觉成语"（visual idiom），并在不同的空间和语境中总能唤起大体趋同的视像和感受，而惠特曼、爱伦·坡等将绿洲作为沙漠对立面的书写策略再清楚不过地反衬出沙漠的荒原特质。回过头来看，这种诗性的荒原话语无形中会渗透到库莱茨所说的各种荒原话语体系之中，起到一种强化和加固荒原话语传统的作用。

二 奥斯汀的"反荒原"动物书写

与以上诗人相比，奥斯汀笔下的沙漠不再是一个源于文本的概念空间，一个放之四海而皆准的空漠荒原，而是源于她在美国西部沙漠生活的亲身经历和深切感受，那里独特的沙漠风光和人文风情使其沙漠书写摒弃了传统的荒原诗学所继承的"视觉成语"，以一种自然朴实而又不乏浪漫的笔调将一个充满生命活力、具有独特魅力的沙漠地方呈现在人们面前，从而彻底改变了人们对沙漠这个既恐怖又浪漫、

---

① 按照奥斯汀的说法，斯蒂芬描写美西沙漠的诗学模式胜过任何白人作家。参见 *The Road to the Spring: Collected Poems of Mary Austin* (2014)，第 15 页。据此我们可以说斯蒂芬诗歌中描写的沙漠很有可能就是美西大沙漠。

既熟悉又陌生的空间的认知。这其中最具代表性的莫过于她书写动物（包括人类在内）的诗歌。

奥斯汀的诗歌创作始于19世纪90年代沙漠美学蓬勃兴起的年代，止于20世纪30年代她的离世，基本上贯穿了她文学生涯的始末。她在诗歌中书写的主要是美国西南部的沙漠，确切地说是她所生活的新墨西哥和加利福尼亚的欧文斯山谷（Owens Valley）。但奥斯汀本人并不喜欢沙漠这个名称，认为它不仅笼统，而且还被赋予了"不适合人类居住"的内涵，这与她本人对沙漠的看法大相径庭："无论那里的空气多么干燥，土壤多么贫瘠，沙漠始终是生机盎然的。"（玛丽·奥斯汀，2009：5）。"生机盎然"正是她在诗歌中着力表现的美西沙漠的生命律动，我们从她描写动物、植物、人类等生命体以及风、雪、沙子、山脉、星星等非生命体的诗歌中，都能感受到这一点。需要说明的是，在奥斯汀的200多首沙漠诗歌中，有许多是她的原创，也有一部分是她对印第安谣歌的翻译和诠释，我们将这部分诗歌也看作是她诗歌创作的一个有机组成部分。

总的来看，奥斯汀在诗歌中书写最多的是动物，这与她在《少雨的土地》中对植物的关注形成鲜明的对照。我们先看她在《郊狼与渡鸦》("The Coyote and the Carrion Crow"）中是如何描写沙漠动物的：

> 在大麦收好、山地草场枯萎的时节，
> 在泉水停流、干燥的热风刮起之时，
> 南地的饥饿牛群走上逶迤的山顶小路，
> 似一堆堆灰尘，爬往冬雪滋养的北地草场。
> 远处的灰色郊狼嗅到了气息，给渡鸦发出了信号。
>
> 飞高点，再飞高点，哦，黑色的渡鸦，
> 告诉我你看到了什么！
> （他不会无谓的去追寻
> 因他还是个小懒虫。）

哦，我盯着大声嚎的，咩咩叫的，
双足沉重的，还有腹侧起伏的，
有的是赶牛人让他们靠后，有的是自己走不动了。
哦，去北地的路是如此如此如此的长，
他们的脚步是如此如此如此的慢，
禾草满山满谷的枯萎。
好！好！渡鸦说。

唯有他的斜影在遮挡沙漠里炙烤的骄阳，
热浪在天地间翻滚，无数的尘魔小子在奔突，
没有潺潺的水声，没有一丝的声音，
唯有山道上灰色郊狼遥远的嚎叫，
枯尘中牛蹄落地的闷声，还有牛群发出的恐惧与愤怒交织的哞声。

飞高点，再飞高点，哦，渡鸦，
给我说实话！（Austin，2014：192）

从种类来看，奥斯汀在诗歌中总共描写了四种动物：郊狼、渡鸦、牛群、人类（大麦收割者和赶牛人），他们登场的地方亦即诗歌总的情境意象便是这枯草遍地、热浪翻滚、尘埃漫天的沙漠腹地。按照常理，这样的地方正是人们心目中的沙漠荒原，是"泉水停流"的死寂之地，可诗人却通过渡鸦、郊狼、牛群和赶牛人等主体意象勾勒出一幅鹰飞狼奔、牲畜成群的生命画卷，让人们看到即使在如此干旱酷热的地方和季节，生命之流依然在涌动，且从高到低在四个不同的空间层次昭示出这一点：在牛群上方斜飞的渡鸦，骑在马背上的赶牛人，在山道上缓慢行走的牛群以及比牛群低矮许多、在后边紧盯着牛群的郊狼。这幅生命的图景还体现在牛群的哞叫声、蹄子的落地声、郊狼的嚎叫声和赶牛人的吆喝声（herder's word）中，也体现在他们迁徙、飞行、跟踪的求生本能与生存意志中——牛群是为了吃草，渡

鸦和郊狼是为了吃肉，赶牛人是为了生计，但他们共同的希望之乡就是"冬雪滋养的北地草场"。事实上，在"禾草满山满谷的枯萎"之前，本地的山地草场何尝不也是冬雪滋养的草场！它之所以"枯萎"（wither），是因为曾经有过的碧绿，因而即使"枯萎"这样的字眼也暗衬出大自然"一岁一枯荣"的生命循环。

作为沙漠中的标志性动物，郊狼和渡鸦的生存方式可谓自然法则中十分经济的一环。根据奥斯汀在《少雨的土地》中的描述，郊狼、渡鸦以及兀鹫等都是西南部沙漠里的清道夫，老弱饿毙的动物尸体全靠它们来清理。倘若没有它们的存在，死去的动物就会曝尸荒野，把整个环境搞得臭气熏天。更为有趣的是，渡鸦和郊狼多数时候形影不离，并不是因为它们彼此喜欢对方，而是因为彼此在对方眼里是一种食物的信号：只要有郊狼出现，"渡鸦总会一跃而起，紧随其后，因为凡是郊狼能捕到或发现的食物，一定也是渡鸦的美餐"。反过来说，只要看见渡鸦在飞，郊狼也一定会紧追不舍，因为郊狼总体上来讲比较懒，只要能从渡鸦那里抢到腐肉，它也就省去了猎杀的麻烦（玛丽·奥斯汀，2009：27，29）。诗歌中那只懒惰的小郊狼和渡鸦之间的默契配合反映的正是二者之间的依存关系，或者说是野生动物之间的依存关系。可如果我们把郊狼和渡鸦看作是主角，那么干枯的禾草、停流的泉水、刮起的热风、炙人的骄阳以及畜群和牧者之间的关系总和则构成了它们的生境。从这个意义上来讲，这首诗歌其实也给我们演绎了一个沙漠动物与植物、气候、人类以及其他动物之间相互依存的生态群落，其中任何一方的变化（如禾草的枯萎和热风的来袭）都会引起整个群落的连锁反应。在这一点上，沙漠所昭示出来的地方与生命体之间相互依存的生态关系不亚于其他任何地方，而且在许多时候比其他地方显得更加突出。

如果说《郊狼与渡鸦》描绘的是沙漠在春夏之交的动物景象，那么《西埃拉的冬天》（"Winter in the Sierras"）则让我们看到，即使到了冬天，在白雪皑皑的沙漠世界，生命仍然在不同的空间里活动：

没有任何踪迹通向或指向

大棕熊的洞穴；
松鼠们藏在最深的洞里，
仔细关严所有的门。
红狐潜行悄然，
瘦狼嚎叫声起
在他走出远处的狼窝觅食之时。

老鹰一整天悬停在天上，
紧盯哪怕只有一次的猎杀机会；
小灰隼扑向猎物之前
漫天飞翔。
雪花扬撒，
风吹起的雪浪一阵阵飘入
又深又静的峡谷。（Austin，2014：171）

　　诗歌通过动静结合、多重空间叠加的手法勾勒出一幅"万径人踪灭"的白色画面，但在这个"人踪"杳无的白色世界里，却出现了"兽踪"和"鸟迹"，这不仅给单调的白色增添了生命的色彩，而且也注入了生命的活力：那个悄然行走的红狐和嚎叫的瘦狼分明是白雪中移动的红点和灰点；老鹰是漫天飘雪中悬停的一个黑点，小灰隼是飞翔其中的一个灰点；大棕熊和小松鼠虽然不在天地间现身，但读者似乎也能看到它们在"封路"或"封门"之前或棕或灰的活动身影。可见从天上到地下、从地面到地穴、从里边到外边等所有的方位空间里，不同的生命"色点"在白茫茫的世界里或动或静、或大或小一同现身。

　　需要说明的是，我们所说的动静是相对的，如踪迹全无的大棕熊体现的是静，"关严所有的门"的小松鼠体现的是动；同样，悄然潜行的红狐与嚎叫的瘦狼以及悬停的老鹰与漫飞的小灰隼也分别体现出静与动的诗学运思。为了很好地勾勒这些静动有别的动物，取得一种以动制静的诗学效果，诗人不仅让不同空间的动物在形体大小上形成一种反差，而且还让野狼的嚎叫划破寂静，所谓"鸟鸣山更幽"说的正是这个道理。与此同时，"扬撒"的雪花与"又深又静的峡谷"这两种非生命体也构成一组动静交织的画面，进一步强化了动物之间一动一静的构图效果。至此，诗人可以说是将动静结合、以动制静的手法发挥到了极致，加强了沙漠生命书写的力度。之所以这样说，是因为冰天雪地的严冬本身就与死亡或死寂联系在一起，而严冬时分的沙漠更容易引发"双重荒原"（double wastelands）之联想。可诗人却恰恰在这样的"双重荒原"中描绘出一幅有动有静的生命图景，这对于荒原话语而言不能不说是最有力度的一种颠覆。

奥斯汀在《卡梅尔》（"*At Carmel*"）一诗中说，别人来卡梅尔是为了观看蓝色的海湾和绿色的海浪，可她却喜欢倾听小海雀发出的清脆声音和苍鹭之间的对话（Austin,, 2014：156）。在《宁愿》（"*Rathers*"）一诗中，她说自己宁愿变成猫头鹰、啄木鸟、羚羊和美洲狮，也不愿意永远是她自己（同上：152）。可见诗人对动物是多么钟情和喜爱。粗略看来，奥斯汀在诗歌中描写的沙漠动物不下几十种，除我们已知的渡鸦、郊狼、猫头鹰和美洲狮以外，还有豺狼、棕熊、灰熊、野牛、蓝鹤、蜥蜴、毒蛇、沙龟、山羊、红鹰、蜘蛛、叉角羚等许多其他种类。可以毫不夸张地说，我们在奥斯汀的动物诗歌中看到的是一个野生的沙漠动物园，或者说是一个动物在沙漠旷野中自由奔跑、跳跃、爬行、飞翔的动物园。当然奥斯汀呈现给读者的动物世界不仅仅体现在量大面广上面，也体现在细致入微的观察和简洁朴拙的刻画上面。更为重要的是，她在刻画动物的同时总能够凸显出一种鲜明的沙漠地方特征，正如我们在《郊狼与渡鸦》和《西埃拉的冬天》中所看到的那样。在《西部的魔力》（"*Western Magic*"）这首诗中，她的这一特征通过两种空间的对比更加显明地体现了出来：

咱们西南没有仙子一般的尤物，
仙人掌的刺会撕烂她们梦幻一般的蝉翼，
没有一处地方找得到她们啜饮的露珠，
更难有绿色的草原让她们编织美丽的花环。（Austin, 2014：

185）

这首诗乍看上去还以为是在写人，因为"仙女一般的尤物"（fairy folk）分明是写人的话语，可第二行的"蝉翼"（wings）却表明诗人是在描写蝴蝶，或者说是类似于蝴蝶的美丽昆虫。诗人通过仙人掌的尖刺以及露珠、绿草、蝴蝶仙子等的缺席来引出沙漠动物生存环境的"险恶"：模糊视线的沙尘、撕裂天际的风暴、炎热的黎明和难得的降雨。在勾勒完这一切之后，诗人才亮出生活在这种环境中的沙漠动物：

咱们西南没有仙子一般的尤物，
但有些时候草原狗和毒蛇，
还有黑蜘蛛和猫头鹰
眨眼间会现出
古老的原形。（Austin, 2014：185）

这节诗妙就妙在"有些时候"（there are hours）、"眨眼间"（between two winks）和"古老的原形"（ancient forms）这三组充满张力的字眼上面。叙事者貌似在叙说西南地区的穷山恶水，在叙说"仙子"难以生存的苦境，可突然间却用"但有些时候"这个看似不经意的、漫不经心的转折生发出一种爆发式的张力，让读者在一瞬间全然明白叙事者的用意。草原狗、毒蛇、黑蜘蛛和猫头鹰这些动物本身并不可怕，可怕的是它们"眨眼间"会突然出现在行者面前，其"古老的原形"定会让那些熟悉蝴蝶仙子生境的外来者胆战心惊。正是在这种预料不到的危险、出其不意的速度和令人不寒而栗的"原形"中，叙事者向外界展示出沙漠动物嶙峋奇崛、暗藏杀机的暴力之美和蕴含其中的生命之美，这一点在她的其他诗歌如《毛皮与光皮》（"Furry-hide and Glitterskin"）以及《沙山之鹤》（"The Sand-Hill Crane"）中都有描写。

可以想见，要在这种环境中生存，人类也需具备相应的胆识、冷峻和硬气，而这种男性气质十足的品格不正是人们所熟悉的、典型的西部精神吗？这一点从叙事者的语气中也能感受得出来。叙事者在讲述西南沙漠动物的过程中，语气中隐藏着一种淡淡的幽默和冷峻的戏谑，其幽默在于以古老而危险的沙漠动物来"威慑"外来者，其戏谑在于对柔美的阿卡迪亚予以反讽，以此来凸显沙漠地方奇崛、执着、顽强的生命精神。对于阿卡迪亚式的空间，叙事者从一开始就通过蝴蝶、露珠、绿草等暗示出来，且始终与沙漠的荒原空间之间形成一种对照。我们知道，阿卡迪亚和沙漠荒原都是人们所熟悉的两种截然不同的地理和文化空间，前者是人们心目中理想的田园之地，后者是人们一直以来所拒斥的荒芜之地，而奥斯汀却通过独特的诗学运思打破了人们对二者的模式固见，将沙漠荒原提升到与阿卡迪亚同等甚至是更高的地位，这不能不说是沙漠书写的一大超越。

从奥斯汀最全的诗歌集《泉水之路》（*The Road to the Spring*，2014）来看，她书写人类的诗歌也是占了很大的比重，其中她着墨最多的莫过于沙漠中的印第安土著，他们的部落智慧、迷信习俗、庆典仪式、爱情、乡情、药歌、战争、死亡等，都在诗人笔下得到了不同程度的表现。如《灰熊》（"*Grizzly Bear*"）就是一首传递部落智慧的诗歌：

> 如果你真的真的真的遇见了一位灰熊，
> 你千万千万千万别问他
> 你去哪儿，
> 也别问他
> 你在干嘛；
> 因为如果你真的真的敢
> 拦住一位灰熊，
> 你将永远永远不会遇见另外一只灰熊。（Austin，2014：216）

在《美人逝去之歌》（"*Song for the Passing of a Beautiful Woman*"）中，诗人呈现给我们的是派尤特（Paiute）印第安人对死亡的态度和认识：

走吧,美人,漂漂亮亮地去吧!
照耀草皮的烈日着实
加快了你容颜的凋零。

去吧,去完成你未知的使命;
你的逝去使我认识到我的价值,
我身体里的伟大种族在对你呼唤!
我的血因你的可爱更加鲜红。
去吧,漂亮的你,去繁衍生息吧!(Austin,2014:28)

这首所谓的哀歌很容易让我们联想到莎士比亚在《无事生非》(*Much Ado about Nothing*)中的一段话:"不用再怕那烈日当空/不用再怕这寒风刺骨;人间的工作你已完成,领罢工资走上了归途。"言说者通过列举人世间的种种不幸安慰自己和亡人说,离世要比在世好,离世意味着在墓茔中"永享安宁",而在世则意味着要忍受种种的煎熬(顾子欣,1996:35,37)。与之相比,《美人逝去之歌》没有将死者的早逝归因于社会的险恶,而是自然的规律;逝者不是在坟茔中永享静态的安宁,而是在继续完成她繁衍生息(prosper)的使命;活着的人不因逝者的离去而悲哀,而是从死亡中发现了自己的价值。这种对死亡的坦然接受、将死亡与繁衍生命或曰再生联系在一起的世界观与西方世界虚无寂灭的死亡观之间形成了鲜明的对比。

《乡愁》("*Homesickness*")顾名思义是一首思念家乡的诗歌,表达的是印第安人与生俱来的乡土情结和对地方的深切依恋。叙事者对家乡从三月到深秋不同季节不同风景的思念颇似罗伯特·勃朗宁(Robert Browning)在《海外相思》("*Home Thoughts, From Abroad*")中对英格兰乡村的思念[①]。在表达了三月无法倾听雪水滴答、观看河水变绿和柳树变红的遗憾之后,叙事者又想起四月的野李子树在暴雨过后急速绽放的美景,然后又从夏天的洪水过渡到对深秋景象的

[①] 参见《英诗300首》,(顾子欣,1996:372—373)。

遐想：

> 让我难过的是看不到大齿羊的钱在飞舞
> 仿佛透亮清冽的空气撒开的蜷曲金叶，
> 也看不到赤纳瑶①一串串风干的辣椒
> 带着温暖诱人的红色向你走来，
> 仿佛整个屋子的墙都在向你靠拢。（Austin，2014：189）

劳伦斯在《新墨西哥的早晨》（*Mornings in New Mexico*）一书中指出，美洲印第安土著的一个显著特征便是对他们生活于其中的"村落有一种深沉而强烈的依恋"（Lawrence，1930：72）。这种强烈的家园意识使他们本能地热爱和敬畏自己所生活的地方，并使自己完全融入其中，成为地方或是环境的一个固有部分，进而使地方也成为名副其实的生物地方。《乡愁》表达的正是人与地方之间的一种默契、和谐与共融。

如果说印第安人对死亡的看法、对家园和土地的依恋透着一丝浪漫的情怀，那么部落之间不时发生的争斗和杀戮则让我们看到其现实和残酷的一面。《维尼达玛》（"Winnedumah"）就是关乎战争和杀戮的一首诗歌。虽然诗歌称颂的主人公是派尤特印第安人的部落首领维尼达玛，叙事者对他的机智勇敢、领导才能和爱心护民等领袖品格大加褒扬，但其中也反映出生活在西南莫哈维大沙漠（Mojave Desert）里的肖肖尼族人和派尤特人之间抢劫、争斗和残杀的严酷现实，尽管这已经是成为历史的现实，而造成这一现实的根由则是对土地拥有权和使用权的争夺，说白了就是对生存空间的争夺：

> 当凶残好战的肖肖尼族人
> 越过他们古老的边界，

---

① 英文原文是 Chinayó，这里曾经是印第安人的一个村落，现在是新墨西哥的一个城镇，以出产毯子闻名。

在派尤特人的狩猎地上
杀死、追逐黑尾鹿的时候，
当他们偷走我们在矮松林里收获的果实，
用泥土将山泉堵上的时候，
维尼达玛涂上战争的颜料，
插上老鹰的羽毛；

他派出勇敢的手下敏捷地追捕他们，
像鹿一样将他们悄悄围堵
在峭险风高的地角
在又直又陡的径道。（Austin，2014：163—164）

肖肖尼族人显然是入侵的一方，他们越过两个民族自古以来约定的边界，在派尤特人的土地上偷猎偷窃。更有甚者，他们还将派尤特人生活的泉水也给堵上，从食物到水源对对方的生存造成了威胁，战争冲突因此成为必然。虽然派尤特人对肖肖尼族人的围捕在开始时比较顺利，但后来维尼达玛的弟弟不幸中箭死亡，导致整个部落溃退，唯有维尼达玛坚守在阵地上。当肖肖尼族人将他包围并准备杀死的时候，维尼达玛呼唤派尤特部落的保护神陶匹（Taupee），陶匹立时将他点化成一块花岗岩巨石。这块巨石后来就成为派尤特人的守护神。派尤特人虽然战败，但他们却通过想象部落保护神陶匹对肖肖尼族人的处置来表达一种消灭对方的愿望，一种"你死我活"的愿望，从中可见彼此生存的不易：

无论是灰色的清晨还是白色的晌午，
忠诚的维尼达玛总是矗立在那里，
凶残的肖肖尼族贼人再也不敢骚扰我们的土地；
因为愤怒的陶匹抓住他们，
将他们倒栽葱扔下山坡，
把他们全部变成黄色的松树，

结疤的、一动也不动的松树。(Austin, 2014: 165)

细心的读者或许已经注意到,无论奥斯汀是写人还是写动物,她所采用的人称代词都是一致的,即她从来不用"它"或"它们"来指称动物,而是一律采用人称代词代之。如果我们再对照她书写植物的诗歌如《松树在行进》("The Procession of the Pines")、《快点!野燕麦说》("Make Haste, the Wild Oats Say")以及她书写非生命体的诗歌如《风的细语》("Whisper of the Wind")、《雪》("Snow")、《大峡谷》("The Great Canyon")等来看,情况也是如此。这是为什么呢?刘建刚在《美国自然文学经典译丛:一道翻译自然和心灵的独特风景》一文中指出:"美国自然/生态文学以'他'/'她'来指称动物、植物以及自然万物的传统由来已久,其历史根源大致始于土著印第安人以天为父、以地为母的原始自然宗教文化",因而作家或诗人用"他"(he)或"她"(she)来指称动物、植物以及自然万物的做法就"不仅仅是一种语言形式层面上的回归,也是一种原古荒野层面上的回归"。作者还引用克拉巴赫(Ernest Callenbach)的话说,"词汇从来就不是中性的,被纳入(同类)词汇的事物往往获得一种熟悉的现实感,而被排除在外的事物通常会被忽视,甚至其现实存在也会被否认"(刘建刚,2013:145—146)。

奥斯汀用人称代词来指称动物和自然万物的做法有着悠久的历史和深刻的生态蕴含,其目的就是要彰显印第安人与动物以及自然万物之间长期以来所形成的那种平等关系。克鲁潘特指出,"从开始接触的那个瞬间起,印第安人在美国的象征体系中总是等同于自然"(Krupat, 1989: 6—7)。这何尝不也是奥斯汀彰显美国西南部沙漠地方特征的又一表征?借用她本人的话来说,她的创作是"一种模仿,一种对土著民完全融于环境现实的模仿",这样的模仿对她而言"不是艺术殿堂里的观赏品,而是活生生的生活本身"(Austin, 1915: 103)。也正是基于这种"平等"的理念和"模仿"的诗学,本书也将印第安土著民以及其他土著民置于动物书写中来探讨。

三 劳伦斯的"反荒原"动物书写

作为奥斯汀的笔友和朋友①,劳伦斯是20世纪20年代②书写美西沙漠的又一位重量级作家和诗人。遗憾的是,在论及沙漠书写的著作中,美国本土学者对劳伦斯的沙漠书写往往语焉不详甚至直接略过,殊不知劳伦斯不仅是欧洲著名作家中到达美国西部的第一人,也是受邀书写美国西部沙漠的唯一一位"外援"作家。邀请劳伦斯来美西的人便是陶斯艺术团体的核心人物卢恩。在她看来,劳伦斯"是唯一一位能够真正欣赏陶斯乡野和印第安土著的作家",他的生花妙笔一定能够将那里的一切"活脱脱地呈现出来"(Luhan, 1932: 3)。不仅如此,卢恩还期待劳伦斯能将她本人作为小说人物加以描写,正如她在《劳伦佐在陶斯》(*Lorenzo in Taos*, 1932)一书中所说的那样:

> 我当然是为了这个原因才邀请他漂洋过海来美国的。我想让他看到美国真实的一面:东部美国是不真实的、新兴的、表面上的;西部美国才是真实的、原始的、未经发现的。这个真实的美国至今保存完好,流淌在印第安人的血液中……我想要劳伦斯为我理解这一切。我想让他把我的经历、我的素材、我的③陶斯创作成一部鸿篇巨制(Luhan, 1932: 52, 70)。

虽然劳伦斯没有使卢恩成其"鸿篇巨制"的主人公,但他却创作了一系列关于沙漠自然与文化的散文、短篇小说、诗歌、戏剧、书信以及绘画等作品,这些作品加起来早已超过"鸿篇巨制"的规模。劳伦斯独特的观察视角、表现手法以及他在欧美文学界的影响和地位在很大程度上推动了美国西部沙漠文学的发展,扩大了它在全美乃至欧洲的影

---

① 参见 D. H. Lawrence: *Letters of D. H. Lawrence* (Cambridge University Press, 1984),第 3 卷,第 654、657 页。
② 劳伦斯与夫人弗丽达(Frieda Lawrence)在美国新墨西哥居留的时间是1922年11月至1923年8月,在墨西哥居留的时间是1924年3月至1925年9月。
③ 斜体为笔者所加。

响。他的散文作品如《新墨西哥》(New Mexico)、《陶斯》(Taos)、《印第安人与一名英国人》(Indians and an Englishman) 以及《美国，倾听你自己的声音吧》(America, Listen to Your Own) 等收录在他去世后出版的《凤凰》(Phoenix, 1978) 一书中；他的诗歌主要集中在他书写异国花鸟虫鱼的著名诗集《鸟·兽·花》 (Birds, Beasts, Flowers, 1923) 中，其中标有陶斯 (Taos) 和劳博 (Lobo) 字样的诗歌就是他书写新墨西哥沙漠的诗歌，主要由《红狼》("Red Wolf")、《陶斯的秋天》("Autumn at Taos")、《新墨西哥人》("Men in New Mexico")、《新墨西哥的鹰》("Eagle in New Mexico")、《蓝色松鸦》("The Blue Jay")、《比波斯》("Bibbles") 和《美洲狮》("Mountain Lion") 等数十首诗歌构成，其中绝大多数又是与动物相关的诗歌。

跟奥斯汀一样，无论是书写动植物还是人类，劳伦斯的诗歌凸显出一种鲜明的沙漠地方特色，那里"蹲坐着落基山，四周秃圆，/大齿杨披着母老虎的斑纹，/山坡似美洲豹般斑驳，彪马般金黄，猎豹般苍青"(Lawrence, 1993: 409)。与奥斯汀不同的是，劳伦斯在他的部分动物诗歌中流露出一种非人类主义 (inhumannism) 的倾向。所谓非人类主义是指对非人类自然的一种肯定和颂扬，说白了是一种反人类中心、主张生命整体之美的生态理念和美学理念。尽管非人类主义的发起者杰弗斯认为非人类主义并不意味着厌人类、反宗教或是悲观主义[1]，但通常情况下非人类主义者都会情不自禁地流露出一种批判或抨击人类的倾向。劳伦斯的《蜥蜴》("Lizards")、《羽蛇神俯视墨西哥》("Quetzalcoatl Looks Down on Mexico") 和《美洲狮》("Mountain Lion") 就属于这类诗歌。我们重点分析《美洲狮》这首诗歌。诗人在诗歌开始前用散文体语言陈述说，他们一行爬过一月的积雪，走进劳博峡谷，那里长着墨色的云杉树和蓝色的香脂树，叮咚声表明泉水尚未结冰，眼前的小径依稀可辨。在交代完故事的背景或情境之后，诗人突然笔锋一转，紧张而又充满悬念地写道：

---

[1] 参见 Isaac Cates: "The Inhumanist Poetics of Robinson Jeffers" (http://www.shoreline.edu/faculty/rody/archives/Inhumanist_Jeffers.pdf)。

人！
俩人！
人！世上唯一让人害怕的动物！

他们停住脚步。
我们停住脚步。
他们有枪。
我们没枪。（Lawrence，1993：401）

看到这样的开头，读者自然想知道接下来会发生什么。等"我们"走上前去，才发现原来是两名墨西哥人打猎回来，其中一个肩上扛着猎物。诗人接着写道：

他笑了笑，很蠢，似乎做坏事被逮了个正着。
我们也笑了笑，很蠢，似乎我们一无所知。
他是一个相当温和的人，脸膛黝黑。

这是一只美洲狮，
一只修长漂亮的猫，毛色金黄如母狮。
可她已经死了。（同上：401）

至此我们才意识到，《美洲狮》原来是写被人猎杀的沙漠动物。在接下来的诗行中，诗人用迂回往复的手法分五次描写美洲狮美丽的脸庞以及她生前栖息的山洞。我们看到，当"闪电般扑下山"的美洲狮的矫健身影从此永远消弭时，不远处"梦幻般的沙漠"、对面雪山上绿色的树木似乎也失去了活力，尤其是那些树，一个个"似圣诞玩具，静静地立在雪中"（同上：402）。诗人这样结束全诗：

我在想，在这个空荡荡的世界，我和美洲狮都曾有过自己的空间。

> 我在想，在世界的另一边，我们会轻松忽略掉成千上万的人
> 而从不去想念他们。
> 然而，当一张洁白如霜的美洲狮的脸，那只修长的黄色美洲狮的脸
> 消逝了的时候，这世界将裂开多么大的一个豁口！（同上：402）

在《诗歌能拯救地球吗?》(*Can Poetry Save the Earth?* 2009) 中，费尔斯狄纳专门探讨了劳伦斯在意大利的陶米纳和美国新墨西哥的陶斯创作的动物诗歌。他认为劳伦斯对美洲狮栖居山洞的描写是一种对本源的追溯，这跟他在《蛇》("*Snake*") 诗中描写蛇洞的用意是一样的。费尔斯狄纳提出的另外一个观点是，在劳伦斯创作《美洲狮》的时候，世界上的人口远比现在要少，因而人和美洲狮都有各自生存的空间；可如今人口剧增，美洲狮早已没有了生存的空间，遑论生活的空间（Felstiner, 2009：168, 169）。很显然，费尔斯狄纳也是从空间的角度来看问题的。就诗人对美洲狮洞穴的描写而言，其意义可能不限于他对本源的追溯。从某种程度上来讲，这也是对美洲狮栖身之地的一种客观描写。没有了美洲狮这个主体意象，这个位于陡坡上方、散落着骨头和树枝的血橙色岩洞也就成了一个生命缺如的可悲空间，该空间与默温笔下失去山茶花的澳啦塔玛哈原始生境没有什么两样。就美洲狮的生存空间而言，费尔斯狄纳似乎将劳伦斯创作的空间置换为当下的空间，然后站在近一个世纪之后的"空时体"情境中来看问题，这似乎与诗歌的本意也有所出入。从"我和美洲狮都曾有过自己的空间"(There *was*① a room for me and a mountain lion) 来看，劳伦斯显然是指他所在时代之前的事。反过来说，美洲狮早在劳伦斯创作的那个时代就已经失去了生存的空间，这才是诗人反复强调美洲狮之美的用意所在，因为在他眼里，人类才是美洲狮失去生存权利和生存空间的罪魁祸首。

---

① 斜体为笔者所加。

诗歌中的人类具体说来就是那两位杀死美洲狮的墨西哥人，但他们既然也是"让人害怕的动物"，那么动物之间为生存而发生的猎杀行为就不能算是罪过，也不应该遭到谴责——尤其当他们将捕猎作为一种生存手段的时候。他们的行为与印第安人杀死黑尾鹿，与老鹰猎杀其他动物之间并没有本质的区别。事实上，被捕杀的美洲狮本身也是捕杀者，散落在其洞穴里的骨头就是明证。但诗人之所以为诗，原不在于生活的艰辛，而在于美的提炼——即使睿智深刻如梭罗者，也只夸赞诗人对果园精华的采撷，但对以果园为生的果农的劳作却颇有微词①。劳伦斯对墨西哥捕猎者的态度大抵也是出于同样的因由。

费尔斯狄纳也注意到，那张"洁白如霜的美洲狮的脸"在诗歌中反复出现，但他却没有意识到这张反复出现的白脸与墨西哥人的黑脸之间形成一种强烈的反差，更没有将这一反差与诗人所表露出来的厌人类倾向联系在一起，因为二者之间不仅是一种颜色上的反差，也是一种文化上的反差：白色通常象征着纯净与圣洁，黑色则代表着黑暗与邪恶。如此一来，美洲狮"洁白如霜"的脸就成为一种自然美的象征，而与之相对的墨西哥人的黑脸就成为一种人性丑的代码，因而诗人对其"相当温和"的形容也就变成一种尖刻的讽刺。诗人对动物的热爱与同情、对人类的批判与谴责借此得到形象的表达。此外，我们也应看到，尽管这是一首透着厌人类倾向甚至是种族歧视的诗歌，但诗人也是以这种激进的方式表达了一种反人类中心、保护动物的生态意识，这在 20 世纪 20 年代是一种难能可贵、颇具前沿意识的思想和行为。从这个意义上来讲，诗人对沙漠动物的关注也是他对传统荒原话语的一种间接"回写"。

老鹰无疑是西部沙漠地区最具代表性的动物之一，几乎每一位书写此地动物的作家都会写到老鹰，但能与劳伦斯《新墨西哥的鹰》相媲美的创作似乎不是很多。《新墨西哥的鹰》是一首十分独特的描摹

---

① 梭罗在《华腾湖》（*Walden*）第二章的原话是："I have frequently seen a poet withdraw, having enjoyed the most valuable part of a farm, while the crusty farmer supposed that he had got a few wild apples only".

沙漠鹰的长诗。与其他描写老鹰展翅飞翔或俯冲猎杀的诗歌相比，这首诗描写的是一只静态的老鹰，一只停在雪松顶端的老鹰，但诗人却通过不同意象的叠加、同一意象的重现、反义疑问句的密集运用、多重空间并置等诗学策略，将一只沙漠鹰的姿态、冷峻和凶猛活脱脱地呈现在读者面前。诗歌一开始，诗人就通过汽车的行驶来反衬老鹰的冷峻和沉静：

>   在低矮的雪松顶端
>   在絮尘飞扬的鼠尾草沙漠，
>   无视我们黑黑的，总是急匆匆，
>   急匆匆赶路的汽车，
>   直直地，坐着一只胸脯晒焦的老鹰；
>   仿佛一团开叉的烛焰
>   燃烧在黑色毛发的雪松顶端
>   形成自己特有的光环。
>   朝着太阳，面向西南
>   晒焦的胸脯，永远朝着太阳。
>   晒焦的胸脯，直逼光焰，
>   沙漠烈日的光焰。（Lawrence，1993：780）

即使在这节描写其冷峻坐姿的诗行里，我们仍能感受到老鹰是一团燃烧着的炽热的生命之火，其光焰直逼"沙漠烈日的光焰"。就在这两团生命光焰的映照下，老鹰座下的雪松似乎也燃烧了起来，其"黑色毛发"般的树梢很容易让人产生这种联想。事实也是如此。在接下来的诗行中，诗人明白无误地告诉我们，老鹰的生命之火"源自雪松红色纤维的枝干，源自雪松的根，源自泥土，/源自岩石上方的黑色泥土，源自烈火上方的黑色岩石，/源自那团在地心燃烧的炽烈的火"（同上：782）。可见老鹰的生命是地心的生命之火穿过岩石的空间、泥土的空间、植物的空间之后才抵达老鹰的肉体空间，而后再"烧制"出凝聚着各种生命元素的沙漠之鹰。

这里的地心之火不是一般的火,而是具有源头性价值和意义的生命之火,因为在劳伦斯眼里,"地球跟其他生物一样也是在吸气呼气,整个大地是活的"(Lawrence,1992:57),而这个"活的"大地的生命之源正是地心深处燃烧着的"那团炽烈的火"。再从老鹰"永远朝向太阳"、直逼太阳光焰的姿态来看,它的生命力不仅来自地心,而且也来自太阳。据此我们可以说,诗人以火喻鹰不仅与老鹰胸毛的颜色相契合,也与他对火的生命理解相一致。当一只鹰的生命之火与深至地心、高至太空的生命之火连接一起、融为一体的时候,其个体生命的烛焰必将在整体生命之火中燃烧得更加绚烂和持久。

　　正因为沙漠之鹰是各种生命之火"烧制"出来的,诗人很自然地将老鹰比作铁石或武器。它直视太阳的脸好似"一块石头,/一块楔形的石头",又好似"一把曲柄的达摩克利斯剑",或是"活铁铸成的黑色匕首/在鲜血中一次次的打磨"(Lawrence,1993:781,782)。毫无疑问,这样的意象是要唤起老鹰捕杀猎物时的凶猛和凶残。说它凶猛,是因为它无所畏惧,敢于"用利喙威胁太阳";说它凶残,是因为它甚至可以"将太阳的心剜出来"(同上:783)。当诗人用这样的话语描写老鹰时,他无疑将老鹰的猎杀和人们所熟悉的战争相提并论,并通过这个"熟悉化"手法将老鹰生存的空间移植到人类争战的空间,以此来彰显老鹰猎杀的残酷,此其一;其二,除了运用"熟悉化"手法之外,诗人还发挥丰富的想象力,将老鹰脸上的黑色和古埃及黑[①]相联系,将老鹰挖心的凶残和阿兹特克印第安人杀人剜心、祭祀太阳的古老习俗相联系[②],这就将老鹰又置于古老的历史空间和宗教空间之中,借助遥远的历史回响和可怕的宗教祭祀来凸显这只"老老鹰"(old eagle)的生命本体冲动。如此一来,老鹰的生命空间除了岩石的空间、泥土的空间、植物的空间之外,还有战争的空间、历史

[①] 在《圣经·出埃及记》(X:21—2)中,摩西依照神的指示将手伸向天空,然后整个埃及就被黑暗整整笼罩了三天,后人们用"埃及黑"来形容无以复加的黑暗。

[②] 参见泰瑞·狄利(Terry Deary)《狂暴易怒的阿兹特克人》,中州古籍出版社2007年版,第48—56页。

的空间和宗教的空间，它们的重叠更加厚实有力地显示出老鹰原始而本能、凶残而神秘的生命精神，这大概也是诗人在诗歌最后如此称呼老鹰的原因所在："哦，你这复仇的美国鹰！/哦，你这阴鸷的印第安鹰！哦，你这王者之鹰！"（同上：783）

总的来看，《新墨西哥的鹰》主要表达了沙漠之鹰遒劲向上的生命力和凶猛残忍的杀戮本性，因而也算得上是一首书写暴力的诗歌。一提到暴力，人们脑海里一般会浮现出血淋淋的杀戮场面，因为暴力多数时候就是死亡的代名词，而且还是那种惨烈、暴虐、恐怖死亡的代名词。然而，稍加分析，我们就会看到，暴力也有反有正，不能一概而论。"反"的暴力是指人为的暴力，即人对人、人对自然所犯下的或正在犯的暴行和罪孽；"正"的暴力是指自然界自发的、本能的暴力行为和死亡行为。根据达尔文的进化论，生存本能是所有生命体的共性，是推动物种进化的原动力，对生存意志的追求势必导致暴力的发生和部分生命的牺牲，以保障其他生命的延续。从这个意义上来讲，暴力既是生存的法则，也是生命的法则。诗人本人对这一点也有着明确的认识："所有的生灵都有其自身的生存方式……狮子的暴怒和蛇的狠毒都是神圣的。"（Lawrence，1992：125）

暴力在劳伦斯看来不仅是神圣的，也是美的："老虎、老鹰、黄鼠狼对我而言都是美的；当它们攻击鸽子和兔子的时候，那是上帝的旨意，是一种完美，是将两个极端放置一处，是一种完美的合二为一。"（Lawrence，1963：83）自然暴力之所以是神圣的、美的，是因为它不仅促动着自然之轮在生死之间循环运转，而且在某些情况下，就连生命的诞生以及其他形式的再生也离不开暴力。从这个意义上来讲，《新墨西哥的鹰》堪称用暴力演绎沙漠生命的佳作。半个世纪之后，我们在艾比的《恐惧与欲望》（"*Terror and Desire*"）一诗中看到同样的生命演绎：

    在西边，夜鹰在盘旋
    尖叫、俯冲、杀戮，
    在落日跌入西山

余晖散落峰巅的
清凉之火中。

杜松子树下，
响尾蛇在滑行，
冰冷而优雅，
饥饿的目光
射着死亡的寒光。（Abbey，1994：20）

当然劳伦斯的动物诗歌不全是关于猎杀主题的，也有几首是描摹动物形态、声音、心理的，读来颇是生动有趣。如《蓝色松鸦》就对题名所示之鸟进行了生动形象的拟写，写松鸦如何头戴黑冠在雪地里行走，如何头一点一点的觅食，如何在树丛中发出粗嘎尖利的笑声，以至于狗也被它的叫声给吓懵了。特别值得一提的是，诗人在这首诗歌中采用科学性很强的术语来描写松鸦，如"一团蓝色的金属""酸性蓝色金属""铜硫酸盐一般的蓝"等（Lawrence，1993：375），从而使这首诗歌成为科学与诗学相结合的又一范本。

在《蓝色松鸦》中出现的那只狗正是《比波斯》一诗的主角。诗人用一种幽默调侃的口吻来描写比波斯的可爱和可怜，揭露它"有奶便是娘"的可耻和奸猾，同时又用夸张的语言和各种比喻来形容它丑得可爱的相貌，读来令人捧腹。不足之处是，诗人在写狗的同时仍然流露出对人的不屑和批判，如对富兰克林和惠特曼的嘲弄，对墨西哥人、中国人和黑人的歧视等。抛开这一点，从诗人活灵活现的摹写来看，这只沙漠里的小黑狗在沙漠动物中也算是出尽了风头。

劳伦斯书写沙漠人的诗歌并不是很多，主要有《新墨西哥人》和《红狼》这两首，且都关涉陶斯沙漠中的印第安人和白人。《新墨西哥人》与其说是在写人，毋宁说是在写地方，或者确切地说是在写地方的同时写到了人生的世相百态。根据诗人的描述，陶斯是一个令人昏昏欲睡的梦游者的世界，那里除了太阳在天上跃动（leaps）之外，整个大地都在沉沉入睡：灰白色的沙漠宛若一层沉睡的膜，像黑色的毯子一般裹住了一切，沙漠四周的"山脉在印第安众神/最后的黄昏中/扎营睡去，/再也醒不过来。/印第安人跳舞、奔跑、跺脚——/一点没用"（Lawrence，1993：407），白人挖金矿、用鞭抽打自己①，也没用，反倒使自己也成为这块土地上的梦游者。不管是印第安人还是白人，他们骨子里似乎都有一种恐惧感，所以印第安人在睡梦中发出无声的尖叫，白人在疯狂和震惊中发生火并。毋庸讳言，印第安人的恐惧十有八九也是因白人而起——白人挖金矿的地方难道不是从印第安人手里抢夺来的吗？白人之间的火并十有八九也是为了抢夺金矿和掠夺财富，而那些不参与此类掠夺的白人则成为极端狂热的、通过鞭打自己来赎罪的天主教教徒②。就这点来看，这方古老的土地似乎并没有给那里的印第安人和白人带来精神上的安宁和幸福。

另外，印第安人和白人在陶斯的不同反应和不同行为也反衬出陶斯的荒野特征。这是一个无论人类怎样"折腾"也唤不醒的原始荒野，不仅如此，它还会将任何试图唤醒它的人都变成荒野的梦游者，即使白人之间的火并也表明这是一个法律真空的荒野地带。按理说，这样的地方远非人们向往的地方，可它的价值恰恰就在于此，在于它的"不悦人"，在于它那原始的、难以被"唤醒"的荒野特性，而这也是它吸引人的地方所在。霍尔姆斯·罗尔斯顿（Holmes Rolston）指出："荒野是我们在现象世界中能体验到的生命最原初的基础，也是生命最原初的动力。"（霍尔姆斯·罗尔斯顿，2000：242）正是由于具备荒野最原初的生命动力，陶斯的山脉才能够"在沉睡中/将白人开挖的金矿复原"（Lawrence，1993：407）。这大概也是《红狼》的主人公一路"向东向东再向东"奔向陶斯沙漠寻求精神救赎的原因所在（同上：404）。

与《新墨西哥人》有所不同，陶斯在《红狼》中却是一个鹰飞狼奔、活力四射的地志的空间，那里的印第安人与天上的雄鹰、日落时分的平顶山、鼠尾草和大齿杨等融为一个有机的整体，而红狼寻求印

---

① 指诗歌中所说的 Penitentes，他们是天主教互戒苦修会会员，通过鞭打自己来赎罪。
② 参见《旅行尽头的土地》（安徽人民出版社2012年版）中的《血路》一章。奥斯汀在《旅行尽头的土地》中也对这种酷刑一般的修行习俗予以详细描写。

第安生命精神的目的就是要将自己完全融入这一地志的空间，从中获得一种新生。诗歌中的红狼是诗人的别称①，整首诗由一名名叫"星路"（Star‑Road）的印第安人和红狼之间的对话构成。从他们的对话中可以看出，红狼长途跋涉来陶斯的目的就是希望被这位印第安老爹（old father）及其所在的普韦布洛所接纳。红狼的家原本是白色上帝（white god）所在的地方，可当印第安老爹问及红狼他的白色上帝在哪里时，红狼这样作答："他坠入尘埃犹如黄昏降临②，/已成暮霭，在我抬起离开东方的/最后脚步之时。"（同上：404）事实上，诗人在描写白天消失、夜晚降临的时候就已经为他的答案埋下了伏笔："白日没入鼠尾草一般灰暗的沙漠尘埃/宛若十字架上掉下来的白色基督没入尘埃。"（同上：403）很显然，红狼寻求精神救赎的根由正是其宗教信仰的破灭。对于红狼这个现代世界的流放者而言，失去宗教信仰犹如失去家园。为此，他必须再度寻找新的宗教，才能重归失去的精神家园。这个精神的家园在红狼眼里既是物理上的普韦布洛，又是"像黑色老鹰一样/展翅在孤独夜空的十字架"（同上：403）。这说明红狼旨在印第安人万物有灵且有智的原始自然宗教中寻求精神寄托。如果我们对照沙漠美学发展的轨迹来看，《红狼》正是一首典型的将西部沙漠作为白人救赎之地的诗作。

　　回过头来看，我们不禁要问：为什么同样的陶斯，在《新墨西哥人》中是白人的梦魇，在《红狼》中却是白人的救赎之地？要回答这个问题，我们还得请出罗尔斯顿来，他有关人类对自然的矛盾心态颇有见地：

　　　　西方思想传统的正反两种感情已并存很久了。这样，自然既是荒野又是乐园，既是魔鬼的又是神圣的，既是财富又是敌人，既是丛林又是花园，既是严酷的又是缓和的，既是人的一种手段本身又是一种目的，既是商品又是共同体，既激起人的征服欲又

---

① 劳伦斯在新墨西哥居留期间，当地印第安人称他为红狐（red fox），故诗人自比为红狼也是事出有因的。

② 坠入和降临在原诗中皆为"fell"。

引发人的柔情。美国人既对北美大陆施行强暴,又依存于这块大陆;他们的技艺既改善自己的环境,又纳入了这个环境;而最具反讽意味的是,早期的拓荒者酷爱荒野,却以自己的行动将这荒野消灭了。我们对自然的态度总是在摇摆,摇摆于侵略与服从、剥夺与尊重、斗争与和谐之间。(霍尔姆斯·罗尔斯顿,2000:91—92)

劳伦斯的这两首诗歌体现的也正是这种矛盾心态。事实上,劳伦斯不仅在诗歌中,而且也在散文中明确表达了他对沙漠自然和沙漠居民的矛盾心态。他在《新墨西哥》(New Mexico)一文中对沙漠的赞美堪称经典:"我认为新墨西哥是我有生以来从外部世界所获取的最伟大的经历……我第一眼看到圣塔菲沙漠中那个明亮骄傲的早晨时,我灵魂中的某个东西一下子变得静谧起来。"可在《观蛇舞归来》(Just Back from the Snake Dance)一文中,他的赞美却变成了批判和讽刺:"西南沙漠就是美国白人的游戏场,除此之外别无他用……印第安人不过是他们的活玩具而已",他接着不无戏谑地说,"狂野的西部可真好玩,真是一方迷人的土地"(Cline,2007:89)。或许有些读者认为劳伦斯的这种矛盾心态是对他书写沙漠生命力的一种削弱,可如果我们反过来看,这或许不是削弱,而是加强,因为如果我们只顾说"好话",反倒有失公允,也与事实不符,此其一;其二,劳伦斯对美西沙漠的一些负面看法也与他的健康和心境有着密切的关系,读者因此不必全然当真,毕竟他多数时候是在肯定和颂扬,而不是在批判和讽刺;其三,退一步讲,即使劳伦斯对美西沙漠的负面看法完全属实,可他仍能在负面的阴影中创作出那么多优秀的、表现西部沙漠动物和沙漠居民的佳作,足见沙漠的生命力给他的影响何其深刻,而这也正是其反荒原话语充满张力的原因所在。

第三节 艾比与赞比鞑的沙漠旱情与水情

随着环境保护运动的大规模兴起,美国西部的沙漠书写在20

世纪中期迎来了又一次繁荣，这一时期的代表性作家兼诗人莫过于艾比，他的《大漠孤行》是公认的书写沙漠的经典之作。跟奥斯汀一样，艾比在散文方面所取得的辉煌成就也在很大程度上遮蔽了他的诗歌创作。实际情况是，艾比有关沙漠的诗歌创作既是对《大漠孤行》的一种补充，在某种程度上也是对它的一种超越。与奥斯汀有所不同，艾比在有生之年并未出版诗歌集，他唯一的一部诗歌专集《地里的苹果》（*Earth Apples*）直到1994年才由大卫·彼得森（David Petersen）收集整理出版。这部诗集共收录了艾比在不同时期不同地方创作的80多首诗歌，其中30多首是以沙漠为主题或背景的诗歌，足见沙漠在艾比的诗歌创作中占据很大的比重，因而对这些诗歌予以探讨不仅有助于我们全面了解艾比沙漠诗学的概貌，也有助于我们了解20世纪中期美国西部沙漠文学的一些基本特点。

在艾比之后，沙漠书写逐渐进入多元化时代，其主要表征便是少数族裔的土著作家和诗人也在众声喧哗的沙漠文学中发出了他们"地道"的、"本土"的声音。印第安诗人赞比鞑和其卡诺诗人巴卡便是其中的代表性人物。他们凭借沙漠土著的独特视角和生活体验创作出大量有别于主流作家和诗人的沙漠乐章，刮起了一股很"炫"的沙漠风，并在很大程度上奠定了当代美西沙漠书写的文化格调，为读者了解"地道"的沙漠历史与文化打开了一个窗口。

总的来看，20世纪中期以艾比为代表的沙漠诗歌创作主要关涉干旱与水、自然破坏与人类迫害、植物与爱这三个方面。这几个方面与赞比鞑和巴卡的沙漠书写颇有重叠之处。也就是说，艾比对沙漠旱情的描写与赞比鞑对沙漠水情的描写之间形成一种映照，而艾比对印第安土著生存境况的关注、对沙漠恋情的描写又与巴卡对墨西哥族裔受迫害的历史记忆及其对沙漠土地的依恋之情之间形成一种映照。为此，本节拟先探讨艾比对沙漠旱情的描写，接下来探讨印第安诗人赞比鞑的"水颂"，这样我们就可以通过二者的并置来彰显主流作家和少数族裔土著作家描写沙漠旱情和水情的异同。同理，我们将在第四节讨论艾比书写沙漠的另外两个主题，以期将其与巴卡的同类主题之间再次形成一种对比。

一 艾比的沙漠旱情与水情

我们知道，沙漠的基本特征是干旱缺水，因而对干旱的切身感受和对水的热切渴求就成为许多作家和诗人书写沙漠的一个重要母题。艾比的《干旱季节》("*The Dry Season*")和《礼物》("*The Gift*")就是其中的典型之作。在《干旱季节》中，诗人先是通过沙漠居民焦渴的盼雨心情来再现沙漠极端干旱的情景：

> 整整一天，我望着那蓝色寥廓的天空
> 那完美无瑕的云彩
> 还有那半道消失无影的雨踪。
> 风总是在刮，每天如此，
> 虽说也有一点变化：昨天刮得很猛，
> 今天刮得更猛。（Abbey，1994：92）

"蓝色寥廓"和"完美无瑕"对于观景者而言不啻一种美的享受，但对于"双唇开裂""眼睛通红""呼吸沉重"的盼雨者而言，这却是一种无雨的兆象，一种无望的期盼。但要说无望似乎又有一丝希望，因为"风总是在刮"，而风和雨往往是不分家的，所谓"风雨同舟""风雨欲来"或"腥风血雨"等隐喻其实也是基于对气候现实的一种认识和描摹。令人失望的是，风除了刮得更大之外，并没有带来一丝半点的雨星，而沙漠植物的萎缩和沙尘的飞扬更是衬托出这种似乎有点希望又全然无望的焦渴之情：

> 松针在靴子底下嘎吱作响
> 宛若生脆的意大利空心面，
> 每走一步都会扬起飞尘，风
> 又把它摔打到脸上；

火险等级已升至**顶级**①。

花儿在等待，蜷缩在花蕾中，
就连仙人掌也为是否绽放而迟疑。（Abbey，1994：93）

令人感动的是，即使在盼雨无果的情况下，沙漠人并不怨天尤人，诚如叙事者所言，"我们不抱怨"（同上：92）。面对如此难解的旱情，叙事者似乎领悟到印第安人通过打鼓和跳舞来祈雨的神圣性，也情不自禁地向上帝和耶稣发出诉求———一种与印第安人的祈雨仪式并无二致的祈求："我的上帝啊，我们需要雨……雨！基督，给我们一些雨吧。"（同上：92，93）如果我们将这种祈求与《圣经》中基督视上帝的圣言为甘露和雨水的比拟结合起来看②，就会明白沙漠居民的求雨之情堪比基督徒的虔诚之心，而沙漠雨水之难得堪比上帝圣言之金贵，沙漠人对雨露的期盼由此被神圣化，或者说被提升至宗教的高度，进一步凸显出沙漠旱情的严重性。遗憾的是，诗歌直至结尾仍然预示着天降甘霖的无望："整整一天，我们盯着那美丽的天空/和它那完美无瑕的云彩……"（同上：93）细心的读者一定注意到，在诗歌开头部分，我们看到的是单个的"我"（I）在"观看"（watch）天空，可结尾处则是集体的"我们"（we）在"盯着"（stare at）天空，且最后还用省略号来结束全诗，借此暗示同样的旱情仍然在持续，美丽湛蓝的天空毫无悬念地向"我们"宣示一个又一个无望的、无雨天的到来。

或许有人会说，艾比在《干旱季节》中对干旱沙漠的描写与克莱恩和艾略特等人对沙漠荒原的描写并没有什么本质的区别。这样说似乎也有一定的道理，可如果我们联系题名来看，就会明白艾比的"荒原"乃是季节性的荒原，即他所说的属于沙漠时间③（desert time）的

---

① 原文是大写的"EXTREME"，故此处用黑体表示强调。
② 参见《申命记》第32章第2节。
③ 艾比在《时间杂想》（Essay on Time）一诗中将时间分为日历的时间、太阳的时间、生物的时间、诗的时间、星星的时间、沙漠的时间和爱的时间等八个类别。参见 Earth Apples，第69—70页。

荒原，而不是程式化的、永远干涸死寂的荒原，更何况即使在如此干旱的季节，我们仍能看到"蜷缩"起来等雨的花朵和"迟疑"不决的仙人掌，这本身就与传统的荒原话语有别。事实上，艾比在《大漠孤行》中也提到艾略特的《荒原》，并说其中的某些片段对他很有吸引力，但仍然是因为"错误的原因而喜欢它，正确的原因而讨厌它"（Abbey，1968：184）。艾比虽然没有明确指出"错误的原因"是什么，但基本上可以断定他是针对艾略特对沙漠现实的片面描写而言的。再从沙漠居民和沙漠植物期盼降雨的情态来看，《干旱季节》可以说是让我们领略到了沙漠生存所面临的严峻挑战，而恰恰是这样的挑战揭示了沙漠生命的顽强，无论是人类的生命还是动植物的生命。

如果说《干旱季节》勾画的是沙漠居民在干旱季节盼雨求雨的切身感受和真实图景，那么《礼物》（"*The Gift*"）则描绘的是沙漠在久旱之后天降甘霖的动人画面：

干旱土地的干旱季节，
山头上挂着不孕的云朵，
崖壁上罩着癫狂的蓝色，
热风在垂死的树林里
痛苦呻吟……

我们在等待，我们都在等待
那温柔的银色之雨
的莅临，以解难耐的饥渴。
我们在等待，我们的心
几乎在酷热中枯萎。

傍晚时分，终于等来了新的季节
通过傍晚之光带给我们的第一个承诺
（那光宛若你眼睛的光亮，秀发的光亮，笑容的光亮
和玉臂的柔辉）。

大齿杨在希望中颤栗。
黄色松树摇摆着沉重的手臂。
山崖之花尽情绽放。
我的心底升起一种奇异而强烈的欢乐之歌,

与风的呼啸
大地的狂喜
天空的狂野和孤独
交汇成一支和谐动人的乐曲。(Abbey, 1994: 40—41)

可以说这首诗歌几乎就是对《干旱季节》作出的一种回应,一种续写,或者说是一种补充,让我们看到沙漠在历经一个又一个看似无望的无雨天之后,终于让居民们体会到一种久旱逢甘霖的快乐和喜悦。从诗歌标注的地点来看,这是一首描写亚利桑那州沙漠的诗歌。全诗共分为四个诗节,前两个诗节主要描写干旱景象,后两个诗节主要描写降雨的快乐,降雨前后截然不同的两个世界除在诗节构成上加以体现之外,也在崖壁、风、草木、心这四个意象的对比之中加以体现。在降雨之前,崖壁这个情境意象是蓝色的,诗人以"癫狂"(delirium)来形容之,一则是为了显示无雨的"青天白日",二则是为了表达观看者(亦即沙漠人)的不悦心境,而同样的崖壁在雨中却是鲜花盛开,赏心悦目。风在降雨之前是热风,它发出的声音是痛苦的呻吟,它穿行的空间是垂死的树林,可在降雨之际,风发出的却是快乐的呼啸之声,它恣意嬉戏的场所不再是有限的空间,而是整个大地。

再看植物:树林在降雨之前处于垂死的边缘,在降雨之后则在"希望中颤栗"。"颤栗"(shivered)一词颇为精妙,它既表达了雨滴的冰凉之意,又凸显出生命的复苏之意,同时还将植物人格化,暗示人与自然万物之间的趋同性,这一点在最为鲜明的心灵感受之对比中得到进一步阐发:干旱时节的心灵跟植物一样"几乎在酷热中枯萎",可在"银色之雨"的浇灌下,几近枯萎的心灵却唱出了"奇异而强烈的欢乐之歌"。这样的欢乐之歌不也是大地、天空、风声、雨声以及所有的生命在久旱甘霖的滋润下共同唱响的生命之歌吗？

自然，沙漠在干旱季节过后迎来的不全是滋润万物的"银色之雨"或甘霖雨露，有时即使在干旱季节也有可能遭遇意想不到的洪水。对于许多熟悉荒原话语的读者而言，沙漠洪水可能比沙漠之雨还要显得陌生。艾比的《暴洪》("Flash Flood")以及前文提到的赞比躯的《1993 年的洪水及其他》告诉我们，沙漠中不时还会因降雨过大或过密而骤发洪水，进而给沙漠生态造成相当严重的破坏。《暴洪》一诗作于 1956 年 7 月，是诗人担任拱门国家公园（Arches National Park）巡护员期间所作。彼时正值干旱季节，因而诗歌在描写洪水之前仍以"旱"字当头，如"干如骨头的沙子""烘焙出来的泥团"和"瞪着眼睛的石头"等，可即使在如此干旱的地方仍有甲壳虫、蟾蜍和苍蝇在活动，只是它们怎么也没有想到，就在"一英里之外/泥浆滚滚而来/盲目拍打的洪水的嘴巴嘶嘶作响"（Abbey, 1994: 23）。黏稠的洪水像"沉闷的液体雪崩"，所到之处"所有的世界被淹没"——蚂蚁的世界，树的世界，还有溃堤的灌溉渠（同上：24）——洪水对沙漠生态的破坏由此可见一斑。不过从另一种意义上来讲，沙漠洪水也是沙漠生态自身调节的一种特殊形式。一般说来，沙漠洪水除少数可以汇入江河湖海之外，绝大部分将渗入沙漠地表以下，这将在一定程度上提高沙漠的地下水位，而沙漠地下水位的升高对于沙漠生命而言多半是有利无弊的。

二 赞比躯的水颂

赞比躯是奥旦姆（Tohono O'odham）印第安部落的一名成员，该部落素有沙漠人（desert people）或沙地帕帕皋（Sand Papago）之称，他们居住的地方是亚利桑那州南端的索那拉沙漠（Sonora Desert）。赞比躯笔下的沙漠正是索那拉沙漠。迄今为止，赞比躯共出版四部诗歌集[①]，主题涵盖语言、自然世界、奥旦姆部落传统和生活经验等几个

---

① 她的另外三部诗集分别是：*When It Rains, Papago and Pima Poetry*（1982）；*Jewed'I‐Hoi/Earth Movements*, *O'Odham Poems*（1997）；*Where Clouds Are Formed*（2008）。

方面，其中《海洋的力量：沙漠诗歌》（*Ocean Power: Poems from the Desert*）被誉为美国印第安文学的里程碑，该诗集主要围绕水展开，讲述的是根植于奥旦姆传统文化的"沙漠雨水的故事"（Zepeda，1995：4），因而风、云、天空、大地、人等皆为其中的关键因素。同样的"故事"也贯穿她的另外几部诗集。可见只要透过水这一媒介，我们就可以管窥赞比妲乃至印第安沙漠书写的样貌。

据赞比妲在《海洋的力量：沙漠诗歌》后记中说，奥旦姆印第安人生活的索那拉沙漠夏季十分干热，最高气温可达110摄氏度，持续时间也很长，只有冬天的降雨才能缓解这样的干热（Zepeda，1995：87）。这说明奥旦姆人的沙漠生境不仅与地方有关，而且也与时间或季节有关，亦即时间也成为其生境的一个有机组成部分。由于时间或季节的变化对奥旦姆人的生存和生活的影响如此之大，以至于他们对季节的变化极为敏感，能够像动物一样从自然界的每一丝气息或每一粒沙尘中嗅到或感知到气候的细微变化，进而使他们自己也成为沙漠自然循环的一部分，正如赞比妲在《南角》（"South Corner"）一诗中所言，"我开始了又一个轮回，/与动物、植物、海洋、风一起"（同上：66）。赞比妲的水之歌呈现给我们的正是奥旦姆人关于季节变化的集体经验和记忆。在《扯下云彩》（"Pulling Down the Clouds"）一诗中，我们看到，奥旦姆人即使在睡梦中也能嗅到自然气息的变化：

睡梦中远方的喧闹打搅了他的睡眠。
湿的！尘土的味道——似乎多月来第一次嗅到。
突然变化的分子
钻入鼻腔。

他在品味那种味道。
那是什么味道？
那是雨的味道。（Zepeda，1995：9）

从"似乎多月来第一次嗅到"中可以看出，沙漠已干旱多日。但赞比鞑并没有像艾比那样强调干旱无望的天气，而是将其一笔带过，让人觉得沙漠的干热很正常，没有必要细述，以此来突出夜晚尘土中突然裹挟而来的湿气的不寻常及其带来的惊喜。沙漠之水有多种样态，泉水、雨水、河水、湿气等皆是水的不同形态。对照来看，艾比的沙漠之水主要表现为雨水，赞比鞑的沙漠之水主要表现为湿气、雾气或湿风。如在《风》("*Wind*")一诗中，诗人告诉我们说那天风很大，裹着沙子的风打得人生疼，远处移动着"一堵沙与灰搅和在一起的褐色风墙"。尽管如此，诗人却为此感到陶醉，"张开嘴巴尽情呼吸"（Zepeda, 1995：17, 16），让鼻孔和嘴巴都沾满沙土，因为她知道这是来自远方的新的空气，是雨水即将到来的前兆。在交代完自己对风的味觉、嗅觉、视觉、触觉等联觉体验之后，诗人又写到记忆中父亲的表现：

> 于是又想起父亲，想起他怎样坐在屋前
> 望着风的到来。
> 他先是嗅，接着看，
> 接着说："他来了。"
> 仿佛在说地平线上走来一个人。
> 他会坐着。
> 他会让风尽情地对他撒野，
> 用沙粒打他，
> 在他身上裹满一层细沙。
> 当他最终忍受不了时
> 他会跑进屋里，闭着眼睛，
> 周围闪着清洁眼睛的泪。
> 我们都笑他的怪模样。
> 他也陶醉在风中。
> 他想最大限度地接近风，
> 加入风、了解风、想知道风会带来什么。
> 父亲会说："看着吧，风一停，

雨必来。"（Zepeda，1995：17）

诚如"父亲"所言，雨果然如期而至，由他的朋友风携带而来。由于来得匆忙，风"忘记"带来"蓝风""白风""红风"和"黑风"，只带来"冷风""湿风""凉风"和"盲雨"。不用说，在经历了刮着蓝白红黑之风的长热久旱之后，湿冷冰凉的雨水的到来无异于生命的馈赠。与艾比以及其他非土著诗人不同，赞比耙的"水颂"多数时候不是直接对雨水进行描写或赞颂，而是通过土著民对湿气或雾气的珍爱、渴望和喜悦之情来表达沙漠居民对水无以复加的热爱之情。与直接形容人们对雨水的切身感受相比，这种在雨水尚未到来之前就已经在湿气或雾气中品咂、享受"水味"的描写别有一番动人的力量，使读者情不自禁地产生一种认同感，认识到支撑沙漠生命和文化的水对于土著民乃至每一位地球公民而言是何等的神圣和重要。

当"父亲"说"看着吧，风一停，/雨必来"时，他其实是在"播放"天气预报。我们知道，现代社会大都依赖天气预报来获取有关天气变化的信息。但在赞比耙看来，天气预报所凭借的现代化监测手段、科学技术和客观数据远没有印第安土著民本能的感知来得可靠，因为天气预报有出错的时候，但沙漠土著本能的感知却不会出错。《要下雨了》("*It Is Going to Rain*") 一诗就是以土著民对天气变化的本能的感官认知来对抗天气预报所凭借的科学认知，以此来表明沙漠土著有关天气变化的知识和经验乃是一种源于生命体验的地方知识和经验，其中所渗透的"人情味"是所谓客观的、抽离了地方经验的气象观测所欠缺的。"有人说要下雨了。/我想不可能。/因为我没有感觉到大地的变化和它在那一刻的凝神等待。"[①] 在接连四次重复"我想不可能，因为……"这样的句式表明理由之后，叙事者令人信服地得出不可能下雨的结论。赞比耙借助部落文化的口传优势和传统

[①] 该诗摘自 The University of Arizona Poetry Center（http://poetry.arizona.edu/presenter-author/ofelia-zepeda）。

经验，形象而传神地将大地的变化、天空的湿重、习习的凉风和湿甜的土味转换成活生生的声音、气味和画面，使读者从天气的变化中感受到一种浓浓的生命诗学。

除《扯下云彩》《风》《要下雨了》之外，赞比鞑还在《清晨的空气》("Morning Air") 和《厨房水池》("Kitchen Sink") 等诗歌中描写奥旦姆人对湿气的敏感和挚爱。最令人感佩的是，即使在没有湿气的地方、在干旱酷热的季节，奥旦姆人依然可以通过想象湿气、唤起对湿气的记忆来缓解酷热和干旱，重构部落的"湿气故事"和集体意识，这一点在《云彩形成的地方》("Where Clouds are Formed") 中体现得尤为明显。跟《扯下云彩》一样，诗歌起笔部分仅用一句话概括数月的干旱："每天都是如此。"这里的每天就是诗歌中所说的"干旱的六月天"，它离湿气还有"很长一段时间"。就是在这种情况下，妻子催促回家的丈夫讲述他所见到的湿润之地，即诗歌题名所说的"云彩形成的地方"。当丈夫开口讲话时，妻子从他讲话的声音、呼出的气息中感受到一种"温柔的清凉之气"，一种"丰润之气"（Zepeda, 2008: 3)，她的脸上随之也出现湿湿的汗珠。

这里所说的气息（breath）显然有更深刻的含义。我们知道，在许多土著文化中，气息被看作是一种神圣的精气，代表的是人的灵魂或精神。从这个意义上来讲，作为雨水先兆的湿气对奥旦姆印第安人来说已经超出物理的范畴，成为一种精神性的、栖居于灵魂深处的东西，因而即使在干旱酷热的季节，他们也能从彼此呼出的气息中看到湿气和希望，或者说他们可以将彼此呼出的气息"加工"成一个希望的空间，一个潮湿凉爽的地方。如此一来，奥旦姆人讲述"云彩形成的地方"之类的故事就不仅仅是为了"缓解干热"，也是为了"故事本身"，为了从故事中"生产出"更多集经验、记忆、期待于一身的希望的空间。这个希望的空间不仅存在于气息中，也存在于其他地方：

第一次我是
从火车车窗里看见

> 云彩形成的地方……
> 有一次他是在图桑野外
> 炎热的海市蜃楼中。
> 还有一次是在星星
> 干燥的亮光中。
> 他记得最清楚的一次
> 是在跟他说话的
> 女人的眼睛中。(Zepeda, 2008: 4)

　　这是诗歌第一部分的内容。可以看出，与妻子相比，丈夫观看或想象湿气的地方更为多样：大到遥远的星辰和空旷的野外，小到火车的车窗和女人的眼睛。如果说从星光、野外、车窗来观看"云彩形成的地方"可能是寻常之事，那么从别人眼睛里看到的湿气和希望则直通心灵，因为谁都知道眼睛是心灵的窗户。如此一来，丈夫从眼睛里看到的湿润与妻子从气息中看到的湿润仍然是心灵"加工"或"生产"湿润空间的一种想象，因而当丈夫看到那双光润的眼睛时，他仿佛看到"云彩接踵而来，/给大地罩上了柔和的阴影"（同上：4），真正达到了"从一粒沙看世界，/从一朵花看天堂"的境界。

　　另外，根据物质主义生态批评理论（material ecocriticism），人的身体也是物质的，构成人体的物质与构成自然环境的物质之间是不可分离的、相通的、血肉相连的。所谓的环境也是一个由"血肉之躯构成的世界"，它不是存在于人体"周围"或某个外在的地方，而是存在于人体之内，或者说环境就是"构成我们身体的物质本身"；我们的身体以皮肤为界，一刻不停地与非人类自然躯体之间交换着能量，与"非人类生灵、生态系统、化学物质以及其他元素之间"形成一种相互融通的物质纽带（material interconnections）（Alaimo, 2010: 1—4）。由此观之，奥旦姆印第安人从人的气息和眼睛里看到的湿气也是内在于自然躯体与人体之间，并在二者之间不断进行交换的一种物质。据此我们可以说，印第安土著对湿气的诗意想象和湿润空间的诗意建构本能地触及了基于科学的物质主义思想。

在诗歌第二部分，我们看到，奥旦姆印第安人夏天想象的湿气在冬天终于现出了"真身"，"云彩和云雾在峡谷中寻找慰藉，/白色湿气静悄悄地在仙人掌之间飘荡"，而"云、风、雨"则"从头至脚抚摸着树形仙人掌"（Zepeda, 2008: 5）。丈夫和妻子在诗歌第一部分想象的种种湿气空间在这一部分真正落到了"实处"，以云、雾、水珠的形式出现在峡谷和仙人掌生长的地方。同时，云、雾、峡谷、仙人掌、风、雨等各种"自然躯体"之间的安慰和抚摸，又一次让我们看到自然之躯之间那种血脉相连的物质纽带和生命关系。事实上，当诗人将冬天的湿气和雨水的降临与圣诞节的来临相提并论时，其中已经蕴含着开启生命之旅的意味。这样，从夏天的干旱想象到冬天雨水的降临和生命的诞生，诗人在呈现沙漠生命循环的同时，也将诗歌本身融入沙漠生命的循环之中。

在诗歌第三部分，诗人很自然地由湿气想到了自己童年时候对冬天湿气的记忆：在一个湿冷的冬天的早晨，她和妹妹坐在父亲暖和的皮卡车里静等校车。由于内外温差大，她和妹妹呼出的气息变成了云雾，凝结在冰冷的车窗玻璃上，父亲因此"时不时地/用戴手套的手背/擦拭挡风玻璃"。在车窗外边，温柔的雨滴和湿雾落在车头盖上，"紧贴在地面上"。看着这一切，他们"继续呼吸/那灰色的温柔的湿雾"，周围除了发动机和雨刮器的声音，一切都是那么静谧无言（同上：6）。很显然，这样的结尾与诗歌第一部分和第二部分的结尾之间形成一种很好的对应。诗歌第一部分以丈夫奔向妻子、查看妻子眼睛里的湿气结束，第二部分以"我们"观看雾气（mist）的升起结束，最后一部分以诗人及其父亲和妹妹呼吸的湿气结束。这样从想象、观看到呼吸都是紧紧围绕湿气以及感受湿气的不同群体和不同时期来展开。在这一过程中，诗人将想象与现实、过去与当下、个人与集体、童年与盛年、人类与自然、酷夏与湿冬以及时间与空间等不同领域的范畴全部融进一个以"湿"为主的有机体，让读者深深认识到印第安土著对水的感恩之情、期待之情、敬畏之情与他们的口传历史和社会文化生活是如何紧密地交织在一起的。回过头来看，当帕伊克说沙漠是"贫瘠荒凉的土地，几乎没法用文化来改良"时，他大概没有意识到印第安土著早已有了不可替代的、丰富而精妙的沙漠文化尤其是沙漠水文化。面对当今世界所面临的种种水危机，哪一方的水文化需要被"改良"，想必读者最清楚。

第四节　艾比与巴卡的沙漠殇情和沙漠恋情

无论是主流社会的作家诗人还是少数族裔社会的作家诗人，他们对沙漠的热爱和依恋注定使其无法容忍破坏沙漠自然和沙漠共同体文化的社会与政治。为此，他们有关沙漠破坏和沙漠苦难的殇歌从一开始就与他们热爱沙漠的恋歌交织在一起。我们只需透过艾比与巴卡创作的这类诗歌便可窥得一斑。

一　艾比的沙漠迫害与沙漠爱情

艾比在《大漠孤行》序言中说，他的《大漠孤行》不是什么旅游手册，而是"一首挽歌，一部回忆录"（Abbey, 1968: xiv），以此表明他笔下的沙漠生态和沙漠文化早已遭到人为的破坏，失去了"咆哮的荒野"的原始特质。艾比所说的人类主要是指白人殖民者或主流社会的权力阶层。在他看来，人为的破坏较之沙漠洪水和沙漠旱灾更为严重。如在《封建主义》（"*Feudalism*"）一诗中，艾比有感于新墨西哥州最大的沙漠城市阿尔伯克基（Albuquerque）的命名①，讽刺和谴责了早期西班牙殖民者对沙漠土著的奴役与迫害：

> 公爵与他的家族，
> 拥有千年古老传统的高贵封号，
> 在他们占据的所有土地上，
> 劳作的是当地的棕色役民，
> 没有过去的他们，却是

---

① 简称杜克城（Duke City），意即公爵城，1706 年以西班牙征服者阿尔伯克基公爵的名字命名。

大地所生、源自大地的子民。(Abbey, 1994: 19)

这首诗歌描写的内容正是本书第三章提到的西班牙殖民者对普韦布洛印第安人的残酷迫害与血腥奴役。从时间的维度来看,公爵的封号尽管已有千年的历史,但比起大地的古老却显得那么微不足道,那么可怜而又可鄙,而那些在他眼里似乎"没有过去"的印第安人却有着跟大地一样亘古绵长的历史。再从空间的维度来看,公爵及其家族所占领的土地原本是印第安人祖祖辈辈生活的地方,是"属于每个人/而不是一个人的大地"(Abbey, 1994: 67),可恰恰是数量最少的"一个人"却占据了数量众多的"每个人"的地方,并将原本属于"每个人"的地方转换成奴役"每个人"的空间,借此摧毁了印第安部落自给自足的共同体文化。诗人对公爵之流的讽刺和谴责就在时间的短暂性和空间的不合理性中凸显出来。更为不幸的是,这种对印第安土著文化的破坏并没有因殖民压迫历史的终结而终结,而是一直延续至今——即使从阿尔伯克基之命名延续至今的现实来看也是如此[①]。

与《封建主义》中以公爵为代表的殖民者对早期沙漠共同体文化的破坏相比较,《牛仔与他的牛》("*The Kowboy and His Kow*")和《圣塔菲的早晨》("*Mornings in Santa Fe*")表达的则是当下商业社会对沙漠自然的破坏,而沙漠自然的破坏则是造成印第安土著生活困窘的主要根由之一。《牛仔与他的牛》是艾比临终前在图桑所作的最后一首诗,诗歌主要通过对往昔沙漠风景的追忆和当下沙漠风景的拒斥来揭露商业社会对沙漠自然的侵蚀:曾经是野牛和棕熊漫步以及羚羊、麋鹿和大角羊嬉戏的地方,如今却被叫卖牛肉的人、成群的苍蝇和汉堡机器所替代(同上:109)。在《圣塔菲的早晨》一诗中,诗人认为所谓的旅游开发都会对沙漠自然的原始美亦即诗人心目中的"田园风光"(idyll)造成无法弥补的损失,即使那里只有"石头与强碱/马粪与电影演员"。可无论诗人怎样痛苦地谴责,他的田园梦终将

[①] 艾比认为西南部印第安土著就是美国的"红色黑人",并对他们的贫困处境、文化破坏和精神失落进行了详细的描写。参见《大漠孤行》第103、109页。

在很短的时间内被打破，他"所有的美好愿望一次次被撞得变形"（同上：86）。

我们知道，奥斯汀在《西部的魔力》中也写到了阿卡迪亚式的田园风光，但她的田园风光是作为沙漠的对立面出现的，目的是与沙漠进行比较，可艾比的田园风光则是沙漠自身，或者说沙漠在他眼里就是他人心目中的田园。这种将田园空间与沙漠空间融为一体，并以田园来指称沙漠的手法可谓沙漠书写的又一美学超越。

如果我们将《封建主义》和《圣塔菲的早晨》放在一起进行比较，就会看到，这两首诗歌虽然表现的时空有别，但本质却无甚殊异，都是对个人或权力机构变地方为空间并从中获利的压迫性行为的一种谴责。所不同的是，公爵是以个人和家族的名义，旅游部门则是以普通大众的名义。相比较而言，后者更具隐蔽性和欺骗性。所谓的大众，无非是指来沙漠观光的游客和沙漠土著民，后者往往被说成沙漠旅游业的受益者。事实究竟如何呢？艾比在《大漠孤行》中这样写道：

> 工业旅游充其量只能给当地居民提供季节性的、边缘性的工作——问问任何一位宾馆女服务员便知。姑且不论它在严格的金钱意义上是好是坏，工业旅游逼迫那些以旅游为生的土著民付出了沉重的精神代价。他们必须适应那些富有的、穿着奇装异服、侵入他们土地和家园的一群群陌生人对他们的观看。他们必须学会自动微笑。他们必须知道等待他们的是无礼的围观和强行拍照。他们必须学会卖乖、入画和上相。他们必须知道礼貌与好客不仅仅是任何一个成熟得体的社会应该具备的优良习俗，而且也是一种特别的、可以兜售成金钱的商品（Abbey, 1968：107）。

艾比对沙漠旅游惠及土著民的谎言的揭露可谓入木三分。他的诗歌和散文让我们看到，现代商业社会或资本家在对沙漠自然造成破坏的同时，也给沙漠土著带来物质和精神上的双重压迫。这种危害与早期殖民者对绿色荒野的破坏以及由此而造成的对土著民的戕害并无本质的区别。所不同的是，比起早期殖民者对土著民赤裸裸的压榨与迫害，商业资本家对他们的压迫似乎更加隐蔽，外表也更加和善，因而危害性也更大。

事实上，当沙漠土著的言行举止成为迎合外来游客的商品时，他们自身也被物化成旅游业赚取利润的商品。这也就是说，不仅他们生活的地方被空间化，就连他们自身也被转换成空间里的摆设或点缀，而这种摆设或点缀本身既是一种空间，又在某种程度上促进了沙漠商业空间的再生产，而商业空间的再生产则意味着更多沙漠自然的破坏和更多沙漠土著的物化。从这个意义上来讲，当游客为沙漠独特的"人文"景观所吸引时，他们大概不会意识到，他们同时也是在消费沙漠自然和沙漠土著的苦难，所谓"爱死自然"的悖论照样适用于褐色荒野。

毋庸置疑，艾比对殖民者和商业资本家的抨击说到底是出于他对褐色荒野深深的依恋和热爱。沙漠在他看来"是地球上最美丽的地方"，是一个"充满奇迹的世界"，一个更"古老、伟大、深沉"的世界（Abbey, 1968: 1, 37）。正是因为如此，艾比还通过爱情来书写沙漠，亦即他将沙漠自然和爱情并置一处，通过沙漠之景来寄寓思人之情，且在寄寓他对恋人的深切思念和爱慕的同时也表达了他对沙漠的深厚感情，我们权且称之为沙漠爱情书写。这其实也是艾比借助诗歌书写沙漠的一大特色。沙漠之雨、沙漠动物、沙漠植物等都是他寄寓恋情的"客观对应物"。如前文探讨的《礼物》一诗，诗人就借助恋人"眼睛的光亮，秀发的光亮，笑容的光亮/和玉臂的柔辉"来形容沙漠居民对银色之雨的渴盼和喜爱。在《1956年8月——拱门II》[①]（"August, 1956—Arches II"）中，诗人也是借助干旱沙漠对雨的渴盼来寄寓他对爱的渴望：

让爱走近我，
让爱

[①] 这里及下文的"拱门"皆为拱门国家公园的简称。

让爱走近，走近我。
我是如此地需要你，
正如板结的沙漠地壳
渴求雨的滋润，
和叶的光亮。
亦如垂死的杜松子的种子
抛落在岩石之上，
渴求黑暗和温暖一样。（Abbey，1994：26）

艾比在这首诗歌中表达的情思颇有狄金森书写沙漠爱情的味道。所不同的是，狄金森是在想象沙漠中一对恋人的焦渴，艾比则是结合自身的体验，将思念者（亦即诗人本人）置于正午骄阳炙烤的沙漠之中，通过焦渴的沙漠土地对雨水的极端渴求来比拟他对远方恋人的思念之情。这样的比拟也将恋人暗喻为上天馈赠的甘霖雨露，表达了思念者对生命般珍贵的恋人的珍爱。在《两首粗俗的爱情之歌》（"Two Profane Love Songs"）中，诗人又将恋人比作旅人，将自己比作飞旋其上的沙漠之鸟：

不管你做什么宝贝
也不管你去哪里
我将永远望着你
是的每当你看到
你的天空中飞着某个大屁股的鸟
——鹰隼、老雕、红头鹫、猫头鹰——
哦，那就是我宝贝那就是我
重新转世……重铸肉身……
欢喜地望着你
我的宝贝小甜甜（Abbey，1994：82）

诗人将自己比作各种食肉猛禽，一则表达了他对这些沙漠动物的喜爱，二则也为后边的性爱场面做铺垫，借此表达猛禽一般的恋人恨不得将所爱之人"吞吃掉"的那种强烈欲望。这种比拟很容易让我们联想到玄学派诗人马维尔（Andrew Marvel）的名诗《致他娇羞的女友》（"To His Coy Mistress"）。在这首诗歌中，叙事者也用猛禽来比拟他对所爱女郎的强烈爱欲："让我们尽情行乐莫错过时机，/就像食肉的猛禽在爱中嬉戏，/宁可把我们的时间立刻吞掉，/也胜似在缓慢的咀嚼中郁郁枯凋。"（顾子欣，1996：101）此外，马维尔也在这首诗歌中提到了沙漠。在诗歌叙事者眼里，生命终将消逝进"那永恒的沙漠浩瀚无边"，既然如此，何不趁青春年少热烈相爱？换言之，叙事者亦将沙漠看作是死亡的空间，是短暂人生的终结之地，因而他力劝恋人要在"时间的飞车"追赶之下、在逼迫一路奔走到这样的终点之前（同上：99），抓紧时间与他一起尽情相爱，就像发情的猛禽一般。相比之下，艾比不仅将热烈的情爱置于沙漠之中，而且还将自己"重新转世"为各种沙漠猛禽，借此表征沙漠情爱的猛烈和"粗俗"，而这反过来又彰显出沙漠生命的强劲之力，颠覆了马维尔在诗歌中所继承和运用的传统的荒原话语。

马维尔在《致他娇羞的女友》中也写到了植物般的爱情（vegetable love），这也是艾比在其沙漠情诗中涉及的又一个方面。我们知道，一些常见的植物如玫瑰、并蒂莲等是尽人皆知的爱情的象征，因而像艾比这样以沙漠植物来喻爱情，或者在沙漠植物中寄寓爱情的做法就显得比较独特。艾比曾在《大漠孤行》中说，燃烧的杜松子散发出来的气味是世界上最馥郁芬芳的，即使但丁天堂里所有的香炉加起来也未必胜得过它（Abbey，1968：12）。无独有偶，我们在他的情诗《1956年8月——拱门》（"August, 1956——Arches"）[①] 和《情书》（"Love Letter"）中都能看到杜松子的影子。在《1956年8月——拱门》中，诗人呼唤那种自然生发的爱情，其自然程度就如"鹪鹩栖落峡谷/杜松子挂满莓果/玉米长出穗子"（Abbey，1994：25）。

不难看出，这样的并置本身也给人一种自然天成的感觉，让人觉

---

① 该诗与前文的《1956年8月——拱门Ⅱ》为两首不同的诗歌。

得这是一幅特色鲜明、充满动感的画面，是诗人在夏秋之交的某个瞬间随机捕捉到的一组灵感，或者说是诗人从沙漠世界中摄取来的一幅幅"真像"，全不在乎鹟鸲、杜松子、玉米之间巨大的文化反差——鹟鸲是暴露耶稣在客西马尼园（Gethsemane）藏身之所的"祸根"；杜松子是掩护耶稣父母逃避希律王（King Herod）的士兵追捕的藏身之所，也是贞净纯洁的象征。二者源于希伯来文化的这一反差又与玉米所承载的印第安文化之间形成一种反差。正因为他的"全然不顾"，诗人才能够自如地将这几个主体意象并置一处，以此来呈现他对"自然之爱"的理解，而它们所构成的纯粹的、不受任何文化干扰的、寄寓诗人呼唤自然真爱的沙漠景观不仅突出了"自然"之意，而且又一次让我们领悟到诗人对沙漠自然的挚爱。

与《1956年8月——拱门》一诗相比，《情书》主要表达叙事者对恋人的思念之情。在诗歌开头部分，诗人就给我们描绘了一幅金秋时节的沙漠风景画：

> 大地如此可爱，
> 一天比一天美丽。
> 金色的亮光已现，
> 不在天上而在花中——
> 柽柳、山艾、王子羽
> 蜜蜂草、骡耳花——
> 整个燃成一片金黄。（Abbey, 1994: 39）

诗人将五种不同的沙漠植物接连并置的手法颇是给人一种纷繁的感觉，它们共同织就的金色绚烂的锦绣空间看上去是那么"稠密"，那么"热闹"，不仅让读者见识了沙漠独特的秋景，而且还暗示如此美景只能独自观赏的寂寞，因为在接下来的诗行里，诗人交代说游客们都已离去，唯独剩他一人在紫色的傍晚漫游。寒风乍起，"热闹"的秋景似乎加深了诗人的孤寂，对远方恋人的思念不由得占据了他整个的身心，唯一能解相思之苦的便是重访他们的"幽会之地"，一个靠近"古老的杜松子树"的砂岩凹地（同上：39），在那里他们曾经靠着篝火相偎相爱。与诗歌开头密集的植物燃成"一片金黄"的情景相比，在诗歌末尾，我们只看到一棵"古老的杜松子树"和一位孤独的诗人在亲吻树下恋人躺过的地方。很显然，这孤独的树是对孤独的人的一种映衬。如果我们再联系诗人对杜松子树的赞美和杜松子树自身的文化蕴含来看，兴许还能领悟到诗人在思念中也透着对恋人的赞美。

仔细想来，艾比在这首诗歌中的诗学运思也与崔护的《题都城南庄》有些相通之处。崔护诗歌中"人面桃花相映红"的地方亦即"此门"依旧，"此门"前边的桃花也是依旧，但"人面"却了无踪影。相比之下，艾比《情书》中的"幽会之地"依旧，一旁的杜松子树也是依旧，唯独"人面"也是了无踪影。可见在地方、自然、人等组成的爱情生境中，任何一方的缺席都会造成某种缺憾，并由缺憾而生憾念和缺憾之美。《情书》对恋人的"憾念"即由此而来，且因憾念起于大漠而非花前月下，故而别有一种摄人心魄的魅力。

二　巴卡的沙漠创伤与故土恋情

巴卡生活在北美最大的奇化奂沙漠（Chihuahuan Desert），是当代美国生态诗人中最具传奇色彩的一位多产诗人。巴卡于1952年出生在新墨西哥的圣塔菲，两岁时被父母遗弃，不久被送进孤儿院，后流浪街头，21岁时因私藏毒品入狱，在那里服刑近七年，曾与死囚犯共处一室。在监狱服刑这段时间里，巴卡开始自学识字，并尝试诗歌创作。巴卡起初将自己创作出来的诗歌"卖"给狱友换取香烟，后来他将诗歌投往当时由美国著名诗人莱蒙托夫主编的注重环境、人权、文化的《琼斯母亲》（*Mother Jones*）刊物。莱蒙托夫不仅刊登了巴卡的诗歌，而且还开始与巴卡书信往来，最终帮助巴卡出版了他的第一部散文诗集《自己土地上的移民》（*Immigrants on Our Own Land*, 1979）。这部诗集主要讲述巴卡在监狱服刑期间遭遇的种种磨难和感受，其传记作品《立足之地》（*A Place to Stand*, 2001）也对此进行了详尽的描写。

真正为巴卡赢得国际声誉的是他的第二部诗集《马丁与南谷沉思》(Martin & Meditations on the South Valley, 1987)。这是一部半自传性质的诗集，出版后获得巨大成功，先后获得1988年美国图书奖和1989年西班牙语文学遗产奖 (Hispanic Heritage Award in Literature)。成名以后的巴卡更是一发不可收拾，接连出版诗集、小说和剧本，成为美国当代罕见的、从一名目不识丁的囚犯一跃而成为享有国际声誉的奇卡诺诗人、小说家和戏剧家。巴卡的代表小说主要有《一杯水》(A Glass of Water, 2009)，剧本主要有《为了荣誉》(Bound by Honor)① 等。不过巴卡最钟情也最多产的仍然是诗歌。继前两部诗集之后，巴卡又陆续推出《黑色平顶山之歌》(Black Mesa Poems, 1995)、《挡住太阳》(In the Way of the Sun, 1997)、《卡尔加里火车与十三名墨西哥人》(C–Train and Thirteen Mexicans, 2002)、《冬天的诗：格兰德河畔》(Winter Poems: Along the Rio Grande, 2004) 等八部诗集，共计十部。这十部诗集尽管各有侧重，不同时期的写作风格也有所变化，但总的来看，巴卡对墨西哥族裔苦难历史的追忆、对四季轮回的关注、对沙漠地方的热爱以及对基于地方的族裔身份的强烈认同始终是贯穿其中的一条主线，巴卡也因此成为北美最著名的生物地方诗人之一。下边我们主要来看巴卡的代表作《马汀》("Marín") 一诗。

《马汀》是一首长诗，采用第一人称叙事视角，以一种貌似平静的口吻讲述诗人自己及其族裔的苦难经历、现实困境和救赎之道，诗人为此"重新进入历史" (Levertov, 1987: vviii)，从自己儿时被弃、父母的不幸一直写到他对当下生活的追求，颇是给人一种"历经风雨始见彩虹"的感觉。透过巴卡个人的生活经历，我们看到，生活在沙漠地带的墨西哥族裔是怎样被异化、怎样在自己的土地上流离失所、怎样在找不到自我归属的夹层中挣扎的，而真正可以拯救他们的不是追逐主流社会的生活方式，抑或是认同他人强加给自己的尴尬身份，而是回归他们祖祖辈辈生活的沙漠大地，重拾失落的族裔历史与传

---

① 好莱坞影片《血气方刚》(Blood in, Blood out, 1993) 就是以此为脚本的。

统，借此找回被打碎的自信与人生。从这个意义上来讲，诗人"重新进入历史"、讲述故事的过程也是回归沙漠自然的过程，或者说是弥合沙漠文化与沙漠自然之裂痕的过程，而这个讲述故事、回归沙漠地方的过程同时也是一个疗救整个族裔身体和心灵双重创伤的过程。

在诗歌开始部分，诗人看到了 30 年前废弃的普韦布洛村落，然后有感而发，回想起自己童年时候的不幸：

> 在圣塔菲，孩提时代的我
> 看红色拖拉机从土上碾过，
> 盘形耕犁的黑色之火
> 将火烧的叶子和玉米秆翻埋土下，
> 当我在院子里拣拾红红绿绿的碎玻璃片时，
> 在沟渠边黎明的雾霭中
> 当我在倒在土坡上的棉白杨树旁
> 嬉戏玩耍时。
> 突然间，
> 我幼小的生命童话
> 戛然停止
> 父亲和母亲
> 将我抛弃。我感情的古老山神
> 在感觉的山洞里
> 尖叫，我心灵的玉米苗
> 枯萎至死——仿佛爬出土的蚯蚓一般，
> 我来到了一个黑暗的自由世界。（Baca，1987：5）

马汀将自己比作蚯蚓是一个十分贴切的比喻。蚯蚓在土里怎么样都可以生存，可一旦离开土壤爬出地面，十有八九就会丧命，尤其在沙漠烈日的暴晒下。作为一个小男孩，一旦没有了父母这方壤土的庇佑，其生命自然也是十分脆弱的，正如离开土壤的蚯蚓一样。事实上，马汀短暂而幸福的童年总是与土地紧密相连：他嬉戏玩耍的土坡、被拖拉机碾压翻起的土垅、被耕犁埋到土下的叶子和玉米秆等，都是构成他幸福童年的"土"之记忆。换句话说，在马汀幼小的心灵中，土地就是家园的代名词，因而马汀失去父母就如同蚯蚓失去土壤一样，看似获得了"自由"，实则是那种可怕、"黑暗"、随时都有可能断送自己性命的"自由"。

另一方面，即使在马汀最为不幸的那个瞬间，即在他意识到自己被父母抛弃的那个瞬间，我们仍能从"山神""山洞""玉米苗"等隐喻中看出他对土地的那份依恋，其中"心灵的玉米苗"更是形象地传达出马汀精神生命的土壤情结，这一情结又使他很自然地将自己和植物相提并论，将失去家园的痛苦和植物连根拔起的厄运联系在一起，不由自主地发出"母亲，你的离去将我连根拔起"的哀鸣（Baca，1987：13）。将蚯蚓和玉米苗联系起来看，失去生存根基的植物又与钻出土壤的蚯蚓的意象暗合，这就从动物到植物形象地传达出马汀将家园等同于土地的生命情结。也正是因为如此，诗人在整首诗歌中将自己童年被遗弃的不幸频频比作失去土壤之根基、从支撑生命的家园土壤（soil of family）中被根除（uprooted）或被移除（removed）的不幸。

那么马汀的父母为什么要抛弃自己的孩子？贫穷和离异是他们抛弃孩子的直接原因，但却不是根本原因。造成他们贫穷的根本原因则是权力阶层对墨西哥族裔共同体属地的巧取豪夺，以及城市化、工业化对其共同体文化所造成的破坏和个体人格的异化，而这种被夺取、被破坏和被异化的结果便是贫困化和边缘化，以及由此而造成的人格缺陷。巴卡在一次采访中说，"第二次世界大战之后，地产商蜂拥而至，他们夺走了我们的土地，可法庭却肯定他们的这种强盗行为，使之合法化。与此同时，在干旱时期，俄克拉荷马州、新墨西哥州和得克萨斯州有很多人在挨饿，他们被迫离开自己生活的土地"（Keene，1994）。在《根》（"Roots"）一诗中，诗人对联邦政府夺取土著土地的暴力行为予以无情的揭露："他们将我双手反剪，将我的胳膊打得脱臼，/他们用靴子猛踢我的脊椎。"（Baca，1989：11）

可以看出，墨西哥族裔所遭受的命运与印第安人的命运十分相似。所不同的是，尽管二者都是生活在西南大沙漠的少数族裔，但印第安人的遭遇和境况早在 19 世纪下半叶就已经引起包括劳伦斯在内的不少有识之士的关注，美国政府也出台了一系列关于印第安人权保护的法律条文。相比之下，墨西哥族裔的生存境况一直未能引起重视。不仅如此，他们还被塑造成"典型的懒汉形象，带着一头骡子在仙人掌树下睡觉"（Keene，1994）。这种从现实到文本，再从文本到现实的二度转换最终使墨西哥族裔成为黑人中的黑人，或者说成为连"红色黑人"都不如的黑人。别的不说，就拿最早关注西部沙漠文化的奥斯汀来讲，她的作品中只写印第安人和白人，对墨西哥土著民几乎只字未提，而劳伦斯在《美洲狮》中对墨西哥族裔的描写明显带有歧视的成分。

从某种意义上来讲，巴卡的诗歌正是他对父母及其族裔被抹杀、受压迫的历史的一种控诉性追忆，一种"哀悼性质的书写"（Keene，1994）。在巴卡描绘的荒凉图景中，我们看到，他的母亲年轻时是普韦布洛最漂亮的姑娘，也接受过一定的教育，可这种所谓的优势不仅没有给母亲带来好运，反倒使她产生了不切实际的幻想，幻想成为日历画上"穿着比基尼，/被帅气的男演员拥吻"的美人。但母亲的浪漫梦想很快就被残酷的现实击得粉碎：13 岁时，她被自己"从刀鞘中抽出无聊生活/在伤口中寻找快乐"的父亲强奸，成年后生下孩子不久就与丈夫亦即马汀的父亲离异，随后又嫁给一位盎格鲁白人，本以为可以借此实现进入主流社会的梦想，没想到她其实一直生活在白人丈夫"自欺欺人的世界里"（Baca，1987：23）。就在她试图再次改变自己的命运，"找一个能够给她/说一句温存的话、送一个表示关心和欣赏的小礼物"的人时（同上：27），她的白人丈夫就朝她"美丽的脸庞开了四枪"，然后写下"你永远不可能离开我"的遗言后自杀身亡（同上：26）。诗歌接着写道：

很久以前
他以为他将你
从你的文化和你的语言中拯救了出来，

驱车带你离开圣塔菲的尘土和风滚草，
穿越干旱的大平原，
来到绿草茵茵的加州河谷。

他将你的照片
挂在壁炉上方，
他的战利品，一位年轻的姑娘
从她自己的部族中被解救出来。（Baca，1987：27）

很显然，白人丈夫的"拯救"不仅没有改变母亲的命运，反而将她送上了不归路，最终连丈夫自己的性命也搭了进去。透过这所谓的"拯救"（saved），我们看到的是母亲比儿子更为不幸的双重失落：她不仅从自己的土地上被连根拔起、离开了象征沙漠自然的"尘土和风滚草"，而且还失去了本民族的语言和文化，而她失去这一切、嫁给盎格鲁白人丈夫的目的——为主流社会所认可、所接纳——不仅没有达到，反倒使自己成为丢失民族之根本、拾取拒绝她"入内"的主流文化之"牙碜"的可怜虫，成为一名名副其实、无根无土、永远在"间质空间"（liminal space）中飘游的文化浮萍。

母亲的不幸在很大程度上是主流社会或权力阶层长期以来对少数族裔共同体从生存环境、文化传统、身份自信等方面进行破坏和蹂躏的必然结果——即使母亲那位贫穷失意的白人丈夫也自恃高出母亲及其所在的族群一等，把婚姻看作是解救母亲出族裔之"水火"的一种英雄壮举，可见主流社会或权力阶层对墨西哥族裔及其文化传统的践踏到了何种程度。玛提内兹在《沙漠美国》一书中指出，即使那些表现美国西部的艺术作品也只是西欧想象的一种投射，是对沙漠自然和土著民的一种浪漫化书写，其结果便是"对他者历史的一种擦除——任何不符合其精神形象和田园臆想的土著民的故事和历史皆在被擦除之列"（Martínez，2012：108）。这其中墨西哥族裔的故事和历史"被擦除"的程度尤甚。巴卡在一次访谈中说，直到今天，许多墨西哥人每天只能挣五美元至八美元，奇怪的是美国历史从来不承认这种延续了数百年的压迫和剥削体制是一种公然的奴隶制度。被奴役的墨西哥人不仅其仪式被剥夺（Keene，1994），而且其名字也被"杀死"，以致他们都忘记了自己的名字（Miera，1994）。这也是巴卡反复强调墨西哥族裔要自强、自尊、自信、自爱的根由所在："你没有必要放弃自己的身份、自己的文化、自己的语言、自己的舞蹈、自己的歌曲、自己的诗歌、自己的绘画而成为一名被同化的盎格鲁人。"（Keene，1994）。

与母亲"主动放弃"本民族的一切、试图通过与白人联姻得到认可的做法不同，马汀的父亲则被迫进城打拼，天真地以为只要他勤奋努力，就可以实现他的美国梦。可在一个墨西哥族裔备受歧视的社会里，他所追逐的美国梦到头来不过是一场美国噩梦，一种不可能成为现实的海市蜃楼。等他明白这一点之后，他已经走投无路，连给自己买一杯毒酒的钱也凑不起来。即便如此，为了不让本族人看到自己的落魄和"无能"，他转移到离本族人更为遥远的都市角落，终因贫穷、疾病和酗酒孤独地惨死街头。且不说父亲的死亡也是其美国梦破灭的一种表征，仅在惨死或肉体消亡这一点上，父亲与母亲的命运何其相似：不管是"主动"的母亲还是"被迫"的父亲，他们最终"殊途同归"，共同在他乡"归"于寂灭。他们的命运何尝不也是许许多多墨西哥人生存境况的真实写照，姑且不论诗歌中舔着空酒瓶的老妇人、割腕自杀的小姑娘、没钱不敢回家的母亲、将孩子作为出气筒的父亲以及为了维持基本生计将"理想一瓶又一瓶喝空"的年轻人（Baca，1987：37）。

倘若我们将诗歌中墨西哥人的肉体和早期白人殖民者的肉体进行一番对比，就会发现，但凡殖民者的肉体所到之处，该处的物理空间就被他们的肉体空间所吞没。与之相反，离开本土的墨西哥人的肉体所到之处不是被挤压便是被排斥，直至它们从物理空间消失。可见肉体除了作为"各种本能之间进行战争的永久性战场"之外（Roszak，1969：93），还是一种政治的空间，十分清晰地反映出美国主流社会对少数族裔人种漠视、异化、迫害的社会现实，一如玛提内兹所指出的那样："在西部，墨西哥身体显得很突出。墨西哥身体讥笑、摇摆、动刀、跳舞、挑逗和引诱、出卖和被出卖、醉酒和垂死,最后成为麻袋中的一颗人头,周围飞旋着嗡嗡的苍蝇。"(Martínez, 2012: 157)马汀对父亲死亡景象的想象也印证了玛提内兹对墨西哥肉体的描写:

> 一个流浪的醉汉,你在弗雷斯科
> 租了一间房子,
> 天花板渗着水珠,地板已腐烂,
> 床垫皱巴成团,混着汗渍和血渍
> 还有精液的斑驳痕迹。
> 你躺在上面
> 痛苦地抓狂
> 在你喝完五分之三的西格兰姆酒之后。
>
> 你坐在自己的骨头木车上
> 朝绞刑架走去①,
> 你的手腕和脚踝被恐怖的黑色带子捆住,
> 你被堵上的嘴发出尖叫——
> 痛苦的你
> 在黑窖一般的屋子里,
> 等着死神的降临。(Baca, 1987: 33)

事实上,父亲(还有母亲)整个的生活在马汀看来就是一种"延长的死亡"(同上: 34)。从某种意义上来讲,父亲和母亲的死亡其实早在他们离开沙漠土地、离开其共同体文化的那个瞬间就已经开始:"父亲,/在黑暗中飘荡,/没有部落的魅力田野/为你指路,/你失去了自尊/与回家的方向。"(同上: 29)在这一点上,马汀的蚯蚓寓意仍然适用于其父其母。马汀与父母的不同之处就在于,尽管他也

---

① 由于诗人形容的是醉酒之后的父亲在床上产生的幻觉或想象,因而这两行诗的意象较为怪诞离奇。

经历了连根拔起、流浪街头、蹲监服刑乃至后来父母双亡的种种不幸,但他始终没有忘记,也没有远离自己的文化之根,始终对自己生活的沙漠地方有一种深深的眷恋,并坚信自己最终会重回大地母亲的怀抱:

> 有天夜里,在孤儿院的小床上,
> 我梦见我的灵魂是干草和泥土,
> 我的身体下边挖开了一个
> 祈祷的凹坑,
> 我用蓝色玉米芯的珠子祈祷,
> 珠子从拇指滑落地面,
> 我心头的鹿皮鼓
> 一直在轻轻敲打,伴我歌唱:
> 所有土地是神圣的,
> 所有土地是神圣的,
> 所有土地是神圣的,
> 所有土地是神圣的,
> 直到一位修女将我摇醒。(Baca, 1987: 17)

常言道,日有所思,夜有所梦,依照弗洛伊德的心理分析理论,所谓的梦实质上是一种精神活动,其深层动机是为了寻求一种满足的愿望,将人们在日常生活中难以实现的愿望在梦境中加以实现,使之得到一种心理上的补偿和满足。依此来看,马汀的孤儿院之梦再好不过地说明了马汀对沙漠土地的依恋之情及其在现实中得不到满足的饥渴之情。这种对沙漠土地的依恋情结既是马汀个人拒绝沉沦的精神支柱,也是以他为代表的整个墨西哥族裔的救赎之道。用诗人自己的话来说,土地记载着他们的生命方式,他们的"心就是地里的根"(Baca, 1989: 12),他们只有回归土地、使自己成为"树的一部分,成为土地上的各种味觉、触觉和视觉"(Miera, 1994)、重拾自己的历史与文化,重建自己的价值体系,才能实现"美好生活之梦想"(Baca, 1987: 38)。这也是后来马汀决定放弃在美国西海岸安家的机会,毅然回归沙漠,"再次成为大地母亲之子"的根由所在(Baca, 1987: 7)。

历经磨难回归故土的马汀从心灵深处感受到一种身份的认同,感受到自己"黑色羽毛的心/在澄蓝的天空/自由地滑翔",并在"祖母放羊、祖父种植玉米和辣椒的山脚下"、在散发着雪松香味的炊烟中找回了自我(Baca, 1987: 38)。可见马汀的回归不仅是一种空间上的回归,也是一种将自我融于家庭和土地,并与土地共存的那种回归,诚如马汀对大地母亲所说的那样:"让你绿色苜蓿的手牵住我,/让你大麦的根扎进我/将我再次拥入你的怀抱,/与白鹭、榆树、太阳一道。"(同上: 8)

巴卡所说的祖父和祖母既是现实意义上的,也是象征意义上的。在他的诗歌和散文中,墨西哥族裔大都从其印第安先祖那里汲取精神养分,马汀也不例外。马汀不仅从祖辈的土地上获得一种新生,而且还回到本民族的历史源头,借助历史的厚重进一步强化土地的神圣及其依恋土地的深层根由,借此为自己的身份明确定位。马汀在柯瑞印第安废墟①(Quarai Ruins)中的沉思和表现是再好不过的例证。该废墟位于玛扎诺山脉(Manzano Mountains)之中,废弃于17世纪70年代,原本是普韦布洛印第安人的居住点,后被西班牙殖民者占领,后者携来的阿帕奇(Apaches)印第安人也在此居住下来。这样一来,该居住点就成为西班牙文化、普韦布洛文化和阿帕奇文化冲突和融合的大本营,并由此诞生了别具一格的其卡诺文化。置身于这样的历史原点和地理空间,马汀产生了一种神秘而又深刻、物质而又精神的顿悟:

> 我进入露天
> 石坑,中虚空空,
> 平整的石门朝东。
> 我抓起一撮红色的黏土

---

① 柯瑞是美国提维什普韦布洛(Tiguex Pueblo)印第安人中的一支,是新墨西哥的先祖。科瑞也指西班牙人和印第安人共同居住的定居点,位于新墨西哥境内美国国家级历史遗址保护区内(http://en.wikipedia.org/wiki/Quarai)。

咀嚼，我沾着泥土祷文的
黑色牙齿对柯瑞说——

哦，柯瑞！重塑我
这沙砾和沉渣，重塑我
这新墨西哥的矿石。（Baca, 1987: 39）

从空间方位来看，马汀回归故土与父母离开故土之间也形成一种强烈的反差。父母的离乡将他们推向死亡，马汀虽然一度被连根拔起，但他最终在回归故土中获得新生。马汀一家从离开故土到儿子回归故土的路径也是一个从死亡走向再生的历程。汤姆·林奇指出，当马汀咀嚼黏土、牙齿上沾满黑色泥土时，他其实已经在本义上与土地完全融为一体（a literal communion with the land）（Lynch, 2008: 82）。林奇所谓的本义也可理解为一种血亲意义上的再生。这是因为，中空的柯瑞既是一个历史和地理的空间，也是一个其卡诺文化诞生的母体，因而当进入母体的马汀再次走出来时，他已经不再是一位历经磨难、伤痕累累的弃儿和游子，而是一位在母亲子宫里重新被塑形、重新获得生命的大地之子，一位以"沙砾""沉渣""矿石"为血肉之躯的土地的后代。由此可见马汀出入柯瑞石坑的意义非同寻常。它一方面让我们看到马汀及其族群对沙漠土地的眷恋是一种神圣的本能，正如孩子对母亲的眷恋一样，因而任何使这种本能阻断的力量或行为无异于作孽，这就无形中对扭断马汀及其父母之神圣情感纽带的社会予以批判；另一方面，我们也看到，马汀只有从灵与肉这两个层面上回归他的其卡诺故乡，并在故乡的土地中扎根，才能在重建自己与土地血肉相连的关系中找回失落的自我，达成对本民族历史与文化的认同，一步步确立起自己的民族身份和民族自尊。这也正是马汀（抑或是巴卡）从沙漠之殇走向沙漠之恋的根由所在。

第五章

全球变暖语境下的气候书写

人类的生存与延续总是与气候紧密交织——依据科学的解释，就连人类的诞生也是源于气候变化的结果——这大概也是气候在不同文化的创世神话中几乎从不缺席的原因所在。从这个意义上来讲，气候也是人类的缔造者。由于气候在"所有的环境因素中最强大，也最具影响力，因而所谓的地理决定论首先表现为气候决定论"（Boia，2005：23）。气候因此成为人类工作、健康、思想、精神、心理等的影响者乃至决定者，渗透到人类衣食住行的各个方面。当今全球范围内备受关注的气候变暖现象自然不在话下。

从影响的广度和深度来看，气候变暖已经成为当今世界所面临的最为严峻的一种挑战。气候变暖业已引发的可怕灾难及其行将导致的严重后果使之必然地成为各国关注的焦点，如尽人皆知的厄尔尼诺现象（El Niño Phenomenon）所造成的全球气候异常和极端天气就是再好不过的明证。20世纪80、90年代以来在美国已经形成"气候"，且以气候为主题的各类文学、电影电视、报刊媒体、学术著作、科普读物、会议演讲、课堂讨论等等，共同担当起了对气候变暖命题的多维探索。在这一历史语境下，当代美国生态诗歌对气候的关注和书写也就成为一种必然，其别具一格的气候诗学和气候伦理值得我们深入探讨和思考。

第一节 气候变暖的科学与诗学

与本书第四章沙漠居民对常规气候或天气（尤其是降雨）的关注不同，气候变暖表征的是一种非正常的气候现象，而表征气候变暖的诗学必定也与传统的气候诗学有别。为此，我们首先有必要就气候变暖的具体内涵加以说明，尽管这可能已经是一个"尽人皆知的故事"（a twice-told tale）。

一 气候变暖的事实、影响与根由

气候变暖是指全球气温与海水温度的持续上升。从 20 世纪初期到现在，全球气温与海水温度平均上升了 0.8 摄氏度，这其中约 2/3 的增幅出现在 1980 年之后。作为普通老百姓，我们或许感觉不到这样的增幅会有什么实质性的影响，但作为气候学家，他们十分清楚地知道，至少在过去 10000 年的时间里，这样的增幅是前所未有的，而一个"不断变暖的世界也是一个不断融化的世界"（Garvey，2008：9）。据统计，海平面自 1960 年以来平均每年上升 2 毫米，而在 1993 年至 2003 年期间平均每年上升 3 毫米。海平面的加速上升不仅意味着海水自身因气温的升高而不断"膨胀"、不断"扩容"，而且也意味着南极和格陵兰冰川的持续消融。

那么冰川消融的程度又是如何呢？与 20 世纪初期相比，在最近 20 年的时间里，北极夏天冰层的厚度整整削减了 40%，而极地之外的冰川和永久性冻土也在大面积消融。在这样一种情势下，曾经被奥维德描写为"积雪经年不化，天若雪，非太阳或雨水之力可融之"的黑海之滨如今已经成为温暖宜人的夏季度假胜地（Ovid，1988：137）；曾经被莫尔（Thomas More）想象为理想社会的乌托邦——一个被大西洋环绕、由许多个小城市构成的月牙形半岛——无论其体制多么完善，生活多么美好，倘若构成乌托邦天然"屏障"的海水不断上升，那么乌托邦最终会成为其本来意义上的"乌有乡"①。

事实上，这样的"乌有乡"在现实世界中已经陆续出现。位于南太平洋的卡特里特群岛（Carteret Islands）将于近年被海水完全淹没，

---

① "乌托邦"（Utopia）是莫尔用希腊语为其名著《乌托邦》（1516）虚构的一个地方。该词的"u"部分源于希腊语的"οὐ"，意为"not"，该词的"topia"部分源于希腊语的"τόπος"，意为"place"，二者连起来便是"no-place"即"无有此地"之意，故云"乌有乡"。

岛上 2500 多名居民已经被迫全部撤离。跟卡特里特群岛相类，图瓦卢也是全球气候变暖最早、最直接的受害者之一。图瓦卢许多地方的海拔不足 1 米，可海平面平均每年以 5.7 毫米的速度上升。图瓦卢前首相索本嘉（Saufatu Sopoanga）在 21 世纪初联合国会议上说："我们时刻生活在恐惧中，生活在气候变化之负面效应的恐惧中……威胁是真实的、严肃可怕的，这跟缓慢阴险的恐怖主义没有什么两样。"[1] 想想看，当图瓦卢整个国家最终被海水淹没时，那将是一幅什么样的末日景象！紧随图瓦卢和卡特里特群岛的将是马尔代夫、所罗门群岛等其他数十个海拔很低的太平洋岛国和地区。在这些岛国和地区逐一消失之后，谁又能保证同样的命运永远不会落到他们本人或其子孙后代的身上呢？根据科学的预测，如果地球上所有的冰川融化，海平面上升的幅度将达到 70 米左右，届时地球上人口密集的海滨城市都将浸泡在海水之中，真正成为爱伦·坡笔下阴森恐怖的"海中之城"（the city in the sea），或是伯拉德（J. G. Ballard）笔下被淹没的世界的现实版[2]。

或许有人会说，即使爱伦·坡或伯拉德笔下的水中之城不幸成为现实，那也是一个遥远的、属于未来的现实。然而，就在这个末日般的未来成为普遍的现实之前，就在第二个千禧年刚刚开始之际，被迫迁徙的卡特里特群岛居民和整天"生活在恐惧中"的图瓦卢人已经沦为现代历史上首批环境难民（environmetal refugees）或曰气候难民（climate refuges），率先体验到了或正在体验着所谓的属于未来现实的况味。环境/气候难民[3]是指那些因水灾、火灾、干旱、地震、飓风等自然灾害被迫暂时或永久性离开其居住地的人，他们失去家园的同时

---

[1] 参见 Tuvalu and Global Warming（http://www.tuvaluislands.com/warming.htm）。

[2] 参见爱伦·坡描写死亡的诗歌《海中之城》（"The City in the Sea"），载于《英诗 300 首》，第 534—538 页。伯拉德的科幻小说 The Drowned World（1962）以气候变暖的第三个千禧年为背景，对地球未来的景象予以想象和描写，其中最具代表性的场景便是地球上许多城市被水淹没，只有零星的楼顶露出水面。

[3] 该定义参考了联合国环境项目（The United Nations Environment Programme）对环境难民的界定（http://geography.about.com/od/globalproblemsandissues/a/environmentalrefugees.htm）。

也失去了食物以及其他可资生存的资源。环境难民也指那些在灾害发生后仍旧留在原住地，但其生存或生活质量已受到严重影响的人。

作为现代历史上第一批环境难民，卡特里特群岛居民和图瓦卢人的境遇尽管十分不幸，但至少他们还有其他的选择，还可以选择搬迁到其他相对安全的地方去，这与未来无处可去、无枝可栖的环境难民相比，他们的境遇还不算是最糟的。但不管怎么说，环境难民的出现无疑是自然对人类发出的又一警告：所谓的未来其实就在眼前，所谓的科幻已经部分地成为现实，尤其当环境难民的数量越来越大、涉及的范围越来越广的时候。根据国际红十字会与红新月会国际联合会（International Federation of Red Cross and Red Crescent Societies）的一份统计资料来看，截至2001年，全球环境难民的数量约为2500万人。这个数字是全球政治难民的2倍，也远超战争难民的数量[1]。另据2011年2月25日《北京商报》援引外国专家的话说，到了2020年，全球环境难民的数量将达到5000万，而到2050年将达到6个亿。如此庞大的难民人数绝不是局部地区面临的问题，而是一个全球性的问题；不仅是发展中国家的问题，也是发达国家的问题。环境难民的全球化趋势将对本国、本地区和国际社会的政治、经济、社会、军事等各个方面产生严重的影响，姑且不论环境难民自身的安危与生存。

自然，环境难民即人类绝非气候变暖的唯一受害者。动物、植物乃至整个生态系统都不能幸免。据《自然》杂志上的一篇论文论证说，到了2050年，地球上将有100万种动植物物种濒临灭绝（转引自Boia，2005：159）。很显然，动植物物种的灭绝幅度与环境难民数量的飙升是成正比的。这是因为，无论是动物还是植物，为了在不断变暖的气候条件下谋求生存，它们都会本能地向纬度更高、气候更凉爽的地方靠近，由此而引发的规模巨大的迁移活动必将造成生态结构的断裂，进而加剧岌岌可危的自然系统的失衡，导致新一轮自然灾害的发生和新一轮环境难民的出现，最终引发新一轮加剧毁灭的恶性

---

[1] 参见该联合会2001年有关灾难的年度报告（http://www.ifrc.org/Global/Publications/disasters/WDR/21400_ WDR2001.pdf）。

循环。

　　回过头来看，全球平均气温到 20 世纪 80 年代虽然只升高了 0.8 摄氏度，但就是这区区的 0.8 摄氏度已经对整个星球的各部分组成产生了巨大的影响——从冰川到冻土，从海洋到气候模式，从土地到天空，从动植物到人类。按照目前的预测，到 21 世纪中叶，气温将升高 0.8 摄氏度至 2.6 摄氏度，而到了 21 世纪末，气温将升高 1.4 摄氏度至 5.8 摄氏度。不难想象，倘若这样的预测成为现实，那么随之而来的将是各种不堪应对的生态灾难和极端气候灾难。

　　面对如此严峻的气候灾难威胁，斯洛维克教授在《文学与环境跨学科研究》（ISLE）[①] 期刊推出的气候专辑中指出："世界终于到了知悉全球变暖之意义的时候。"（Slovic，2014：2）斯洛维克所说的"意义"不外乎全球变暖的事实、影响、原因和应对措施等几个方面。诚如我们在前文所说，对于全球变暖的事实和影响人们已经达成共识，但对于全球变暖的原因仍然存在两种截然不同的看法。一种认为全球变暖是自然自发调节的结果，这种自然之力远远超出人类掌控的范围，因而谈不上是人类的行为所致。持这种观点的影响人物多半来自政界，如美国前议员英霍夫（James Inhofe）和麻省前州长罗姆尼（Mitt Romney）等[②]。另一种观点认为，人类行为是气候变暖的主要根由，原因是现代工业大量采用煤炭和石油，二者排放出来的温室气体（greenhouse gas）尤其是二氧化碳既污染了空气，又将太阳能困在大气层中散发不出去，由此导致整个地球气温的上升。

　　[①] 全名为 *Interdisciplinary Studies in Literature and Environment*。该刊是全球"文学与环境研究学会"（Association for the Study of Literature and Environment）的核心刊物，由牛津大学出版社出版发行。

　　[②] 英霍夫和罗姆尼的观点遭到环保主义者的强烈抨击。环保主义者认为他们是站在石油和煤炭资本家的立场上说话，是出于政治的目的。另据美国 CBS 新闻报道，罗姆尼在与奥巴马竞选总统时已经改变了他对气候变暖的最初看法，承认人类确实对气候变暖负有不可推卸的责任（分别参见 Phil Plait, "The Neroes of global warming"：http：//blogs.discover-magazine.com/badastronomy/tag/james – inhofe/；Coral Davenport, "Mitt Romney's Shifting Views on Climate Change"：http：//www.cbsnews.com/news/mitt – romneys – shifting – views – on – climate – change/）。

从目前的情况来看，持"人为说"者显然占据绝对的优势。这不仅是因为全球90%以上的科学家都将全球变暖归咎于温室气体的排放，而且还因为这种科学底气十足的"人为说"已经发展成为一种主流话语，为越来越多的普通大众所接受。这其中最具说服力的莫过于联合国政府间气候变化专门委员会①（以下简称 IPCC）提交的评估报告。IPCC 是公认的、迄今为止全球研究气候变化最权威的国际机构，它有关气候研究的评估报告由数百名首席科学家撰写，另外它还召集了数百名其他专家学者来补充或提供相关领域的专门知识。据伽维研究，从1990年到2007年，IPCC 共发布了4次权威性评估报告，这4次评估报告对人为因素对气候变暖的影响认定经历了一个从不确定到确定再到十分肯定的过程（Garvey，2008：15）。倘若伽维再阅读一下2014年 IPCC 发布的第五次评估报告，就会发现情况也是如此。IPCC 在不同时期发布的评估报告已得到美国、加拿大、法国、英国、德国、意大利、巴西、俄国、中国、日本、印度等国的一致认可。IPCC 有关气候变暖的权威性结论已经成为一个不争的事实。

既然气候变暖的根由是人类，那么就只能通过改变人类的思想和行为来遏制、延缓、解决气候变暖问题。气候变暖由此从一个政治和科学的命题变成了一个道德和文化的命题，甚至于成为一个气候宗教（Religion of Climate）的命题。自然，所有这些命题都可以在相应的气候书写中得到很好的诠释。

二 气候诗学：传统与当下

纳博科夫有句名言："没有幻想就没有科学，没有事实就没有艺术。"② 科学为人们提供了强有力的关于气候变暖的事实依据，让人们

---

① 该组织的英文全称是 The Intergovermental Panel on Climate Change（IPCC），中国气象局网页对其功能和目标有详细说明（http：//www. cma. gov. cn/2011xzt/2013zhuant/20130925/2013092503/201309/t20130925_ 227109. html）。

② 参见 BookBrowse's Favorite Quotes（https：//www. bookbrowse. com/quotes/detail/index. cfm/quote_ number/383/there – is – no – science – without – fancy – and – no – art – without – fact）。

找不到借口为自己的行为开脱。相比之下，科学主要是在宏观事实的层面上发挥作用，文学主要是在微观情感和美学的层面上发挥作用；科学针对的读者对象更具群体性，文学针对的读者对象更具个体性。群体性固然意味着高效，但个体性更不可小觑，因为群体行为的改变归根结底有赖于个体行为的改变。从这个意义上来讲，文学借助想象改变世界的力量丝毫不亚于科学。文学既然可以改变人类想象自己的方式，也就有可能改变人类与气候的关系，进而对减缓气候变暖有所作为。

从源头上来看，文学中的气候书写有着跟文学一样古老的传统。纵观古往今来的文学经典，不同时代的作家和诗人对天气和气候的描写、再现、解读以及借用天气和气候来表征人类情感、思想、想象的书写可谓比比皆是，层出不穷。如在《圣经》中，上帝用大洪水来惩罚人类，用吗哪（manna）来奖赏人类。在《哀怨集·黑海书简》(*Tristia*, *Ex Ponto*) 中，奥维德试图通过对流放之地极寒天气的描写来赢得当权者对他的同情乃至赦免，而他在《变形记》中所讲述的伊卡路斯（Icarus）的故事也与天气有着密切的关系：倘若伊卡路斯飞离克里特岛（Crete Island）的那天是阴天而非晴天，那么伊卡路斯的命运或许就要重写。在"胡马依北风，越鸟巢南枝"（《行行重行行》）和"今日大风寒，寒风摧树木"（《孔雀东南飞》）这样的古诗词中，言说者显然也是借助气候和天气来象征一种思念和绝望之情。陶渊明的《桃花源记》虽然没有直接涉及气候，但渔人看到的芳草和落英已然说明桃花源里的气候相当宜人。与世外桃源相类的阿卡迪亚和莫尔笔下的乌托邦也是如此。英国生态批评家吉弗德在《田园诗》(*Pastoral*) 一书中也数次提到气候因素对田园诗话语的建构作用（Gifford, 1999: 45, 47, 79）。

在《乌托邦》第二卷里，莫尔也提到人们怎样储存雨水和建造房屋。他们建造的屋顶不仅经济防火，而且还可以抵御恶劣的天气，而他们的窗户则大量使用挡风但却不挡光的玻璃。我们知道，阿卡迪亚是田园想象的典范，乌托邦是理想社会的愿景，二者最吸引人的地方是远离压迫和剥削，人人皆可过上自由平等的生活（除乌托邦里的奴隶之外）。然而即使超然如阿卡迪亚和乌托邦者，也无法不与无处不在的气候发生关系。出于这样的原因，风雨雷电、干湿阴晴、严寒酷暑等气候和天气现象总是或多或少、或隐或显地"跻身"各类文学作品，勾勒出一道道气候书写的风景。

美国现当代诗歌之气候书写就是其中十分抢眼的一道风景。回望过去一个世纪以来的美国诗歌，无论是秉承传统的诗歌还是打破传统的诗歌，都对气候表现出一种持续的关注，关注的模式大体分为两类：一类是现实主义的，另一类是象征主义的。当气候被"译成"大自然的语言时，诗人更多地倾向于现实主义；当气候被用作比拟人类情感和经验的媒介时，诗人更多地倾向于象征主义，譬如惠特曼的《雨之声》（"The Voice of Rain"）采用的就是典型的现实主义手法[1]，而桑德堡（Carl Sangburg）的《风之歌》（"Wind Song"）采用的是典型的象征主义手法[2]。在很多情况下，一首诗歌对气候的表征既可能是现实主义的又可能是象征主义的，如史温森描写现代科技使天气失去美与神秘的《天气》（"Weather"）一诗就属此类[3]。

卡戴弗在《气候与天气百科大辞典》（Climate and Weather Encyclopedia）中对文学表征气候的"两面性"特点的描述自然也适用于诗歌：

> 天气的语言特征就在于，天气总是很快可以成为交谈的话题。作为交际的模糊空间，文学天气不断生产语言，传达信息，并为叙事提供条件。从风传来信息到信息被暴风吹走到象征上帝与其选民之间达成契约的彩虹的出现，从表征英雄人物激情澎湃的暴风雨到哥特式小说中不可或缺的"漆黑的、狂风呼啸的夜晚"，天气一直以来就是交际的媒介……
>
> 语言与天气之间的纽带十分明显地体现在我们对天气的理解

---

[1] 参见 *The Complete Poems of Walt Whitman* (1975)，第537—538页。

[2] 参见 Louis Untermeyer 主编的 *Modern American Poetry*, *Modern British Poetry* (1950)，第221页。

[3] 参见 May Swenson 著 *Nature: Poems Old and New* (1994)，第66页。

上面——作为一种文本，一种阅读的符号体系——即使这些符号是有关风速、云彩形成和雾气消散的模糊文本（Cadava，2011：235—236）。

卡戴弗所采用的"模糊"（nebulous）一词很好地诠释了天气的悖论性特征：它既有着特定季节的规律性，又有着日常活动的不确定性；它既可以指认（allusive），又难以捉摸（elusive）；它既是形而下的，又是形而上的。随着20世纪80年代以来全球变暖的不断加剧和各种极端气候的频繁出现，美国文学对气候的这种悖论性诠释也在不知不觉间"变暖"或"升温"，其表征气候的"风向"也发生了改变。所谓"变暖"或"升温"是指作家和诗人对气候表现出前所未有的关注；所谓"风向"的改变是指气候除了一如既往地提供"交际的媒介"和"叙事的条件"之外，还被赋予交际和叙事的主体地位，获得一种政治的、经济的、社会的、伦理的以及耶利米（Jeremiah）式的警示性内涵。这也就是说，气候变暖所引发的反常现象已经使传统的气候诗学话语产生了不适。为此，当代美国生态诗人以及其他作家和艺术家分别采取一系列与之相应的诗学策略、叙事手法和话语模式来想象和表征日益变暖的气候，以达到警示和教育读者的目的。

总的来看，针对全球气候变暖的气候书写大体可归结为以下三个方面的内容。

一是对个体经验或事件的观察、描写与反思。这类书写以小见大，通过个人观察到的某种动物、植物或是天气的反常来表明叙事主体对全球气候变暖的担忧、不安、沮丧、愤怒、勇气等种种不同的情感反应，借此表明气候变暖不仅意味着大范围内极端气候或天气的出现，也意味着看似不起眼的、悄无声息的日常变化的发生，而且已经对特定地方的生物共同体产生了显而易见的负面影响。霍尔姆斯（Steven Pavlos Holmes）主编的小说和诗歌集《面对变化：遭遇全球变暖》（*Facing the Change*: *Personal Encounters with Global Warming*，2013）中的《观察》（Observations）部分、肯索沃（Barbara Kingsolver）的小说《飞行行为》（*Flight Behavior*，2012）、约翰·恩格斯

(John Engels)的诗集《天气恐惧》(*Weather Fear*, 1983)以及缪顿主编的诗集《感受压力》(*Feeling the Prsessure*, 2008)中的部分诗歌就属于此类书写。此类书写的优点是将公众的气候体验内化为一种个体的诗学策略,避免了气候诗学话语中将"全球事实与地方价值相分离,仅仅投射出一种新型的、使全球形象整齐划一"的弊端(Woolley, 2014:179)。这样的个体书写尽管也是一种基于地方和家园忧患意识的气候书写,可如果我们将不同作家和诗人围绕不同地方的气候所描绘的一幅幅画面并置一处,就会看到一幅全球气候变暖的总体图景。

二是通过对灾难的想象和描写来警示世人。这类书写主要针对极端气候所造成的灾难展开,包括对现实灾难的见证式描写和对未来灾难的想象式描写。所谓见证式描写是指叙事者或见证人主要凭借亲身经历来讲述极端气候所造成的种种损失、苦难、不幸、死亡等;所谓想象式描写是对尚未发生但却很有可能发生的灾难的一种预见性描写。前文所说的《被淹没的世界》、索贝尔(Adam Sobel)的《暴风汹涌》(*Storm Surge*, 2014)等小说以及里汀的《零下273.15度》(*-273.15*, 2005)、安斯特利(Neil Astley)的《地球在破碎》(*Earth Shattering*, 2007)和格莱姆(Jorie Graham)的《海洋变化》(*Sea Change*, 2008)等诗歌集中的全部或部分诗歌就是此类书写的典型。对极端气候灾难的书写又以无数生灵大规模受难场景的描写和想象居多。书写者所面临的主要挑战是如何将如此规模的生态灾难付诸语词。鉴于此,他们对新的语词的求索也就表现为对传统气候话语的一种解构和建构,为的是将其改造成一种经过深度调整的、应对气候灾难的紧迫诗学。

三是对诱发气候变暖行为的担忧、谴责以及对气候伦理的呼唤。全球变暖的根本原因乃是发达国家和发展中国家中上阶层过度消费的结果,因而对物质的无限贪取已成为全球气候变暖的最大威胁。道理再明显不过:持续不断、规模巨大的物质生产、运输乃至消费必将导致能源的大规模消耗和温室气体的大规模排放,而最早或受冲击最大的环境难民却恰恰是那些消耗能源最少、最贫穷的弱势群体。这就凸显出全球气候变暖的一大悖论,即富人享乐和消费,穷人受难和买单。当今许多欠发达国家和地区的气候难民其实就是发达国家和地区过度消费的受害者。如此一来,气候变暖问题也就成了一个十分突出的伦理问题。人们的日常选择诸如出行的方式也就不可避免地与气候伦理挂起钩来。任何对气候有益的行为实际上也是对贫穷阶层、对非人类自然和子孙后代有益的行为,因而任何一位具有伦理意识、在乎环境难民和子孙后代生存环境的公民首先应该是一位低碳出行、低碳消费的地球公民——有些学者甚至还将低碳行为看作是一种爱国主义的表现(Handley,2014:30)。这大概就是气候伦理书写关注的主要内容。读者只需翻开安斯特利主编的诗集《地球在破碎》以及 ASLE (Winter,2014)期刊,就可看到该诗集和该期刊的伦理书写分别集中在《榨取》(Expolitation)部分和《控诉》(Indictment)部分。

这里要说明的一点是,以上分类只是为了便于论述,因为现有的气候书写远比这要复杂得多。它有可能各有侧重,也有可能是两种乃至三种不同书写的结合,还有可能是其他一些类型的书写,如诺亚式、致歉式、歌颂式等。但无论是再现现实的气候灾难还是想象未来的气候灾难,无论是对气候本身的观察描写还是对人类气候伦理的呼唤吁请,气候书写都离不开这样一个核心命题,即什么样的诗性语言和策略才能打动读者、警醒读者,并达到改变读者的观念与行为的目的?接下来我们来看当代美国生态诗歌对这个问题的诠释。

第二节 灾难的兆象与末日想象

法国著名空想社会主义者查尔斯·傅立叶(Charles Fourier)心目中的理想社会同时也是一个气候变暖、冰雪融化的社会,在那里人类的进步与气候的"田园化"是同步进行的:"当整个世界向农业开放时,像西伯利亚和加拿大北部这类未开化之地的气温将升高 5—12 度,北极和南极也将享有几乎与安达鲁西亚①和西西里一样的气候。"

---

① 安达鲁西亚(Andalucia)系西班牙南部一地名。

(转引自 Boia, 2005: 89) 在傅立叶之前, 莎士比亚曾将自己心目中的爱人/朋友比作"温婉的夏天"(a summer's day), 将有情人终成眷属的美好比作仲夏夜之梦; 在傅立叶之后, 雪莱也在《夏天与冬天》("*Summer and Winter*") 一诗中讴歌夏天, 排斥冬天, 正如他在《西风颂》中所表现出来的那样——"冬天来了, 春天还会远吗?"可当傅立叶、莎翁、雪莱等人期待寒冷地带的气候能够变暖, 或是讴歌夏天的美好之时, 他们大概不会想到, 在短短不到两百年的时间里, 尤其在气候持续变暖的 20 世纪中下叶, 炎热的夏天不仅无什么"温婉"可言, 而且还被赋予一丝令人恐怖的、焦虑的色彩, 而曾经被他们排斥的极地气候如今反倒成了人们向往的香格里拉①。这种从喜夏厌冬到喜冬厌夏的戏剧性易位正是气候变暖焦虑的一种投射。当代美国生态诗歌对反常季节、反常气温的书写以及末日场景的想象也是如此。

一 灾难的兆象: 气候变暖之焦虑表征

我们先来看安格巴比 (Patience Agbabi) 的《秋老虎》("*Indian Summer*") 一诗。诗歌这样写道:

> 9月有90天
> 因为10月和11月
> 一个接一个被删除
> 仅剩这美好而孤独的一天
> 凭借它寒冷清澄的天空
> 拆解着一年的时光。(Astley, 2007: 200)

这是诗歌序言部分, 诗人旨在突出气候的反常。"秋老虎"的意思很明确, 即尽管是秋季, 但气温丝毫未降, 跟夏季没什么两样。这样的气候已属反常, 更为反常的是, 这只秋老虎盘踞的时间居然长达 90 天, 致使短暂的冬天愈发显得弥足珍贵。"美好而孤独的一天"尽

---

① 参见 Sara Wheeler 在 *Terra Incognita: Travels in Antarctica* (1996) 中对南极的描写。

管是一种夸张，但也形象地反映出夏天对冬天的挤压和消弭，其轻松程度就如人们在电脑上"删除"（delete）文档一样。在诗歌正文部分，诗人通过不同的诗章来凸显气候反常的原因和后果，其中《重访十月黎明》("October Dawn Revisited")是对灾难的一种想象，《海啸》("Tsunami")是对灾难现实的一种回顾，《摄氏37度》("37℃")和《工蜂摇篮曲》("Lullaby for a Worker Bee")描写反常的气候对人类和动植物的影响，而《二氧化碳经济学》("$ECO_2 conomics$")则借助飞机意象突出气候反常的主要原因。我们重点来看《重访十月黎明》和《工蜂摇篮曲》这两个部分。

《重访十月黎明》是安格巴比对英国桂冠诗人特德·休斯《十月黎明》("October Dawn")一诗的仿写。休斯的诗歌主要围绕一只半空的、置放了一夜的酒杯展开，诗人从10月黎明时分的一杯残酒联想到冰川世纪的来临，继而联想到冰川对世界之火的覆灭，借此表达残杯剩酒带给他的冰冷和孤寂之感（Astley, 2007: 200）。在安格巴比笔下，同样时段的半杯残酒由于秋老虎的肆虐给人的感觉就好似半杯水银，在"沉重的仇恨中上升/摄氏也罢，华氏也罢"，直至残酒溢出酒杯，直至酒杯也在"炽热中融化"，"烧焦了膜拜它的双唇"（同上：201）。

很显然，水银的上升就是气温的上升。跟休斯一样，诗人起初也从酒杯和杯口上唇膏的印迹联想到与酒杯和唇膏形状相似的石笋和钟乳石（一种典型的冰川地貌），但反常的气候却让诗人在冰川地貌中闻到了春天万寿菊和夏天水果的味道。这样的花香和果味似乎在暗示这样一种趋势，即冰川很有可能由原来的高寒之地融化为鲜花和水果飘香之地。这种空间方位上的"乾坤大挪移"看似很诱人，实则意味着"烤焦双唇"的灾难的来临，而"膜拜"（worshipped）一词显然透着诗人对奢靡或过度消费的一种批判，亦即对灾难根源的一种揭示。

安格巴比笔下的花香和果味就是灾难降临的一种征兆。我们知道，灾难的降临往往是有先兆的，一些有悖常规或常理的信号、迹象或行为往往就是灾难降临的先兆，如众所周知的预示巴比伦陷落的

"墙上的书写"（handwring on the wall）就是典型的例证。气候灾难也不例外。相对于其他类型的灾难而言，威胁人类未来生存的气候灾难或许是因为规模太巨大、程度太残酷、后果太严重的缘故，已经频频向人类发出警示的信号，其中最明显不过的便是自然运行机制的部分紊乱。在安格巴比笔下，灾难的兆象不仅体现在肮脏空气对孩子健康的损害中（《摄氏37度》），而且也体现在蜜蜂生活习性的改变上面（《工蜂摇篮曲》）。诗人告诉我们说，即使到了冬天、到了夜晚，工蜂仍无睡眠之意，而是频频出席晚会，希望能够成为"舞会上最美的美女"，尽管供它采蜜的薰衣草"早已在夏天的疏漏中衰微"（Astley, 2007: 202）。很显然，"舞会"和"美女"是一种暗喻，暗示蜜蜂正常的活动习性已经被改变，因而即使到了冬夜它们仍然处于亢奋状态。当言说者唱着摇篮曲哄蜜蜂入睡时，蜜蜂回答道：

我无法入睡，因为空气太腻暖
因为秋天成了夏天，冬天成了春天。
我只能在伤害你之后才能入睡，
我只能在失去我的刺之后才能入睡。（同上：202）

我们知道，蜜蜂失去刺或者说"伤害"人的同时也意味着自身生命的终结。蜜蜂无法睡眠除非它在死亡中睡眠，可当死亡成为解决问题的唯一办法时，这个世界大抵也就步入十分危险的境地了。蜜蜂不能安眠的原因乃是气候的反常，说白了就是夏天过长，冬天过暖。更为糟糕的是，每当人们听到"自有气象记载以来/最温暖的春季在11月终结"这样的报道时（同上：199），接下来的天气播报十有八九会再次打破该记录。随着记录一次次的被打破，被刷新，自然发出的警示信号也就变得越来越明显、频繁、多样。也许是因为如此，那些预示灾难的兆象在人们眼里反倒成了一种习以为常的现象。

生态诗歌书写气候的宗旨之一便是要人们从这种熟视无睹的麻木状态中警醒过来。葛兰姆的《体现》（"*Embodies*"）一诗就很有这样的意味：

深秋，出了差错，李子树绽放，十二朵

　　鲜花，绽放在三个不同的

　　枝干上，这在我们看来，根本就不算有花，相对于来年的春天

　　或仅仅就那几个枝干而言，那上边

　　刚刚

　　突然间，落了一只灰黄夹杂的候鸟——还在这儿啊——松脆着，

　　扩撑着出了差错的

　　空气，从一个枝干跳到另一个

　　枝干，然后静止不动——非常安静——呼吸着氧气……

（Graham, 2008: 6）

　　鲜花绽放原本是一件令人惊喜的事，可反季鲜花的绽放却是一件令人惊心的事。乍看起来，李子树只是绽出了几朵小花，且分布在不同的枝干上，其数量之少几乎可以忽略不计。诗人为此特意将"十二朵""鲜花"和"枝干"这三个主体意象置于不同的诗行空间之中，同时又借来年春天繁华满枝的"空时体"景象来反衬反季鲜花的稀疏。虽说反季鲜花已经是一种不祥的征兆，但由于稀疏或稀少很容易被人们忽视，因而诗人一起笔就指出这是一个错误，这个错误因候鸟的"突然"现身而愈发显得严重：不仅树木出了差错，树上的鸟儿也出了差错，而出错的原因就在于空气的不断升温。诗人运用"突然间"（suddenly）一词和"还在这儿啊"一句来构成一种张力，烘托出一种"鸟惊心"的事态。之所以说它是一种张力，是因为"突然间"是一个紧张而富有悬念的词，让人感觉到发生了意想不到的事，可等言说者看明白之后，却发现栖落枝头的鸟仍旧是夏天的鸟，它压根就没走，于是不由自主地对鸟（抑或对自己）说了句"还在这儿啊"的独白。虽然只有寥寥数语，却传达出一连串悬念、紧张与恍悟之间的跌宕起伏；之所以说是"鸟惊心"，是因为空气已经被加热到难以为继的地步，而鸟却一个劲地使之不断"松脆"（crisping），不

断"扩撑"(multiplying),其中暗含的爆炸性灾难后果不言自明。

为了进一步表明这种所谓的美好是一种灾难的兆象,诗人在诗歌末尾似乎看到千年的鲜血在流淌,为的是"阻止/未来,阻止/远处平原上的千军万马,/他们武器的寒光在鸟的眼中闪耀"。令言说者感到不寒而栗的是,这支灾难大军(即洪水)已经在花的绽放和鸟的鸣叫中"启程,/所谓的银河已经在奇怪地膨胀翻转"(Graham,2008:7)。就这样,诗人从当下几朵花、一只鸟的小小的兆象空间揭示出人类与未来势不可挡的灾难大军对峙的广袤空间和可怕后果,令读者不得不叹服其想象力之奇崛。与此同时,读者也对自己习以为常的反季兆象有了更加清醒的认识。事实上,作为一名普利策奖获得者,一名以书写哲学、美学和道德主题而闻名的当代诗人,葛兰姆也因《海洋变化》诗集被《出版周报》(*Publisher's Weekly*)誉为我们时代"最令人敬畏的自然诗人"[1]。可以说《体现》一诗部分地印证了这一点。

许多时候酷热难耐的夏天本身就是未来气候灾难的兆象。在《晚期生活》("*Later in Life*")中,葛兰姆通过早晨的光景来衬托夏天的酷热:"夏天的酷热,一大早/就围在那里。它压低人们呼喊的音量……连空间也被夏天热薄,变成一个不受干扰的存在。"(Graham,2008:19)这种将酷热空间化并将空间本身"薄化"的手法颇具匠心。

另一位诗人麦柯姆(Davis McCombs)借用人们熟悉的意象和夸张的手法来描写夏天:"这是砖窑的时间,这是塘底起壳的时间,/甚至月光也能烤焦耷拉下来的包谷穗子。"(Fisher-worth & Street,2013:395)在短短两句诗行里,诗人就跨越了从火到水、从天上到地下、从白昼到夜晚的空间和时间,从不同的侧面呈现出一幅酷夏的干旱景象。与麦柯姆相似,赭麦茵(Sheryl St. Germain)也这样描写夏天的酷热:"夏天已经热到让祖先的骨头也冒汗,/以致他们在墓穴中抱怨个不停"(同上:510)。如果我们将这几位诗人的描写作为一个整体来看,就会发现不断升温的气候是如何让夏天变得如此不悦人,即使

---

[1] 参见《海洋变化》封面。

到了清晨和夜晚,人们也很难觅得片刻的清凉。如此一来,不要说地面上的活人,就是地下的死人也给热得无法安眠!用科恩的话来说,"夏天已经成为一个令人恐惧的季节"(Cohen,2014:56)。

自然,当夏天的美好开始褪色时,冬天就成为诗人讴歌的对象。如约翰·恩格斯的咏冬诗:"跟往常一样,下雪了。/屋顶绽放着新冰的鲜花。"(Engels,1983:65)除了风景很美,冬天给人的记忆也很美:"外边飘着流畅的雪,/让我浮想联翩,那些逝去的人/——在眼前浮现。"(同上:101)但是,随着夏天的变味,冬天并不总是"跟往常一样"如期而至,而且即使到了冬天,那种白雪飘飘、寒风刺骨的景象和感觉也未必会有,正如皮特森(Jim Peterson)在《没有伤冻》(No Bite)一诗中所描写的那样:

> 山里的爪印
> 不够多,
> 雪不够厚
> 山坡没有变深。
> 隐蔽的眼睛
> 不够多,
> 风不够大
> 视线不够模糊。
> ……
> 冬天的空气
> 不够凛冽。(Fisher-worth & Street,2013:427)

诗人在这里列举的冬景元素,诸如爪印、雪、动物、风和空气等,都已经失去了以往冬天的阳刚之气、凛冽之风和冒险精神,而失去这一切就意味着生活没有了奔头和挑战,意味着我们的"词语中不再有足够的血液"。这样的变化和失落何尝不也是未来气候灾难的一种兆象?当这些兆象出现时,人类失去的可能是一种精神、一种磨炼和"留存于墨迹中的故事"(同上:427),可当兆象预示的灾难真正降临时，人类失去的何止这些！为此，诗人对冰雪的向往、对寒冷的执着就成为他们表达气候变暖焦虑的又一方式。如诗人弗琳特（Rose Flint）这样写道："有时候我在梦里见到雪……/梦醒之后，失落跟死亡一样强烈……我在长大，我在一天天长大，可就是没见过下雪。"（Munden，2008：81）再如约翰·恩格斯的诗行："到时候了，我得考虑/我还能走多远/在寒冰刻出来的路上。"（Engels，1983：22）

除以上描写灾难兆象的诗歌之外，还有不少诗歌专注于描写无兆象（omenless）的气候灾难。所谓无兆象并不是指兆象的完全缺失，而是指由于隐蔽、遥远、无形、微妙、无痕等原因，兆象不被常人所觉察。比起有兆之灾来，无兆之灾显然更加令人惧怕，对读者的触动也更深。济慈在《希腊古瓮颂》（"*Ode on a Grecian Urn*"）中说过，"有声的音乐虽美，但若无声/则更美"（顾子欣，1996：343）。如果套用济慈的话来说，那便是"有兆的灾难虽恐怖，但若无兆/则更恐怖"。下边我们具体来看这类"无兆"之诗：

> 身在南方的花园，
> 竖起耳朵倾听
> 北方传来的声音。
>
> 冰川的又一只
> 奶牙松动
> 掉进美丽的
> 北冰洋。（Munden，2008：18）

这首诗歌的作者是莫申（Andrew Motion），标题是《此地此刻》（"*Here and Now*"）。"此地"指的是言说者所在的花园，"此刻"指的是言说者身在花园的这段时间。我们知道，花园往往与美好或美好的时光联系在一起，更别说是"五月夜晚"的花园了。然而就在这样一个赏心悦目的地方，言说者根本无心品味其中的美景，因为他深知就在"此地此刻"，遥远的北极冰川正在消融，汇入浩瀚的北冰洋，且消融的冰块就像"雨滴一样激起串串涟漪"。毫无疑问，花园里的言说者是不可能看到和听到北极融化的景象和声音的，诗歌中"南方"（southernly）和"北方"（north）这两个表示截然相反的地理方位的词从一开始就暗示出二者之间的距离是多么遥不可及。这也就是说，言说者在花园里根本看不到任何关乎气候灾难的兆象，尽管灾难已经在发生。诗人因此采用一种"千里眼"和"顺风耳"式的夸张想象，将北极融化的事实呈现在读者面前，并借助花园里桑树"迅速升高的树液"这一意象将北极冰川融化的远景像长镜头一样拉近，让读者切身感到灾难其实就发生在"此地此刻"（Munden，2008：18）。

与莫申的《此地此刻》相比，莱蒙托夫的《紧迫低语》（"Urgent Whisper"）更是明确强调了灾难兆象的缺席，借此反衬出言说者在没有任何兆象的"此地此刻"所感受到的那种恐惧。诗人通篇将地球比作一位肺部严重受损的、睡着了的母亲，她的胸部微微起伏，监测其身体状况的地动仪也显示正常，没有任何迹象表明这位母亲会有什么令人惧怕的举动。然而，就在言说者"我"感受这种宁静祥和的当儿，一种莫名的颤栗却

> 从身外侵到骨头里边，
> 从我脚下的地面升起，
> 从房子底下，
> 从路边和树林底下升起。（Astley，2007：194）

诗人在这里连续列举了五六个情境意象，从"身外"到"骨头里"再到"树林底下"，一一表明这种莫名的恐惧不是来自别处，而是来自我们脚下的大地，来自地球母亲，那种恐惧的"感觉就好比一位挨打的孩子，或是一只被捕获的动物/蜷在地上等待棍子再次落下"（同上：194）。再从密集的情境意象与单一的主体意象"颤栗"之间的反差来看，诗人的用意也是不言自明，那便是突出恐怖空间的私密性、惯常性，借此表明灾难其实就潜伏在我们身边，时时刻刻啃噬着我们的身心。不是么，诗歌中地球母亲受损的肺（lungs scarred）已

经昭示出空气污染的严重程度，任何一位生活在地球上的人都会因此而受到不同程度的危害。利奥塔等学者在《盖亚的报复》一书中说，人类的行为已经迫使地母盖亚对其进行报复，人类很有可能成为因自身行为而遭到灭绝的一个物种（Liotta & Shearer, 2007: 140, 141）。言说者的恐惧也许正是源于这样的深层焦虑。

奥顿（W. H. Auden）在《艺术画廊》（"*Musée des Beaux Arts*"）一诗中说，灾难往往发生在不经意间，发生在他人吃饭、开窗或低头走路的当儿（顾子欣，1996: 468），亦即发生在没有任何先兆的情形下。无独有偶，葛兰姆在《刚刚》（"*Just Before*"）一诗中也将灾难发生的瞬间置于"不经意间"。灾难的先兆在诗人看来就好比阵痛，谁承想灾难却略过阵痛直接降临了，并且是在人们闲适惬意的瞬间降临的：

> 一天的某个时刻，像这样，有一池水。
> 静静的。低头捋一下头发，可等再次
> 抬起头来，那儿已经
> 开始了——刚瞥了一眼镜子，可就在目光落到
> 街上之前，那儿气息已经
> 膨胀——院子里有人在喊
> 谁的名字——微风，哪儿来的——炉中的木柴突然
> 朝里塌陷——接着燃成羽状——你听见了但是你没有
> 抬头——而它就在
> 那一瞬
> 绽开。（Graham, 2008: 22）

诗歌中的"它"（it）就是诗人在后边描写的气候灾难，那是一种一旦降临"绝对不会对任何人缓期执行的死刑"（同上：22）。葛兰姆在这里总共描写了三个不同的空间：池塘边、家里、别人家的院子，其中家里又分为镜子前和壁炉里这两个更小的空间。尽管诗人交代这几个空间的过程是历时性的，但每一种空间里的事却是共时发生

的。诗人对这种看似了然无痕实则转瞬即至的灾难进行了白描式摹写,颇是给人一种低头为梦、转头为空的感觉,生动形象地再现了气候灾难大军将以迅雷不及掩耳之势兵临城下的严酷现实。当这一刻来临之时,那种在池塘边低头抒发的闲适、在家里照镜烤火以及闲听邻家偶语的惬意将在灾难降临的瞬间全部"塌陷",化为"羽状"般的乌有。这正是无兆之灾最令人恐惧的地方,也是最能警醒读者的地方。

葛兰姆的无兆书写与爱尔兰生态诗人里尔丹(Maurice Riordan)的诗歌《检查》("Check-up")有着异曲同工之妙。里尔丹的这首诗共分为三个诗节,其中前两个诗节主要讲述上帝从银河系巡游归来,决定顺便到地球上看看。上帝对地球进行了例行检查,没有发现任何异常,其精巧的运转和优雅的姿式跟他当初的设计没有什么两样。在最后一个诗节,诗人告诉我们,当上帝检查完毕收起工具准备去聊天的当儿,他不经意间看到了一个细节,就是这个细节将"上帝脸上的笑容/彻底抹去。上帝的脸气得通红,/因为他什么,什么也做不了"(Astley, 2007: 195)。诗歌之所以没有告诉读者这个细节是什么,是因为答案是显而易见的。可见即使全知全能的上帝也未必注意到那种十分隐秘的灾难兆象,更何况人乎!

赫施费尔德(Jane Hirshfield)的《气候变暖》("Global Warming")也给我们描写了这样一个灾难悄然降临而受害者却浑然不知的情景:

他率船首次抵达澳洲时,
库克写道,土著们
忙着钓鱼,头也不抬一下。
他们似乎无法对太大、太难理解之事心生
恐惧。(Astley, 2007: 215)

对于澳洲土著而言,库克船长(Captain Cook)的船只承载的不是希望,而是灾难,它的到来不是土著拯救的开始,而是其末日灾难的降临。可当灾难真正降临时，他们却连头也"不抬一下"。澳洲土著对库克船长首次率船靠岸的"惯常"反应不正是人类对正在降临的气候灾难的惯常反应吗？

二 末日想象的图景：未来气候灾难之预警

但凡熟悉《圣经》的人都知道，上帝对邪恶的惩罚几乎都是以极端气候的形式出现的。如《创世纪》中持续了 40 天的大洪水；毁灭所多玛和蛾摩拉的硫磺与火，《出埃及记》中的血水、冰雹、蝗灾、黑暗等；《诗篇》中使江河变成沙漠、水泉变成干渴之地的大旱；《约耳书》中使太阳变成黑色、月亮变成血色的末日天气[1]；等等。再从希腊罗马神话来看，诸神仍以类似的方式毁灭或是惩罚邪恶、狂妄、自大、奢靡、渎神的人类——如主神宙斯淹没整个世界、唯剩丢卡利翁（Deucalion）和皮拉（Pyrrha）的大洪水，狩猎女神阿提弥斯（Artemis）阻止希腊战船驶往特洛伊的大风，等等。仅凭西方文化的这两大源头来判断，气候乃是属于神祇且只有神祇可以改变的一种自然造化，而正常的气候现象一旦发生有悖自然规律的"神为"的变化，十有八九意味着灾难的逼近。

仔细想来，在所谓"神为"的气候灾难中，人类往往难辞其咎，因为"神为"的起因往往是"人为"的结果。所不同的是，彼时的"人为"是指人类因丧失德行而招致神祇用气候灾难来惩戒、灭绝人类，一旦惩戒完成，气候就恢复正常；当下的"人为"则是人类自己造成的气候变异和气候灾难，一旦累积到爆发的程度，很难恢复到正常的态势。如果说"神为"的气候灾难是神祇将正常气候改变为极端气候并借此惩戒人类的一种手段，那么"人为"的气候灾难则是人类自食其果的一种"因果报应"；如果说"神为"的气候灾难起源于人类对上帝或神祇所犯的罪愆，那么"人为"的气候灾难则归咎于人类对大自然所犯的罪孽。但无论是"神为"还是"人为"，也无论是神

---

[1] 分别参见《圣经》第 7 章第 10—12 节、第 19 章第 24—28 节、第 7 章第 17—21 节、第 9 章第 25—33 节、第 10 章第 12—15 节和第 21—23 节、第 107 章第 33—34 节、第 2 章第 31 节。

祇的惩罚还是大自然的报复，气候灾难的根源都在人类自身，后果都是芸芸众生的受难乃至绝灭。正因为此，在当下关乎气候灾难的末日想象中，我们总能觅到《圣经》或希罗神话中所描绘的末日景象的影子。换句话说，当下关乎未来气候的末日想象大抵都是希腊文化与希伯来文化想象末日的变体或"互文"。下边我们重点来看当下气候书写中想象末日的几种情形。

在《圣经》和希罗神话中，宣示世界末日的大洪水过后少数人总能得到神的眷顾而得以留存，并成为新天新地的开辟者。在当下的末日想象中，尽管不少诗人依然诉诸大洪水式的末日图景，但对诺亚方舟的救赎模式却予以拆解和否定。仅在《地球在破碎》诗集中我们就能看到不少这样的书写，如赛弗尼亚（Benjamin Zephaniah）在《我的绿色诗歌》（"*My Green Poem*"）中说，"人类一直在索取而不予付出／直到沉船时才开始思考"（Astley，2007：197）。很显然，这样的"思考"已经于事无补。赛弗尼亚所说的船自然是指人类文明的巨轮，在某种程度上也是承载人类过去、现在与未来的诺亚方舟，因此"沉船"便意味着人类文明的集体"沉沦"。在这种情势下，即使诺亚本人也在劫难逃，遑论其他的芸芸众生。

再如霍里斯（Mathew Hollis）在《狄俄墨得斯双子岛》（"*The Diomedes*"）一诗中借助一位伦敦客的口吻说，即使到了冬季，即使最勇敢的猎人[①]，也不敢在阿拉斯加日渐松动的冰面上贸然行走。言说者的视线然后从遥远的阿拉斯加转向自己的居住地和邻居，并由此产生这样的联想：当洪水袭来、人人乘着小舟离开家园各自飘向未知的"明天或昨天"时，所谓的邻里乡亲将不复存在（同上：215）。诗人刻意在小船与巨浪之间形成一种巨大的反差，其意不言自明：一旦小船被浪头打翻（这种可能性太大了），人们"只能在水中抓狂，因为那儿压根就没有救生筏"（Kingsolver，2012：394）。退一步讲，即使小船可以避免翻船，那种在未知中漂流的恐惧比起死亡来也许更

[①] 狄俄墨得斯是特洛伊战争中希腊一方的主要英雄人物之一，以骁勇善战闻名于世。诗歌也暗指即使狄俄墨得斯再世也未必敢在这样的冰面上行走。

加令人不堪。

在当代运用诺亚方舟这一典故来想象末日的诗歌中,最集中也最著名的莫过于英国当代诗人里汀的长诗《零下 273.15 度》①。在这首诗歌中,诺亚的身份是一位船长。与一般的船长不同,诺亚除了要指挥船只顺利抵达亚拉腊山(Mount Ararat)之外,他还要选择哪些物种要带走,哪些物种要留下。从诺亚与其他水手之间仓皇紧迫的对话中可以看出,他们要带走的东西实在是太多太多,因为太多太多的物种濒临灭绝,都需要被带走。除了《圣经》中提到的人和动物之外,他们还要带走各种大头蚁、飞蛾、细菌、霉菌、绦虫等历来被歧视、丑化、打压乃至消灭的生物或微生物。与此同时,他们还不忘带走各类植物。在读者的期待视野中,但凡被带上船的物种注定都会得到拯救,正如《圣经》里所描写的那样。

里汀建构的叙事恰恰打破了读者的期待视野。首先,有些物种还没来得及上船就已经灭绝。譬如亚马逊热带雨林,诺亚原本是要带走的,可等到装船时却发现整个热带雨林"只剩下一根枝条了"(Reading, 2005)②,诺亚为此情不自禁地骂了一句现代人的脏话:"太他妈晚了。"(too fucking late)其次,即使那些被装上船的物种,其命运也是危在旦夕。这是因为,当超载的诺亚方舟在洪波之上漂流时,船上的人都失去了方位感,根本辨不清哪里是亚拉腊山,且不说船周围的漩涡随时都有可能使方舟倾覆,此其一;其二,就在他们漂流的当儿,珠峰雪线在一波又一波热浪的冲击下不断下降,融水又导致湖泊不断决堤,洪水不断上涨。更为糟糕的是,在热浪退去之后,深层冰冻(deepfreeze)——即诗歌题名中所指的"零下 273.15 度"——随之而来。在这种情况下,诺亚方舟能否到达目的地就已经失去了意义,因为任何物种都难以在如此极寒的气候条件下存活。诗人最后这样结束全诗:"我们知道活不了多久,我们知道;/但是,既然还活

---

① 由于里汀在这首诗歌中提到的地理和物种具有鲜明的美国特色(如密西西比河、犹他州、好莱坞、德州蝙蝠等),故此处将里汀的诗歌也纳入美国书写的范畴来探讨。

② 里汀的这首诗收录在一本很薄的书中,由于书中没有标注页码,故以下引用不再标明出处。

着，那就让我们爱吧，像这样。"

在诗歌开始之前，诗人在扉页上写下这么一行字："热浪之后：热死、熵乱、绝对零度。"从诗歌内容来看，这一行字既是诗人创作的现实语境和科学依据，又是诗人想象末日灾难的主要内容和最佳总结。读者从中得到的启迪是，诺亚方舟式的末日救赎在全球气候变暖的历史语境下只能说是一种妄想，一种奢谈。

里汀曾被《每日电讯报》(*The Daily Telegraph*) 誉为以苦为乐的当代诗人[①]。读者在这首诗歌中确实能够感受到一种阅读的"苦乐"之趣。这不仅体现在诗歌内容的跌宕起伏方面，也体现在诗歌独特的艺术手法方面。总的来看，诗人通篇采用拼贴的手法，将关乎天气的报刊文章和科普文章截成片段，穿插在每个诗章的开头，为的是让诗外的气候现实与诗内的气候想象形成一种呼应和对话。在诗行与诗行之间，诗人又采用复调叙事的手法，让不同时代、不同身份、不同腔调、不同文本中的人在同一时间发出声音，借此营造一种众声喧哗的"熵乱"氛围。譬如，在诺亚忙着装船的当儿，不时传来其他水手请示诺亚的声音，可水手们讲的是现代俚语，诺亚讲的是上古口语，这就在上古与现代之间形成一种有趣而又寓意深长的复调式对话，给人的感觉是诺亚方舟似乎从古至今一直在航行，整个人类及其文明都在这只船上。

再譬如，当寻找亚拉腊山的众水手一遍遍重复"你瞧见了吗？你瞧见了吗？你瞧见了吗"时，船的另一端则传来诺亚的家眷阻止红玫瑰上船的声音："下去，你们这些该死的红玫瑰，下去。"这一方面说明方舟的负荷已到极限，以至于连几朵红玫瑰都容纳不下。另一方面也让人联想到《神曲》中冥河的渡夫卡隆（Charon）持桨击打那些哀求上船的幽灵的情景[②]。再者，卡隆的任务是将亡灵引渡到彼岸的幽乡，让他们"走进火窟，走进冰池"（但丁，2002：13）。正是在这一点上，卡隆的渡船与诗歌中诺亚方舟从热浪到绝对零度的航程之间

[①] 参见 2011 年 11 月 22 日《每日电讯报》对 Peter Reading 的介绍（http://www.telegraph.co.uk/news/obituaries/8907920/Peter-Reading.html）。

[②] 在《神曲》中，凡是想渡过冥河的幽灵必须要给卡隆银币，那些没有银币却试图爬上船的幽灵都会被卡隆毫不留情地打下水。

形成一种异质同构或至少是互文的关系。从这层意义上来讲，所谓的救赎方舟实际上却是驶向永无天日，只有"火窟"与"冰池"的冥船。这样的救赎无疑是一种令人毛骨悚然的末日审判，它比死亡还要令人感到恐怖。

末日审判是诗人想象末日灾难的又一方式，只是"审判"的方式和内容各自不同。在贾曼（Mark Jarman）笔下，末日审判是包括皮肤癌在内的各种可怕病灾的泛滥（Astley, 2007：226—227）；在福斯（Elizabeth Foos）和安斯特利笔下，末日审判是一场撕毁一切的飓风（同上：217—219）；在考尔德伦笔下，末日审判的主宰是动物，审判的对象是人类，审判的结果是将人类送上断头台，其中政客、牧师、主管环境的公仆又被丢进"蛋盆"①，任由蝎子、箭猪、蜜蜂来处置，唯其如此，"新的风尚才能形成，/灰色物质与水晶汁液之间②/才能取得更好的平衡，/植物的血液里才能增加一些价值"（Calderón, 2014：97—98）。可见不管是什么样的末日审判，结果都是人类的受难和死亡，而在人类的受难和死亡中，无辜婴孩的死难最令人不堪，可这一幕就出现在兰瑟姆（John Lathan）的诗歌《盖亚的庭审》（"*Judgement at the Court of Gaia*"）中。诗人在这首诗歌里设置了一个庭审的场景，其中的主审官是盖亚，被告是人类。诗歌一开始，作为被告的人类振振有词，陈述自己应该得到赦免的理由，诸如"取缔独裁，分享/财富，倾听弱势群体的声音，鼓励/不同政见者"（Munden, 2008：83），并将孩子培养成莎士比亚、贝多芬、牛顿等杰出人物。听完人类的陈词之后，盖亚反驳道：

> 是的，你们是创造了进步，这些婴儿是无辜的。
> 是的，一些幸存者正从泥浆里往出爬，从
> 仅存的森林里往外爬，虽然我担心他们的伤
> 不会痊愈。但是你们对那些永远失去的

---

① 古代酷刑，将人跣剥干净，丢进满是蝎子和毒蛇的坑中。
② 这是从动物的角度来看天空与水。

　　　　　生命的漠视让我恶心。地衣、草、各种昆虫，
　　　　　相隔千里万里仍然可以彼此对话的鲸鱼；
　　　　　犀牛、兰花、破晓歌①和熊被冲到了海里，
　　　　　成为一个个苍白的梦。这个星球需要谦恭
　　　　　不需要牛顿。它已经无法承受人类这样的物种。

　　　　　我为这些婴儿感到难过，就如此前我对那么多婴儿感到难过一样。
　　　　　不要再浪费他们的生命。拿他们去喂狼！（Munden，2008：83）

　　根据内容来判断，盖亚的庭审是在洪灾发生之后进行的。按理说人类也是大地之母盖亚的孩子，倘若没有极端的情况出现，母亲与孩子之间绝对不会发生这样的事情。我们知道，极端气候尤其是洪灾很大程度上是人为因素造成的，这类气候灾难一旦发生，人类往往只关注自身，诸如有多少人死亡，多少房屋被毁，直接经济损失达到多少云云，很少有人想到和提到其他非人类生命所遭受的损失和死亡。且不说盖亚提到的"地衣、草、各种昆虫"等弱小的生命，即便是鲸鱼、熊、犀牛这类大型动物的死难照样也被漠视。这也就是说，人类本是导致大批生灵涂炭的罪魁祸首，可在造成如此严重的后果之后却对这一切漠然视之。正是因为如此，盖亚才将人类推上被告席，并且予以最为严厉的裁决和惩处——就连无辜的婴儿也不放过。

　　从盖亚对大小不一的植物和动物生命的看重以及此前和眼下对人类婴孩遭难的同情来看，盖亚自始至终是一位善良的母性神祇，因而当这位善良的母性神祇被迫剿灭人类时，可想而知人类贪婪、暴戾到了何种程度。人类替自己辩解的种种理由诸如进步、民主、公平只是一种虚伪的辩辞，因为人类压根就没有做到这一点。退一步讲，即使人类所说的"人间天堂"（Paradise on Earth）属实，那也只是人类自己的天堂，对于其他生命而言，人类在为自己建造天堂的同时却将它

――――――――
　　① 英文是"dawn-songs"，大概是指黎明时分歌唱的一种鸟。

们打入地狱。《天路历程》的作者班扬说过，"即使天堂之门也有通向地狱之路"（Bunyan，2014：103）。人类正是从天堂之门跌入地狱的一个物种，人类的所作所为在祸及其他物种的同时也将自己和后辈儿孙拖入万劫不复的深渊，正如鲁特（Willim Pitt Root）在《报应之歌》（"*Songs of Returnings*"）中所说的那样，巴比伦、所多玛和蛾摩拉的悲剧都是对人类所作所为的一种报应（Fisher – worth & Street，2013：445）。这大概就是兰瑟姆末日审判的意旨，其中所融入的现实因素无疑也是对人类中心主义价值观念的一种质疑和批判。

　　与以上诗人略有不同，其他一些诗人主要侧重于描写和再现末日场景。一般说来，这类想象离不开"惨不忍睹""横尸遍野"或"人间地狱"等负面美学的范畴。但这并不意味着这类场景可以用程式化的语言来概括，尽管在不同的场景中大与小、面与点、整体与个体、静态与动态、无声与有声等反比式手法的运用比较普遍。从大的方面来看，许多末日场景依然是在《圣经》或希罗神话想象末日的范式内进行的。若从小的方面来看，这些场景却是各具特色，自成一体，而这正是末日场景吸引读者的地方所在。这也就是说，诗人都将水作为"阔景"或"远景"，同时又在构成"近景"的细节和笔力中各显神通，别出心裁。读者在阅读或"观看"这类场景的过程中自然会惊喜不断。葛兰姆的《水下世界》（"*Underworld*"）就是这样一幅典型的末日图景。诗歌在开头部分交代说大雨过后一切被淹没，沙滩、沙丘、田野、一部分电线等，全都没了踪影。搭好这样的"布景"之后，诗人又在"布景"上描绘了几处十分精彩的细节：

　　　　一排篱桩
　　　　呆滞的小瞳孔瞪着
　　　　天空，每隔五十英尺
　　　　闪着光，它们的倒影打着颤，草刺上挑着一只
　　　　人的烂眼珠。（Grahm，2008：12）

　　类似的手法也运用在斯特瑞特的《早上》（"*A. M.*"），安格巴比

的《水滨之死》("*Death by Water*")、德斯玛瑞斯（Michele Desmarais）的《旅歌》("*A Travelling Song*"）等诗歌中。

尽管诗人们是在想象末日场景，但读者从中看到的并不全是恐怖的、地狱般的景象。多数末日场景之所以看上去恐怖惨烈，主要是因为其着眼点是人类的受难和死亡。一旦抛开这一点，从非人类的视角来看，末日想象则又呈现出另外一番景象。在巴特（Maggie Butt）的笔下，末日场景的主角是融水，它从一开始就宣称："我的时代已来临。"此言一出，融水掀起一个个巨浪，仿佛收复失地的大军，"淹过田野，吞没庄稼，/溢出水井，渗入坟墓"，未来在它手中"宛如湖泊一般，似有似无地将水与水分开"（Munden，2008：78）。融水的"未来"实质上就是人类的末日，但人类自始至终没有在这个水天水地的混沌世界里现身。诗人是否要借此表明，她更倾向于一片白茫茫的干净大地？这种肯定自然之胜利、忽略人类之消亡的书写也是当下美国生态书写的一种范式。杰弗斯、斯奈德、默温等人的诗歌中都不乏这类书写，其意旨只有一个，那就是对人类中心或人类的自我膨胀予以打击、嘲讽和批判，并对人类发出这样的警告：人类去后，世界依存，世界不因人类的消亡而消亡。

在海因斯（John Haines）的诗歌《如果猫头鹰再次呼唤》("*If the Owl Calls Again*"）中，世界的主角是动物，确切地说是一只猫头鹰，它生活的世界寂静而寒冷，寂冷到连月亮的"上升"和清晨的"攀爬"似乎都能发出声响，可这样的声响不仅没有打破寂冷，反倒加剧了寂冷的感觉。可恰恰就在这样一个人类缺席的寂冷的世界里，猫头鹰却乐在其中：它跟自己的同伴一起悄无声息地将老鼠的骨头剔尽，而后"满足地飞翔/朝着家的方向/在冰冷的世界醒来之时"（Fisher-worth & Street，2013：294）。

在人类缺席的末日想象中，也有相当一部分以植物为主角的场景。植物的主角身份不外乎这么几种情况：要么是为了表达"人面不知何处去"的伤感，要么是为了表达美丽无人欣赏的缺憾，要么是为了借助植物顽强的生命力来鞭挞和警示人类，等等。这类书写的一个共同特点是将末日写得唯美、"冷艳"，同时还透着些许的恐怖。譬如

《献给乌有》("*For Nothing*")这首诗,诗人先是想象一朵小小的鲜花在巨大的、完全结冻的冰山陡崖间摇曳,随着冰川融化,这朵动人的冰山之花不久又成了一朵临渊之花,那儿

一只渡鸦
曾经拍翅飞过
一束微光,一抹颜色
已被淡忘,当一切
消疏流离。

一朵花
献给乌有;
一份赠予;
无人接受;

雪溪,长石,泥土。(Fisher-worth & Street,2013:497)

格雷(Thomas Gray)在《墓园随想》("*Elegy Written in a Country Church Yard*")中这样感慨道:"世间……有多少枝鲜花未经人顾,/白白地将芬芳吐露在荒漠的空间。"(顾子欣,1996:123)这句话几乎就是对《献给乌有》一诗的总结。所不同的是,《墓园随想》中的鲜花是人的隐喻,表达的是德才之人不被世人所知悉、所欣赏的遗憾,而《献给乌有》中的鲜花则是自然的代表,表达的是自然之美无人欣赏的惨淡——不是因为人类欣赏不了这样的美丽,而是因为人类已经消亡,唯留鲜花独自绽放。

相比之下,《挖掘》("*Digging*")一诗不仅没有流露出丝毫的遗憾,反倒还对"寂寞开无主"的鲜花欣赏有加。不过说是"无主"也不准确,因为这株鲜花就是从死于洪水的死者身上生发出来的:

你将在痛苦中醒来

你腹侧的痛在加剧，你紧绷的肋骨处
裂开一个口子
一株绿色幼苗
从你的肉中出来，钻到了
坟茔之外

朝着太阳，朝着花园领空
绽放
没有思想的
鲜花，对蜜蜂
窃窃私语，用绿色和黄色，白色和红色的语言。（Fisher - worth & Street, 2013: 295）

这样的末日书写与其说是在描写死亡，毋宁说是在歌颂生命，歌颂人类去后自然生命依然盎然的那个非人类世界：鲜花在绽放，蜜蜂在飞舞，而且就绽放、飞舞在人类的尸体之上。换句话说，人类的尸体早已化为滋养鲜花的养料。这种以明媚、亮丽的色调来描绘或暗示惨淡、恐怖的人类末日的手法给人的印象尤为深刻，而一"明"一"暗"之间的张力所取得的警示性效果，比起单一的恐怖描写有过之而无不及。

第三节 气候的伦理呼唤

捷克共和国前总统哈维尔曾在《纽约时报》（*New York Times*）上撰文说："无论何时，每当我对当今世界问题——不管是经济、社会、文化、安全、生态或文明——进行反思时，我最后总是归结到道德问题的挑战上面来，即什么样的行动是负责任的或可接受的行动？道德秩序、人类的良知和人权在我看来是第三个千禧年最重要的问题。"在将各种世界问题归结为道德问题的同时，哈维尔尤其强调了培养气候伦理的重要性："我对任何一门科学可以解决如此复杂的气候变化问题持怀疑态度。技术措施和规定固然十分重要，但同样重要的是对教育、生态训练和伦理的支持，即对生命的共性意识和责任的承担意识的培养和支持。"（Havel，2007：33）哈维尔所强调的气候伦理意识的培养也是当代美国生态诗歌书写气候的终极目标和根本宗旨，其中"责任"尤其是对后世的"责任"可谓气候伦理书写的关键词。本节将围绕这个关键词来探讨诗人对气候的伦理呼唤。

事实上，气候变暖的根由、因素和后果从一开始就决定了气候书写的伦理特性。根据默根的研究，美国有关气候的伦理书写最早可追溯到 20 世纪 60 年代，那时空气污染相当严重，迫使许多学者和研究者从道德的角度来探讨这一问题（Mergen，2008：309）。时至今日，人们所关注的"空气质量指数"（air quality index，简称 AQI）表面看来似乎只是一个十分平常的天气问题，实际上仍旧是一个关乎道德和伦理的问题，因为跟任何时代一样，"空气质量与人们每天的生理和心理状况息息相关"（Mergen，2008：312），亦即与人们的健康福祉紧密相关。要说明这一点，我们只需回顾一下 2014 年美国大片《星际穿越》（*Interstellar*）中沙尘暴铺天盖地的景象以及主人公（Pilot Cooper）的孙子因这样的天气一个夭折另一个又咳嗽不断的情景便可知一二。《星际穿越》也告诉我们，在空气、降雨、气温等诸多气候因素遭到污染或出现异常的情况下，深受其害的何止是当代的芸芸众生！这就使得气候的伦理呼唤显得更加紧迫，更加突出。

气候的伦理呼唤说白了就是要唤起人们的气候良知和气候责任感，让人们认识到自身的行为是否会加剧气候变暖，并呼吁人们尽早采取有利于遏制气候变暖的行动。出于这一目的，气候的伦理书写有时不可避免地带有一种道德教化的意味，而那些谴责人类"不端"行为、曝光人类道德缺陷的诗作可谓气候教化的"排头兵"。斯奈德的《前线》（"*Front Lines*"）就是这样的典型诗作。诗人通篇采用战争话语，将伐木现场比作入侵者发起的一场消灭森林的战争，将森林的不断砍伐比作癌细胞的不断扩散，将伐木者使用的电锯、吉普车、卡车、推土机、直升机等比作战争机器，它们发出的嘈杂声意味着"美国又肥又病的血管中/每一次心脏腐烂的脉搏/将癌症的边界推向更远"。这些入侵者同时也是奸淫者,他们在杀伐掳掠的同时还"命令/大地,/把腿叉开"。为了进一步谴责这场战争的残酷性、毁灭性和非正义性,诗人除了将大地拟人化以外,还将推土机和树木也拟人化:

> 推土机碾压着咕哝着
> 打着侧滑打着嗝
> 在扒光了皮但依然还活着的树木身上
> 只因为某个城里人
> 付了钱。(Snyder, 1974: 18)

这个拟人化场景何尝不也是一个极其残忍的强奸的场景:强奸者是"推土机",被强奸者是"树木"。其中"树木"既是一个主体意象又是一个情境意象。作为主体意象,它是一具被"扒光了皮"但生命意识尚存的躯体,是奸淫者施暴的对象;作为情境意象,它又是奸淫者施暴的场所,一个被动的、物理的、失去主体选择的"此在",而在此前,"树木"却是生长在树林里的鲜活的生命主体。毫无疑问,诗人通过赋予"树木"双重的意象身份来揭露入侵者贪婪、残酷、无耻的刽子手行径,而"城里人"不仅将伐木者所在的荒野空间与城市空间联系在一起,让读者看到森林消失背后的根本原因,而且还暗示了伐木者雇佣军一般的身份,进而在其残酷性和毁灭性的基础上进一步凸显出这场战争的荒诞性。在这种情况下,代表正义一方的言说者被迫作出宣战的抉择,以此来捍卫仍然与"北极相连的那方森林/和仍然属于派尤特人的那方沙漠"(Abbs, 2002: 48)。在这里,正义的一方是指环境保护者,非正义的一方是指环境破坏者,诗人对后者的谴责和鞭挞是十分显见的,而他对"北极"的关注无疑也是对气候问题的关注。

退一步讲,即使诗歌没有提到北极,若从科学的角度来看,森林的消失和地貌的改变势必影响到气候的改变,尽管某一处森林的消失对气候所产生的影响短期内可能不是那么明显,但积少成多的道理谁都懂得,诚如伽维所言:"每一个行为本身什么也不是,每一个人似乎也没犯什么大错,但是这些个体的行为一旦累积起来,后果将是灾

难性的。"（Garvey，2008：61）

沃尔特（Ted Walter）的《被践踏的女神》（"*Spurned Goddess*"）是又一首谴责环境破坏的诗歌。诗歌的题名本身就隐含着对践踏者的道德谴责。从诗歌的描述来看，受害女神盖亚已被人类践踏得遍体鳞伤，人类的"过度捕捞"和"篡改基因"等种种行为给盖亚女神带来了"残留的农药，死寂的湖泊，/化为灰烬的森林"等种种无尽的伤痛，而这一切都源自人类的"失联"（losing touch with）——对大地之亲密感和归属感的丧失，取而代之的是其不负责任、不计后果的破坏和榨取。仅从"150亿年才能生成"且"化为灰烬的森林"这个"空时体"来看（Abbs，2002：39），该诗仍然是一首关乎气候变迁和气候伦理的诗歌。这是因为在宇宙生成绿色的漫漫岁月里，气候所发挥的主宰作用是不容置疑的，此其一；其二，森林的消失一定会影响到气候，而燃烧木材，使其"化为灰烬"的过程也是一个污染空气，导致气温升高的过程。诗人特意在生成绿色的漫长岁月和绿色消失的短暂时段之间形成一种反差，一则说明人类践踏大地母亲的速度之快、范围之广和后果之严重，二则也隐含着人类因砍伐树木而导致气候恶化的历史事实。

我们再来看下边这首诗：

> 我给你干净的空气
> 你给我有毒的气体
> 我给你山脉
> 你给我采石场
>
> 我给你白雪
> 你给我酸雨
> 我给你清泉
> 你给我中毒的运河（Munden，2008：76）

与前两首诗歌相比，这首诗歌可谓开门见山，直接对极端不负责任的人类予以道德谴责。诗歌的题目是《给予与接受》("Give and Take"), 其中给予的一方是大地, 接受的一方是人类, 人类在接受或索取之后自己又变成给予或返还的一方, 大地则成为接受的一方, 可人类返还给大地的不是应有的报答, 而是种种触目惊心的污染与破坏, 这其中"有毒的气体"和"酸雨"直接就是对气候环境的破坏。二者之间的这种逆差关系表明, 人类(确切的说是对环境造成破坏的资本家)的德行实在是太差, 完全可以用忘恩负义或恩将仇报这样的字眼来形容。诗人(Roger McGough)在列举完其他一些给予和接受的名目之后这样结束全诗:"我给你最后一次机会/你给我一个又一个借口。"(Munden, 2008: 76) 既然是"最后"一次机会, 就说明即使仁慈大度如大地母亲者, 其忍耐也是有极限的, 因而当人类的所作所为超出大地的忍耐极限时, 后果自不待言。诗歌中人类的给予说到底就是对自然没有节制、不负责任的破坏与滥用, 正如他们在《前线》和《被践踏的女神》中的所作所为一样。从"有毒的气体""采石场""中毒的运河"等字眼来看, 大自然赠予人类的最基本的自然资源都遭到了污染破坏, 这种污染不仅会祸及当代, 而且还会贻害后世。"在我死后管他洪水滔天!"(After me the Deluge!) 法王路易十五情妇(Pompadour)的这句话完全可以用来形容那些只顾自己享乐而不顾环境和后辈儿孙的人类贪取者身上。所谓德行之差者莫过于此!

《被践踏的女神》和《给予与接受》等诗歌中对污染的描写也是当下生态文学毒物书写(toxic writing)的一个重要方面。这类毒物书写又反映出自然环境污染的现实是何等的严峻。回想一下19世纪浪漫主义诗人华兹华斯、雪莱、济慈等人书写自然的诗歌, 就会发现他们笔下的自然总体上有着纯洁、天真、美好、神性等正面的象征意义。可在当今这样一个雾霾、酸雨、臭水和废气等为害甚深的时代, 人们还能将同样的象征意义与现实中的自然对应起来吗? 即使答案是肯定的, 这样的对应还能持续多久呢? 如果人类留给自己和后世的是一个"鱼儿得病, 巨鲸死亡"的世界(Abbs, 2002: 37), 一个"没有空气可以呼吸, 没有水可以饮用"的世界, 一个因排放废气而导致全球变暖、陆地被淹没的世界, 那么不仅人类自封为万物之灵长的做派显得荒谬可笑，即使从本能的延续子嗣、保护后代的动物性层面来讲，人类也称得上是最缺乏责任感的一个物种，姑且不论这样的责任缺失对其他弱势群体所造成的伤害。哈维尔一针见血地指出："我们不能无限度的欺骗自己说，我们可以继续幸福地追求我们奢靡浪费的生活而忽视气候威胁的存在和延迟解决的办法。或许在未来的日子里巨大的灾难不会发生。不过有谁知道呢？但这并不能免除我们对后世的责任。"（Havel，2007：33）

哈维尔所言也是当今世界的一大共识，这一共识在气候伦理的"后世关怀书写"中体现得十分明显。如迪莫克在其散文《北极在变绿》（The North Pole is Becoming Green）中假借圣诞老人的口吻给家长写信说：

> 我是出于爱和慷慨在扮演自己的角色，可我没想到我竟然把一切搞得更加糟糕。我——通过每年煽起孩子们对礼物的占有欲望——对消费主义、对将越来越多的碳排入大气的工业生产负有不可推卸的责任。炽热的气温、上升的海平面和酸化的海洋中都有我的一份过失。大规模的物种灭绝，极端暴风雨和饥饿也不例外。
>
> 我其实是在消融我自己的北极。
>
> 想象一下，有一天你被告知，你是毁坏——而且是不可逆转地——你孩子家园、健康、幸福的帮凶，而这些正是你终其一生为之奋斗的目标……你们可知道，孩子们真正渴望的东西只有两样：你们的爱和一个美好的未来。（DeMocker，2014：145—146）

圣诞老人的话可谓一语中的。父母亲在满足孩子物质需求的同时却没有意识到，在这个气候变暖的时代，他们给孩子的"物爱"越多，对孩子未来的吞噬就越严重，这样的"物爱"与其说是真爱，毋宁说是消融北极的公害。沃尔道（Peter Waldor）在他的《气候变化》[①]

[①] 参见 Peter Waldor 的诗歌 Climate Change（http://poetrybcds.blogspot.jp/2010/09/climate-change.html）。

("*Climate Change*")一诗中将这样的"公害"看作是对孩子的一种诅咒：

> 因为我们彼此相爱
> 因为寒冷
> 和我们俩感到害怕
> 因为我们从一朵云彩中走出
> 我和儿子
> 手牵手站在朱色顶峰
> 开岔的山脊上
>
> 每次我们都以为就是这里了
> 因为再往上全是岩石——
> 又一个粉红色的风车①
> 在空气稀薄的风中——
> 又一朵高山弗劳克斯花②
> 每年夏天都往更高的地方伸展——
> 这是一个对我孩子的诅咒。

诗人在这首诗歌中将当下、历史和未来贯穿在寒冷与变暖、假想与现实、挚爱与诅咒、美丽与毁灭的比照之中。第一个诗节旨在通过"寒冷""害怕""云彩"这三个分别描写主观感受和客观存在的字眼来表明诗歌主人公"我"带儿子登山时的感受、心情以及云雾缭绕的山景，进而表明"我和儿子"攀登的山脉是何等高寒，以便为第二诗节中的发现——"又一朵高山弗劳克斯花／每年夏天都往更高的地方伸展"——做好铺垫。第二个诗节旨在说明，即使在如此高寒的地带，弗劳克斯花依然在节节上升，而花的上升无疑意味着气温的

---

① 诗人在这里暗指《唐·吉诃德》中的风车，意为假想的敌人。
② 原文是phlox，意为"flame"，陆谷孙主编的《英汉大辞典》将其翻译为"福禄考花"。考虑到此翻译过于汉化，故此处采用音译。

上升。

再从"每次"一词来看,"我和儿子"显然不止一次攀登过此山,但每次的发现都一样。这就以无可辩驳的事实表明,气候确实是在持续变暖。但在"每次"的事实被证明之前,"我"总以为自己有些草木皆兵,就像唐·吉诃德将风车假想成敌人一样。"我"这样想的理由很充分:高处皆为岩石,鲜花焉能在如此高寒的岩石中绽放?这便是"粉红色的风车"——一个将鲜花的颜色与塞万提斯的历史想象结合起来的、摇曳在"空气稀薄"之地的奇特的主体意象——所隐含的意义所在。可当"我"心目中"粉红色的风车"一次次成为真实的鲜花时,这一现实就与弗劳克斯花(phlox)的本意(flame)以及"朱色顶峰"(Vermillion Peak)所蕴含的暖色都指向诗歌末尾最核心的一个字眼:"诅咒"(curse)。巴什拉曾引用雨果的诗句说,"任何植物都是一盏灯。香味就是光"。(巴什拉,1992:197)。同样美好的植物在沃尔道笔下则是一种"诅咒",一种威胁,一种灾难。主人公从一朵花里看到的不是天堂,而是末日,而且还是他挚爱的孩子的末日,因为孩子的未来正在越长越"高"的鲜花中一点点被断送。

沃尔道是以描写"简单的快乐"① 而闻名的诗人,但在这首诗歌中,诗人却预示了"简单的快乐"的终结。终结者自然是"我"这一代或"我"的前辈们,他们在创造所谓财富的同时却给后辈儿孙带来了难以解除的诅咒。从这个意义上来讲,高山上的弗劳克斯花及其所蕴含的道德警示就与"墙上的书写"没有什么两样。"这只手。就是这只手。/它到底做了什么?它到底做了什么?"(Astley,2007:209)这是诗人葛罗斯(Philip Gross)在历数人类之手所制造的种种灾难(包括气候灾难)之后发出的诘问与谴责。

生态诗人在诘问与谴责的同时,也对读者频频发出呼吁,劝导读者摒弃有悖气候伦理的行为。如斯奈德在《为了孩子们》("*For the Children*")一诗中这样赠语读者:

---

① 参见维基百科的"Peter Waldor"词条(http://en.wikipedia.org/wiki/Peter_Waldor)。

> 赠你一言，赠你
> 和你的孩子们：
> *彼此相随*
> *研习花朵*
> *一切从简*①。（Abbs，2002：196）

斯奈德的赠言而今已成为指导环境伦理行动的广为流传的名言。乍看起来，这是情境意象缺如的三组行动，由主体意象"你"和"你的孩子们"来完成。但在这三组不同的行动中却隐含了从生物地方到全球这两种不同而又互动的空间，以此彰显气候伦理既是地方的，又是全球的。我们不妨借用斯洛维克对赠言的解读来说明这一点："彼此相随"（stay together）就是要人们认识到共同体的重要性，尽量在特定的生物地方一起工作，一起生活，即使人们的文化传统各自不同；"研习花朵"（learn flowers）意味着多多关注周围的自然环境并认真研习之；"一切从简"（go light）倡导的是一种简单而又健康的生活方式，即"审慎生活"（live carefully），以此来减轻自己对共同体乃至整个星球的负担②。倘若人们能够做到这几点，至少可以减轻交通和工业生产对大气造成的污染，这样无疑会在相当大的程度上遏制气候变暖。

无独有偶，伯瑞也在《愿景》（"*Vision*"）一诗中发出了类似的吁请：

> 如果我们想让人类的季节受欢迎，
> 就不要向地或向天要求太多，
> 这样在我们死后
> 我们用生命维护的生命将在此
> 永久延续。（Abbs，2002：185）

---

① 原文用斜体，故译文也用斜体，余同。

② 参见 "Gary Snyder's Motto for the Children"（http://cryptoforest.blogspot.jp/2012/01/gary-snyders-motto-for-children.html）。

从后边的诗行来看,"我们用生命维护的生命"既指人类的生命,又指非人类自然;在时间跨度上既包括当代,又指向后世。诗歌的主旨再明确不过:只要我们在有生之年要求不是"太多",抑或只要我们"一切从简",那么我们的子孙将在"清澈的河流""古老的森林"和"生长的记忆"中代代相传,"永久延续"(同上:185)。

与斯奈德和伯瑞等诗人的"原则性"呼请相比,莱尔斯(Jenny Lares)刊登在《华盛顿邮报》(*The Washington Post*)上的《绿色清单》("*Green Checklist*")则是一首教导人们如何践行气候伦理的诗歌。诗人告诉我们,气候的伦理选择"不是那么容易",但也不是那么艰难,只要我们每个人从自己熟悉的生活习惯和细节入手,注意自己行为的点点滴滴,这本身就是符合气候伦理的一种表现。在这首诗歌中,诗人将单一的主体意象"我"置于情境意象密集的诗行中,通过主体在诸如车场、室内、银行、公交、农场等不同地方、不同空间中行为的变化来说明气候伦理在各个方面、各种场合的可操作性。现将部分诗歌摘录如下,作为与读者共勉的结束语:

> 柯密特说得对
> 要做到绿色不是那么容易
> 我得把车子换成组装的
> 把每个灯换成生态的
> 出门时把恒温器调低,把电灯关掉
> ············
> 把银行对账单改成无纸的
> 打印邮件之前想想是否环保
> 多骑自行车,多乘公交
> 支持当地农场,计划好出行路线
> 将我的碳排量减到最小[1]

---

[1] 参见 2009 年 4 月 29 日《华盛顿邮报》登载的 Ann Posegate 的文章:"Local Poets Slam on Climate Change"(http://voices.washingtonpost.com/capitalweathergang/2009/04/highlights_from_climate_change.html)。

结　　语

　　不管满意还是不满意，一本书写到了最后，作者应该感到轻松才是。可一想到还要给它写一个总结性的、学术性的结尾，就又感到犯难。毕竟，本书谈论的是当代美国生态诗人对自然、生态、社会的关注与思考，他们所采用的各种诗学策略、所钟情的各类生态美学最终的指向只有一个，那便是唤起读者的环境伦理意识，要读者"研习鲜花，一切从简"，一如斯奈德所说的那样。作为一名读者和研究者，笔者在研读生态诗歌的过程中往往会情不自禁地想到自己身边的人和事，想到自己周围的环境与自身的行为。或许以自己的所思所想来结尾是一个不赖的选择，因为这毕竟也是一名读者对生态诗歌所作出的一种反应。

　　内容既然定下来了，应该感到轻松了吧？

　　2014年9月6日，《新京报》曝光了腾格里沙漠令人触目惊心的污染事件，要知道腾格里的蒙古释义可是天的意思。

　　2015年1月6日，杭州空气重度污染，平生第一次清晨未敢开窗换气。

　　2015年2月28日，柴静的《穹顶之下》在各大视频网站播出，从中得知杭州的"山色空濛"竟然是雾霾在长期"空濛"！

　　母亲的两次癌症手术。

　　好朋友仍在定期做胃癌化疗。

　　每年单位体检总有人查出这样那样的肺病。

　　一想到这些就轻松不起来。

　　想起劳伦斯的一句话："灾难已经发生，我们置身废墟之中。我们开始重建小小的栖息地，拥有小小的希望。这是一项相当艰巨的工作。"可劳伦斯所说的"灾难"又是怎样"发生"的呢？谁又是灾难的制造者？

除了柴静在《穹顶之下》指向的机构和体制之外，我们每一个个体是否也有责任？

想想自己，可能性最小。平时看书写作累了，有时候会去网购，省时、释压、轻松、便捷。下单之后无需等待，门铃一响，十有八九就是"已买到的宝贝"到了。不知不觉间，自己成了天猫 T4 会员。目前尚未见到 T5，应该是最高的级别了吧？网购结束，又回到看书、备课、上课、写作、锻炼的道上。不时给花草浇浇水，出去走走，偶尔看看电影什么的。日子过得还算惬意。雾霾来了，除了锻炼要停下，其他一切照旧。叹口气，抱怨几句，等待雾霾散去，继续走路锻炼。至于雾霾散向何方，并未真正关心过。反正，只要自己头顶的这片天是蓝的就心满意足了。

雾霾又来了，自然又要抱怨几句，抱怨这个人多、车多、工地多、雾霾多的世界，骂声"这鬼天气"，然后一切照旧。《晋书·刘毅传》曰："诸受柱者，抱怨积直，独不蒙天地无私之德，而长壅蔽於邪人之铨。"所抱怨者，他人之过也。自己真的就没有什么过错吗？

原本只要稍稍起早一些就可以步行去学校，却因为那么一会儿的贪睡选择"安车当步"。原本坐公交可以解决的问题，却因为不想麻烦而选择出租车。如此高碳的行为能说自己与雾霾没有关系？

再譬如 T4 会员，若非消费达到一定的数额，怎么会升到这个级别？自然，消费越多，制造的雾霾也就越多。且不说制造、运输"已买到的宝贝"所消耗的能源和制造的各种污染，仅从包装宝贝的纸盒纸箱这一项来看，除了它们本身所产生的包装污染，单单生产它们就意味着毁坏树木、消耗能源、排放废气和废液、制造大量不可根除的污染。这个从砍伐到生产再到使用和污染的过程不正是破坏林木、污染大气并导致气候变暖的过程吗？

由此看来，自己还真不是那么 innocent！圣诞老人说，他送出去的礼物越多，北极就融化得越快。自己难道不也是那一个个不断用需要或不需要的礼物来犒劳自己的圣诞老人中的一员吗？

由此看来，自己熟悉的亲朋好友也罢，不熟悉的陌生人也罢，有谁敢说他们的生病以及他们因此而经受的种种生理和心理磨难仅仅是因为他们自己命运不济？谁又能保证他们经历的痛苦中就没有自己的一份过失？还有那些美国读者，那些跟我们一道阅读这些诗歌的美国读者，又有谁敢说他们与我们亲人的疾病没有一丝关联？

想起 2013 年 12 月 30 日发表在《纽约时报》上的一篇报道，题目是《污染在加剧：中国的土壤与食品恐惧》（Pollution Rising, Chinese Fear for Soil and Food）[①]。针对这篇报道的读者评论共有 179 条，其中不乏指责抨击者，也不乏隔岸观火者乃至幸灾乐祸者。这类读者给人的感觉是不读历史，对当下现实也知之甚少。不读历史也罢，起码读一读自己本国的生态诗歌或是卡森的《寂静的春天》吧，这样他们就不至于让别人看到自己那副偏狭和偏见兼具的正义姿态。退一步讲，不读诗不读卡森也行，但这个地球人都知道的事实——作为世界头号工业强国，美国是全球人均能耗最高的国家——总不能否认吧？亲爱的读者，当您抱怨、指责别人的时候，您有没有想到自己也是中国污染与环境破坏的一分子？您先听听我们的学者是怎么说的：

> 发达国家以经济和技术援助等形式为掩盖，以牺牲第三世界国家的环境为代价，来实现所谓的全球经济增长……无可否认，中国经济的迅猛发展很大程度上是由制造业离岸外包引起的，但是，这些活动造成的空气、水、噪音和垃圾污染却不可估量。而美国一方面以离岸外包业务的形式来充分利用发展中国家发展经济的迫切需求，一方面却又不断发表环境报告来指责发展中国家的环境污染问题，其政治干预目的昭然若揭。（何畅，2013：117）[②]

再听听贵国一些有良知的读者是怎么说的。一位来自纽约市的读

[①] 作者是 Edward Wong（http：//www.nytimes.com/2013/12/31/world/asia/good-earth-no-more-soil-pollution-plagues-chinese-countryside.html? pagewanted=all）。

[②] 该文也是本课题的阶段性成果之一。

者这样写道:"我们一边将自己的工业迁往中国,一边进口、消费他们生产的商品。这是我们的罪过,是我们的贪婪和对廉价商品的追逐导致的。"针对文章中提到的铅污染,一位来自西雅图的读者一针见血地指出:

> 中国人面临的重金属污染正是我们造成的。就在今年,美国最后一家主要的铅冶炼公司被关闭。这家位处密苏里州赫克莱尼姆市、名为鹿跑的公司(The Doe Run Company)不得不关闭的理由是成本太高,因为他们的生产必须得符合环保局(EPA)规定的保护人类健康与环境的相关条例。但我们对自由贸易的热衷却使我们在制定贸易条例时完全不考虑环境保护的缺如。我们现在从中国进口铅,因为对于所有的铅供应商而言,毒害他们的土地和人民远比做正确的事、坚持正确的环境原则要廉价得多。

事实已经很清楚,无需再赘述下去。总之地球是我们的,也是你们的。这些离岸外包业务离得了岸,却离不了空气,而空气恰恰是循环的,所谓树欲静而风不止!记得有位学者说过,鸟儿可是不知道国界的。同理,风儿也是不知道国界的。散去的雾霾最终去了何方想必大家都清楚,自己头顶的那片蓝天还能维持多久?当全球变暖、海水上涨之时,什么样的方舟才能承载起整个世界?是电影《2012》中西藏卓明谷建造的那只方舟吗?倘若再来他个零下273.15度,即使有这样的方舟又有何用?这个冬天我们在杭州也看到了不少零星绽放的春花,它们难道跟沃尔道笔下的弗劳克斯花、葛兰姆笔下的李子树有本质的区别么?离得了岸,也登得了岸,所谓的蝴蝶效应大致也是如此。

这也正是当代美国生态诗人创作的初衷。

由此看来,当代美国生态诗人所创造的诗歌文本虽然有限,但这个有限的空间所容纳的世界却是无限的,因为环境破坏与污染的危害最终会波及所有的人和所有的地方,而环境伦理的选择最终会惠及所有的人和所有的地方。所谓低碳出行和低碳生活在这一背景下不再是一种简单的生活方式，或是一个空洞的口号，而是一种伦理的选择，一种道德的境界，一种利己利他的善行。

  这个冬季已经出现过几次雾霾了。后边可能还会遇到。倘若我们尽量记着离开教室时关灯，倘若忘记了还能够返回来关灯；倘若回家的路上留下的是自行车的印迹，或者是自己的足迹，那么雾霾才有可能在我们的足印中消失，生活的美好才有可能在青山绿水中渐渐显现。

2017 年 5 月于杭州翰墨香林寓所

参考文献

Abbey, Edward. *Desert Solitaire: A Season in the Wilderness*. New York: Simon & Schuster Inc., 1968.

——. *Earth Apples: The Poetry of Edward Abbey*. Ed. David Petersen. New York: St. Martin's Press, 1994.

——. *The Journey Home: Some Words in Defense of the American West*. New York: E. P. Dutton, 1977.

Abbs, Peter (ed.). *Earth Songs*. Totnes, Devon: Green Books, 2002.

Alaimo, Stacy. *Bodily Natures: Science, Environment, and the Material Self*. Blooming Dale & Indianapolis: Indiana Press, 2010.

Ammons, A. R. *Collected Poems*, 1951–1971. New York: W. W. Norton & Company, 2001.

Anderson, Christopher Todd. "Nothing Lowly: The Anti-Picturesque in American Nature Poetry." (Dissertation) University of Connecticut, 2006.

Armitage, Simon. "Modelling the Universe: Poetry, Science, and the Art of Metaphor." *Contemporary Poetry and Contemporary Science*. Ed. Robert Crawford. Oxford: Oxford University Press, 2006: 110–122.

Astley, Neil. *Earth Shattering: Ecopoems*. Highgreen, Norththumberland: Bloodaxe Books, 2007.

Austin, Mary. "Art Influence in the West." *The Century Magazine*, April (1915): 97–103.

——. *The Road to the Spring: Collected Poems of Mary Austin*. Ed. James Perrin Warren. Syracuse, New York: Syracuse University Press, 2014.

Baca, Jimmy Santiago. *Black Mesa Poems*. New York: A New Directions

Book, 1989.

_____. *Martin & Meditations on the South Valley*. New York: New Directions Book, 1987.

Bachelard, Gaston. "Introduction." *The Poetics of Space*. Trans. Maria Jolas. Boston: Beacon Press, 1994: xi – xxxv.

Barry, Peter. *Beginning Theory: An Introduction to Literary and Cultural Theory*. Manchester: Manchester University Press, 2002.

Bartram, William. *Travels of William Bartram*. Ed. Mark Van Doren. New York: Dover Publications Inc., 1928.

Baym, Nina, et al. (eds.). *The Norton Anthology of American Literature*. New York & London: W. W. Norton & company, 1989.

Blake, William. *Collected Poems*. New York: Routledge, 2002.

Boderwich, Fergus M. *Killing the White Man's Indian: Reinventing Native Americans at the End of Twentieth Century*. New York: Double Day, 1996.

Boia, Lucian. *The Weather in the Imagination*. London: Beaktion Books Ltd., 2005.

Bramwell, Anna. *Ecology in the Twentieth Century: A History*. New Haven: Yale University Press, 1989.

Branch, Michael P. *Reading the Roots: American Nature Writing before Walden*. Athens & London: The University of Georgia Press, 2004.

Brooks, Cleanth & Robert Penn Warren. *Understanding Poetry*. Beijing: Foreign Language Teaching & Research Press, 2004.

Brooks, Paul. *The House of Life: Rachel Carson at Work*. Boston: Houghton Mifflin, 1972.

Bryson, J. S. "Introduction." *Ecopoetry: A Critical Introduction*. Ed. J. S. Bryson. Salt Lake City: The University of Utah Press, 2002: 1 – 13.

Buell, Lawrence. *The Environmental Imagination: Thoreau, Nature Writing, and the Formation of American Culture*. Cambridge, MA: Harvard University Press, 1995.

Bunyan, John. *The Pilgrim's Progress*. New York: Gold Classics, 2014.

Burnside, John. "A Science of Belonging: Poetry as Ecology." *Contemporary Poetry and Contemporary Science*. Ed. Robert Crawford. Oxford: Oxford University Press, 2006: 91 – 106.

Cadava, Eduardo. "Literature and Weather." *Ecyclopedia of Climate and Weather*. Vol. II. Eds. Stephen H. Schneider, et al. New York: Oxford University Press, 2011: 234 – 241.

Calderón, Esthela. "Fragment from *The Bones of My Grandfather*." Trans. Steven F. White. *Interdisciplinary Studies in Literature and Environment*. Winter (2014): 97 – 99.

Cline, Lynn. *Literary Pilgrims: The Santa Fe and Taos Writers' Colonies, 1917 – 1950*. Albuquerque: The University of New Mexico Press, 2007.

Coetzee, J. M. *The Lives of Animals*. Princeton: Princeton University Press, 1999.

Cohen, Michael P. "Granite Water Fire Wind." *Interdisciplinary Studies in Literature and Environment*. Winer (2014): 56 – 58.

Conrey, Sean M. "A Canvas for Words: Spatial and Temporal Attitudes in the Writing of Poems." *New Writing: The International Journal for the Practice & Theory of Creative Writing*, 4 (2007): 79 – 90.

Crang, Mike. *Cultural Geography*. London: Routledge, 2013.

Crawford, Robert. "Spirit Machines: The Human and the Computational." *Contemporary Poetry and Contemporary Science*. Ed. Robert Crawford. Oxford: Oxford University Press, 2006: 52 – 68.

Crosby, Alfred W. *Ecological Imperialism: The Biological Expansion of Europe, 900 – 1900*. Cambridge: Cambridge University Press, 1986.

DeLoughrey, Elizabeth & George B. Handley. "Introduction: Toward an Aesthetics of the Earth." *Postcolonial Ecologies: Literatures of the Environment*. Eds. Elizabeth DeLoughrey & George B. Handley. Oxford: Oxford university Press, 2011: 3 – 39.

DeMocker, Mary. "The North Pole is Going Green!: A New Christmas

Story, in Which Santa Has an Epiphany." *Interdisiplinary Studies in Literature and Environment*. Winter (2014): 145 – 147.

Dickinson, Emily. *The Complete Poems of Emily Dickinson*. Ed. Thomas H. Johnson. Boston: Little Brown & Company, 1960.

Dodge, Jim. "Forward." *The Gary Snyder Reader*. Washington: Counterpoint, 1999: xv – xx.

Doty, Mark. *Firebird: A Memoir*. New York: HarperCollins Publishers, 1999.

Dunaway, David King. *Writing the Southwest*. Albuquerque: University of New Mexico Press, 2003.

Dyke, John Van. *The Desert*. Aurora, Colorado: Bibliographical Center for Research, 2009.

Ellmann, Richard & Robert O'Clair (eds.). *The Norton Anthology of Modern Poetry*. New York & London: W. W. Norton & Company, 1988.

Emerson, Ralph Waldo. *The Early Lectures of Ralph Waldo Emerson*. Vol. 1. Eds. Stephen Whicher, Robert Spiller & Wallace Williams. Cambridge, MA: Harvard University Press, 1959.

Engels, John. *Weather – Fear: New and Selected Poems, 1958 – 1982*. Athens, Georgia: University of Georgia Press, 1983.

Felstiner, John. *Can Poetry Save the Earth?* New Haven and London: Yale University Press, 2009.

Fisher – worth, Ann & Laura Street. "Editors' Preface." *The Ecopoetry Anthology*. Eds. Ann Fisher – worth & Laura Street. San Antonio, Textas: Trinity University Press, 2013: xxvii – xxxi.

——— (eds.). *The Ecopoetry Anthology*. San Antonio, Textas: Trinity University Press, 2013.

Frazier, Jane. *From Origin to Ecology*. Madison, Teaneck: Fairleigh Dickinson University Press, 1999.

Frye, Herman Northrop. *Anatomy of Criticism: Four Essays*. Princeton: Princeton University Press, 1957.

Garvey, James. *The Ethics of Climate Change: Right and Wrong in a War-*

ming World. London: Continuum International Publishing Group, 2008.

Gersdorf, Catrin. *The Poetics and Politics of the Desert: Landscape and the Construction of America*. Amsterdam & New York: Rodopi, 2009.

Gifford, Terry. "Gary Snyder and the Post – Pastoral." *Ecopoetry: A Critical Introduction*. Ed. J. Scott. Bryson. Salt Lake City: The University of Utah Press, 2002: 77 – 87.

_____. *Green Voices: Understanding Contemporary Nature Poetry*. Manchester: Manchester University Press, 1995.

_____. *Pastoral*. London & New York: Routledge, 1999.

Graham, Jorie. *Sea Change*. New York: HarperCollins, 2008.

Handley, George B. "Letter to a Student." *Interdisciplinary Studies in Literature and Environment*. Winter (2014): 22 – 32.

Harrison, Robert Pogue. *Forests: The Shadow of Civilization*. Chicago & London: The University of Chicago Press, 1992.

Havel, Vaclav. "Our Moral Footprint." *New York Times*. September 27 (2007): 33.

Hayes, Kevin J. *A Journey Through American Literature*. Oxford: Oxford University Press, 2012.

Hogue, Lawrence. *All the Wild and Lonely Places: Journeys in a Desert Landscape*. Washington, D. C.: Island Press, 2000.

Huggan, Graham & Helen Tiffin. *Postcolonial Ecocriticism: Literature, Animals, Environment*. London & New York: Routledge, 2010.

Irmscher, Christoph. *The Poetics of Natural History: From John Bartram to William James*. New Brunswick, New Jersey & London: Rutger's University Press, 1999.

Ishay, Micheline R. *The History of Human Rights: From Ancient Times to the Globalization Era*. Berkeley & Los Angeles: University of California Press, 2004.

Jeffers, Robinson. *Rock and Hawk*. Ed. Robert Hass. New York: Random House, 1987.

Jefferson, Thomas. *Notes on the State of Virginia*. Boston: Digireads. Com Publishing, 2010.

Keene, John. "Poetry is What We Speak to Each Other: An Interview with Jimmy Santiago Baca." Originally published in *Callaloo: A Journal of African - American and African Arts and Letters*, Winter (1994). Website: http://www.english.illinois.edu/maps/poets/a_f/baca/interview.htm.

Kingsolver, Babara. *Flight Behavior*. New York: HarperCollins, 2012.

Krupat, Arnold. *The Voice in the Margin: Native American Literature and the Canon*. Berkeley, CA: University of California Press, 1989.

Kuletz, Valerie L. *The Tainted Desert: Environmental and Social Ruin in the American West*. New York: Routledge, 1998.

Lawrence, D. H. *Complete Poems*. New York: Penguin Books, 1993.

_____. *Mornings in New Mexico*. London: Martin Secker, 1930.

_____. "Preface to New Poems." *Poetry in Theory: An Anthology* 1900 - 2000. Ed. Jon Cook. Malden, M. A.: Blackwell Publishing, 2004: 106 - 110.

_____. *Reflections on the Death of a Porcupine and Other Essays*. Bloomington & London: Indiana University Press, 1963.

_____. *Sketches of Etruscan Places and Other Italian Essays*. Cambridge: Cambridge University Press, 1992.

Levertov, Denise. "Introduction." *Martin and Meditations on the South Valley* by Jimmy Santiago Baca. New York: New Directions Book, 1987: xiii - xviiii.

Liotta, P. H. & Allan W. Shearer. *Gaia's Revenge: Climate Change and Humanity's Loss*. Westport, Connecticut: Praeger Publishers, 2007.

Luhan, Mabel Dodge. *Lorenzo in Taos*. New York: Alfred A. Knopf, 1932.

Lynch, Tom. *Xerophilia: Ecocritical Explorations in Southwestern Literature*. Lubbock, TX: Texas Tech University Press, 2008.

Manly, William Lewis. *Death Valley in '49*. Ann Arbor: University Microfilms, 1966.

Martínez, Rubén. *Desert America*: *Boom and Bust in the New Old West*. New York: Henry Holt and Company, 2012.

McNamee, Gregory (ed.). *Desert Reader*. San Francisco: The Sierra Club Books, 1995.

Mendelsohn, Everett. "Science in America: The Twentieth Century." *Paths of American Thought*. Ed. Arthur M. Schlesinger & Morton White. Boston: Houghton Mifflin Company, 1963: 432 - 445.

Merchant, Carolyn. *Ecological Revolutions*: *Nature, Gender, and Science in New England*. Chapel Hill & London: The University of North Carolina Press, 1989.

Mergen, Bernard. *Weather Matters*: *An American Cultural History Since 1900*. Lawrence: The University Press of Kansas, 2008.

Merwin, W. S. *Migration*: *New and Selected Poems*. Port Towsend, Washington: Copper Canyon Press, 2005.

――. *The Rain in the Trees*. New York: Alfred A. Knopf, 1988.

――. *Regions of Memory*: *Uncollected Prose*, 1949 - 1982. Urbana & Chicago: University of Illinois Press, 1987.

――. *Travels*. New York: Alfred A. Knopf, 1993.

――. "The Tree on the One Tree Hill." *Mānoa*. 3 (1991): 1 - 19.

Michelucci, Stefania. *Space and Place in the Works of D. H. Lawrence*. Trans. Jill Franks. Jefferson, North Carolina & London: Mcfarland & Company, 2002.

Miera, Rudy. "An Unedited Interview with Jimmy Santiago Baca." Originally published in *Callaloo――A Journal of African - American and African Arts and Letters*, Winter (1994). Website: http://www.english.illinois.edu/maps/poets/a_f/baca/interview.htm.

Monroe, Harriet. "Arizona." *Atlantic Monthly* 89. June (1902): 780 - 789.

Moretti, F. *Atlas of the European Novel* 1800 - 1900. London: Verso, 1998.

Morris, David Copland. "Call Me a Ranger: Edward Abbey and the Exploratory Voice of *Desert Solitaire*." *Critical Insights*: *Nature and the Environment*. Ed. Scott Slovic. Ipswich, Massachusetts: Salem Press, 2013: 252 – 268.

Moyers, Bill. "W. S. Merwin." *Bill Moyers Journal*. June (2009). Website: http://www.pbs.org/moyers/journal/06262009/transcript1.html.

Munden, Paul (ed.). *Feeling the Pressure*: *Poetry and Science of Climate Change*. Berne, Switzerland: British Council, 2008.

Nash, Roderick. *Wilderness and the American Mind*. New Haven: Yale University Press, 1982.

Opperman, Serpil, et al. (eds.). *The Future of Eco – criticism*: *New Horizons*. Newcastle upon Tyne: Cambridge Scholars Publishing, 2011.

Ovid. *Tristia*, *Ex Ponto*. Trans. Arthur Leslie Wheeler. London: St. Edmundsbury Press Ltd., 1988.

Parker, David. "Foreword." *Bestiality*, *Animality*, *and Humanity* by Chen Hong. Wuhan: Central China Normal University Press, 2005: i – ii.

Petersen, David. "Introduction." *Earth Apples*: *The Poetry of Edward Abbey*. Ed. David Petersen. New York: St. Martin's Press, 1994: xi – xvi.

Plant, Judith & Christopher Plant. "'Regenerate Culture!': Interview with Gary Snyder." *Turtle Island*: *Voices for a Sustainable Future*. Eds. Christopher Plant & Judith Plant. Philadelphia: New Society, 1990: 12 – 21.

Poe, Edgar Allen. *Edgar Allen Poe's Complete Poetical Works*. Ed. John H. Ingram. A Public Domain Book, 2011.

Pope, Alexander. *Selected Poetry*. Oxford: Oxford University Press, 1998.

Powell, Lawrence Clark. *Southwest Classics*: *The Creative Literature of the Arid Lands——Essays on the Books and Their Writers*. Los Angeles: Ward Ritchie Press, 1974.

Rampell (ed.). "W. S. Merwin." *The Progressive*. November (2010):

35 – 39.

Reading, Peter. – *273. 15*. Tarset, Northumberland: Bloodaxe Books Ltd. , 2005.

Roethke, Theodore. *The Lost Son and Other Poems*. Garden City: Doubleday & Co. , 1948.

Roszak, Theodore. *The Making of a Counter Culture*. New York: Anchor Books, 1969.

Sawyers, C. "Franklin Tree." *Horticulture*. July (1989): 64 – 65.

Scigaj, Leonard M. *Sustainable Poetry: Four Ecopoets*. Lexington: University Press of Kentucky, 1999.

Slovic, Scott & Kathleen Dean Moore. "Editors' Note." *Interdisciplenary Studies in Literature and Environment*. Winter (2014): 1 – 4.

Smythe, William E. *The Conquest of Arid America*. Washington D. C. : Library of Congress, 1900.

Snow, C. P. *The Two Cultures and the Scientific Revolution*. Cambridge: Cambridge University Press, 1959.

Snyder, Gary. *Turtle Island*. New York: A New Directions Book, 1974.

Stocking, Marion K. "Always Beginning as It Goes." *Beloit Poetry Journal*. Summer (2006): 35 – 48.

Teague, David W. *The Rise of a Desert Aesthetic: The Southwest in American Literature and Art*. Tucson: The University of Arizona Press, 1997.

Thoreau, Henry David. *Wild Apples and Other Natural History Essays*. Ed. William Rossi. Athens & London: University of Georgia Press, 2002.

Tompson, Keith Steward. "Marginalia: Benjamin Franklin's Lost Tree." *American Scientist*. May/June (1990): 203 – 206.

Venales, Robert W. *American Indian History: Five Centuries of Conflict and Coexistence*. Vol. I. Santa Fe, New Mexico: Clear Light Publishers, 2004.

Venziale, Marcella. "U. S. Poet Laureate W. S. Merwin Talks with Librarians about Reading." *American Libraries*. Jan. /Feb. (2011): 21.

Virgil. *Aeneid*. Trans. H. Rushton Fairclough. Cambridge: Harvard University Press, 2000.

Whitman, Walt. *The Complete Poems of Walt Whitman*. Ed. Francis Murphy. New York: Penguin Books, 1975.

Woolley, Agnes. "'There's a Storm Coming!': Reading the Threat of Climate Change in Jeff Nichols's *Take Shelter*." *Interdisiplinary Studies in Literature and Environment*. Winter (2014): 174–191.

Wordsworth, William. *Selected Poetry and Prose*. London & New York: Routledge, 1989.

Wulf, Andrea. *Founding Gardeners: The Revolutionary Generation, Nature, and the Shaping of the American Nation*. New York: Alfred A. Knopf, 2011.

Zepeda, Ophelia. *Ocean Power: Poems from the Desert*. Tucson: The University of Arizona Press, 1995.

——. *Where Clouds are Formed*. Tucson: The University of Arizona Press, 2008.

爱德华·索亚:《第三空间》,陆扬等译,上海教育出版社2005年版。

奥·帕斯:《批评的激情》,赵振江编,云南人民出版社1995年版。

巴什拉:《火的精神分析》,杜小真、顾嘉琛译,三联书店1992年版。

保罗·利科:《活的隐喻》,汪堂家译,上海译文出版社2004年版。

勃留索夫:《打开秘密之门的钥匙》,载黄晋凯等主编《象征主义·意象派》,中国人民大学出版社1989年版。

程锡麟等:《叙事理论的空间转向——叙事空间理论概述》,《江西社会科学》2007年第11期。

戴斯·贾丁斯:《环境伦理学:环境哲学导论》,林官民、杨爱民译,北京大学出版社2002年版。

戴维·赫尔曼:《叙事理论的历史:早期发展的谱系》,载《当代叙事理论指南》,申丹等译,北京大学出版社2007年版。

但丁:《神曲》,多雷绘,陕西师范大学出版社2002年版。

顾子欣(编译):《英诗300首》,国际文化出版公司1996年版。

何畅:《西方文论关键词:后殖民生态批评》,《外国文学》2013年第

4 期。

霍尔姆斯·罗尔斯顿：《哲学走向荒野》，刘耳、叶平译，吉林人民出版社 2000 年版。

莱辛：《拉奥孔》，朱光潜译，人民文学出版社 1979 年版。

刘建刚：《美国自然文学经典译丛：一道翻译自然和心灵的独特风景》，《外国文学》2013 年第 3 期。

玛丽·奥斯汀：《少雨的土地》，朱筠译，漓江出版社 2009 年版。

聂珍钊：《英语诗歌形式导论》，中国社会科学出版社 2007 年版。

瑞恰慈：《科学与诗》，徐葆耕编，清华大学出版社 2003 年版。

苏珊·弗里德曼：《空间诗学与阿兰达蒂—洛伊的〈微物之神〉》，载《当代叙事理论指南》，申丹等译，北京大学出版社 2007 年版。

梭罗：《漫步》，龚燕灵、祝秀波译，漓江出版社 2009 年版。

唐纳德·沃斯特：《在西部的天空下：美国西部的自然与历史》，青山译，商务印书馆 2014 年版。

特丽·威廉斯：《心灵的慰藉：一部非同寻常的地域与家族史》，程虹译，三联书店 2012 年版。

童元方：《水流花静：科学与诗的对话》，三联书店 2005 年版。

吴笛：《论庞德"在地铁车站"中的汉诗特性》，《外国文学研究》2007 年第 5 期。

吴治平：《空间理论与文学的再现》，甘肃人民出版社 2008 年版。

约瑟夫·弗兰克等：《现代小说中的空间形式》，秦林芳编译，北京大学出版社 1991 年版。

张跃军、邹雯虹：《论 W.S. 默温中期诗歌风格的变化》，《江西社会科学》2010 年第 9 期。

朱光潜：《诗论》，安徽教育出版社 1997 年版。